A E
*&* I

# Entre dos fuegos

Autores Españoles e Iberoamericanos

# Ana Colchero

# Entre dos fuegos

 Planeta

© 2006, Ana Colchero
Derechos reservados
© 2006, Editorial Planeta Mexicana, S.A. de C.V.
Avenida Insurgentes Sur núm. 1898, piso 11
Colonia Florida, 01030 México, D.F.

Primera edición: agosto de 2006
ISBN: 970-37-0557-X

Impreso en julio de 2006 en los talleres de Litográfica Ingramex, S.A. de C.V.
Centeno núm. 162, colonia Granjas Esmeralda, México, D.F.
Impreso y hecho en México - *Printed and made in Mexico*

www.editorialplaneta.com.mx
www.planeta.com.mx
info@planeta.com.mx

*A Jana y Héctor por acompañarme*
*en el andar de estas páginas*

*A Marlene, Céline y Willie*
*por llevarlas a la luz*

# I

Octavio Rangel camina por los pasillos de la Casa Dorada sin hacer apenas ruido, como una serpiente cautelosa y certera que ha acumulado suficiente veneno para el ataque. Quiere llegar cuanto antes a la sala de Consejo donde se encuentran, a escasa media hora de reunirse con Demetrio Orihuela, presidente de la nación, dos de los ministros con mayor injerencia sobre él y su canciller, Salvador Díaz. Octavio, en su función de secretario particular del presidente, aparentará tomar nota de los aspectos relevantes sobre el grave asunto para el que fueron convocados; pero, como su mano derecha y operador, sabe qué es lo que realmente hay que observar, qué miradas interpretar y qué frases desmenuzar.

Demetrio Orihuela estará muy ocupado amarrando navajas entre sus colaboradores. Siempre ha conseguido mantener a sus subalternos lo suficientemente atentos a sus arrebatos y a sus golpes de timón, como para que nunca bajen la guardia entre ellos.


En las últimas semanas Demetrio se ha encerrado solo durante horas en su privado: una pequeña y austera habitación conectada a la oficina presidencial y único lugar en el que no puede ni debe ser molestado.

Demetrio Orihuela no puede llegar más alto: es por segunda vez presidente de la nación y debería sentirse satisfecho; sin embargo, está aterrorizado. No puede dejar de pensar que le quedan sólo once meses de gobierno. Si bien siempre ha aprovechado al máximo el cargo en su beneficio personal —vendiendo favores, prebendas y canonjías, y utilizando cuanto puede la información privilegiada a la que tiene acceso—, se da cuenta de que garantizar su futuro (y el de varias generaciones de los Orihuela) no aliviará el vacío oprobioso que significará dejar el poder. Se ha acostumbrado a mandar, a decidir por los demás, y en pocos meses se quedará solo, más solo de lo que nunca ha estado. Sabe que dejará de tener presente, que se convertirá —todavía en vida— en una página de la historia del país. Está seguro de que al finalizar su periodo presidencial todo habrá terminado para él. El juego que tanto ama jugar no tiene cartas para él y se esfumará en el momento mismo de dejar el puesto. La influencia de un ex presidente es sólo una apariencia benévola, y además, Demetrio sabe que será el inicio del descrédito, las críticas inmisericordes, el escarnio; en fin, la ignominia de ser percibido en vida sólo por su pasado.

Obcecado, busca una alternativa al futuro que le espera para cuando deje la presidencia. Nunca se figuró que su retiro se transformaría en esta angustia lacerante, y se ha ido convenciendo día tras día de que para vencerla, necesita un poco más de tiempo. Está seguro de que si aplaza un par de años su salida, podrá formar una coraza que lo proteja. Por esto es que está decidido a poner en marcha algo, por desesperado y brutal que sea, que lo aleje del final.

Fue con todo esto en mente como fraguó una perversa alianza secreta con los del Norte, y por la cual, su pueblo, sin saberlo, está pagando muy serias consecuencias.

En la sala de Consejo, Demetrio hace frente a los ministros que discuten acaloradamente con el afán de hacerle ver al "señor presidente" lo inaplazable de una solución a la crisis de los barcos camaroneros extranjeros, que insistentemente entran en aguas nacionales y que han creado un malestar creciente entre los trabajadores inmigrantes —que son mayoría en el trabajo pesquero—, pues ven amenazada su supervivencia.

Todo comenzó cuando en aquel secretísimo encuentro, Demetrio pactara con la Compañía Neptune (protegida por el aparato gubernamental del Norte) impunidad por al menos ocho meses para entrar en las costas nacionales y explotar lo que ahí hubiera. Por esta inconfesable razón, Demetrio aborda públicamente el conflicto siempre desde la lógica diplomática, sin tomar medidas correctivas, gracias a lo cual ha extendido ya más de cuatro meses la convenida permisividad. Los trabajadores y los congresistas están indignados y la cuestión se le está escapando de las manos.

La Compañía Neptune ofreció a Demetrio una gran suma de dinero para sellar el acuerdo, pero éste la rechazó a cambio de que ellos quedaran en deuda con él y así conseguir su verdadero propósito: entrar en un contacto más estrecho e igualitario con Donald Cook, presidente del país del Norte y más poderoso del continente. Alimentar esa relación es el medio para asegurar, al término de su mandato, un puesto relevante en las compañías energéticas trasnacionales o, al menos, en los organismos internacionales. Así lo entendieron también todos los involucrados al concretarse el acuerdo, y están dispuestos a cumplir su parte cuando llegue el momento.

Por ahora, Demetrio dispone de un margen de tiempo para seguir aplazando la resolución del conflicto. Las organizaciones de inmigrantes son un peligro, pero sólo a mediano plazo; la propia falta de empleos hace que los trabajadores traten de conservar a cualquier precio el que ya tienen, y esto los desmoviliza y divide constantemente.

Pero la situación empeora, no sólo por la irrupción extranjera en los mares, sino por un punto cardinal que es ya del dominio público: la inminente caída de las industrias del gas y del petróleo, que están a punto de ser sustituidos por un nuevo energético: el agua dulce.

La afluencia de agua en el país es muy escasa; apenas alcanza a cubrir las necesidades internas. El desplazamiento de la industria energética los deja sólo con una de sus dos industrias estratégicas: la pesquera.

Los del Norte tienen su mira puesta en el Sur —donde el agua dulce abunda— y necesitan imperiosamente abrirse camino hacia ella. Las aguas marítimas del país son la ruta obligada hacia el Sur; así pues, la explotación de la riqueza que las costas nacionales albergan es sólo el pretexto para poder llegar y, posteriormente, apropiarse de las aguas del Sur del continente. Los del Norte han planeado, en contubernio con Orihuela, traspasar el límite de las costas nacionales y pescar exhaustivamente en ellas, ocasionando un serio problema entre ambos países —atizado por el descontento de los trabajadores pesqueros—, para así, una vez estallada la crisis, alcanzar con Orihuela un acuerdo más que provechoso para el Norte, por medio del cual Demetrio cederá parte de las millas náuticas nacionales a cambio de un acuerdo comercial y financiero supuestamente benéfico para el país. Orihuela, de este modo, compra su pase al mundo de la poderosísima industria energética mundial y los del Norte vencen el primer obstáculo hacia las aguas dulces del Sur. A pesar de todo esto, Demetrio no está preparado para dejar aún la presidencia y busca con desesperación la fórmula que lo mantenga en ella un poco más de tiempo.

Éste es el estado de cosas en los últimos meses del segundo y último mandato posible de Demetrio Orihuela.

Los cuatro años de su primer periodo habían sido apenas un preludio para lo que con su experiencia podía hacer por el país, y en consecuencia buscó la reelección, la cual ganó sin mucha competencia.

La confianza que le había otorgado el pueblo y la que creció en él, lo condujeron progresivamente a actuar sin calibrar sus acciones, y con esto vino aparejada la indiscreción en los excesos. Hasta entonces se había cuidado mucho de representar sin mancha al gobernante honesto que, si bien era duro con la oposición, siempre actuaba con sentido de justicia y por el bien general. Tampoco le había sido muy difícil, pues la economía nacional se había comportado de manera inmejorable debido a un conjunto de variables completamente ajenas a su administración.

Demetrio está bien consciente de que la coyuntura le favoreció durante casi siete años.

Sin embargo, las cosas han dado un vuelco inesperado. El país de golpe enfrenta la posible exclusión del mercado internacional de energéticos, pues recientes y no tan recientes descubrimientos científicos sobre la utilización del agua dulce han abierto la oportunidad de revertir casi por completo la dependencia energética de las naciones más desarrolladas con los países productores de hidrocarburos. Por muchos años, los primeros habían mantenido a flote la industria en el país, y ahora comienzan a salir en estampida. La bajísima demanda interna y la pronta desaparición del incentivo energético está dejando al país virtualmente aislado. La burguesía nacional se ha extinguido casi por completo, y la poca que permanece en el país no tiene ningún arraigo nacionalista.

El único sector boyante es el financiero, con el cual Demetrio ha estado, desde el comienzo de su gestión, comprometido para llevar a cabo los ajustes económicos que ése exige, debido a los cuales el desempleo se está precipitando descomunalmente y las medidas monetarias restrictivas hacen imposible la inversión interna. Sin embargo, el capital financiero lo encumbró en la presidencia y tiene muy claro que a él debe responder.

Debido a la inminente entrada del agua como nuevo energético, Demetrio precisa tomar decisiones y marcar un rumbo económico que nadie parece conocer. El sector financiero y bursátil tienen resueltos sus intereses y entre ellos no se encuentra enmendar o paliar la situación económica; casi al contrario. Demetrio es un político y está buscando una salida política a un problema económico, y se repite a sí mismo que si da con el discurso y los argumentos apropiados, podrá navegar la tempestad sin ahogarse.

El único que conoce el verdadero motivo del comportamiento errático del presidente es su asesor y consejero personal: Octavio Rangel. Desde que conoció a Demetrio en la facultad de Derecho, éste se esmeró en hacerse indispensable para aquél. Desde entonces era lo suficientemente perceptivo para intuir que no tenía cualidades para brillar con luz propia en las altas esferas políticas. No podía hacer suyos los modales refinados ni cierta delicadeza de espíritu, aunque tratara de impostarlos; para él todo eso constituía un lastre que retrasaba el logro de "objetivos" en la vida. Lo único que Octavio considera importante es la autoridad que da el dinero, y desde joven supo que sólo en la política podía hacerse de mucho dinero sin invertir capital propio. Aunque su ambición no se originó a causa de una cuna pobre, pues la familia Rangel puede considerarse adinerada gracias a la abogacía, una profesión que han compartido casi todos los hombres de la familia; una carrera que el país sabe que ejercen de manera tan astuta como corrupta y que les ha valido contar con una nutrida cartera de clientes prominentes, los cuales necesitan de vez en cuando a un abogado "de esa clase". Así, los Rangel no sólo ostentan dinero y notoriedad, sino que también han logrado conocer de sus clientes un sinfín de secretos que, sin necesidad de chantajearlos abiertamente, les ha permitido recibir las cuantiosas dádivas que resguardan su discreción.

Octavio tiene una peculiaridad que lo envenena: posee un pene pequeñísimo. Esto no hubiera sido tan determinante en su vida si no deseara con tanto ardor a las mujeres. Si bien puede pagar su satisfacción con prostitutas, sabe que ellas, especialmente con él, fingen siempre el placer. Muy joven desechó la idea de casarse; no hubiera tolerado el desprecio de una mujer que le importara. Por todo esto, Octavio ha acumulado un inmenso odio hacia ellas; en cada una ve la posibilidad de burla y escarnio, por lo que, invariablemente, se ha anticipado a despreciarlas.

Aparentando ser un timorato, Octavio no levanta demasiadas sospechas, ni siquiera ante los que conocen a los de su estirpe; da la impresión de ser un "abogado Rangel" incapaz de chanchullos como los de sus familiares. Pero su presencia y sus incisiones son mucho más destructivas que las de sus antecesores y hermanos.

Octavio siempre se ha valido de la estrategia de pasar inadvertido como su gran arma para estar en todos lados e intervenir sin ser notado. Así lo hace a lo largo de esta reunión con los ministros, de la cual ve salir a Demetrio después de haber dado un manotazo tan rotundo en la mesa que hizo caer la jarra de agua dispuesta al centro. No hubo poder humano que hiciera desistir a Orihuela de su estrategia diplomática para, de una vez por todas, tomar medidas legales y económicas ante el abuso extranjero. Nunca antes sus subalternos habían discutido con tanta vehemencia con él; no comprenden la cerrazón de su jefe. Durante hora y media habían tratado de hacerle ver que el problema camaronero crecía como una bola de nieve debido al malestar de la gente por el detrimento en las condiciones económicas y la percepción de que nuevamente, como en el pasado, los del Norte hacían con el país lo que les venía en gana y con la anuencia del gobierno; un gobierno que utilizaba como bandera fundamental la defensa de la soberanía.

Demetrio sabe que a veces en política, son los pequeños sucesos los que pueden detonar una explosión. Los cartuchos están cargados y teme que el conflicto pesquero pueda convertirse en ese detonador, pero también sabe que es demasiado tarde para dar marcha atrás.


Demetrio fue el segundo de los hijos del abogado Hernán Orihuela y Rosenda Barrera de Orihuela. Nació después de treinta y siete horas de labor de parto y Rosenda estaba tan exhausta cuando por fin lloró la criatura, que ni siquiera la miró; estaba medio inconsciente por el dolor y el cansancio. No dejaba de recordar lo fácil que había sido el parto de Robertito tres años atrás.

El primogénito de los Orihuela desde su infancia había nacido "con estrella". Su madre no cesaba de exaltar sus alcances y su constitución atlética; era su predilecto y no lo ocultaba. Demetrio, por el contrario, la irritaba, y en consecuencia buscaba en él cualquier falta, por pequeña que fuese, para justificar ese adverso sentimiento.

En contraste con su aguda inteligencia, Demetrio era un niño introvertido y díscolo, poco propenso a la risa o al disfrute cotidianos. En comparación con la agilidad y osadía de su hermano, Demetrio era más bien apocado, un tanto torpe para los juegos rudos y ligeramente gordo. Superada la adolescencia, sus espaldas quedaron estrechas y su estatura rebasó el límite justo para no considerarse "bajito". En síntesis: un joven de constitución corriente. (Aun cuando ha construido un discurso con el cual menosprecia la belleza en favor de los logros académicos —que él mucho ha cultivado—, daría más de la mitad de su posición por ser esbelto y arrojado.)

Sin embargo, Demetrio no es un hombre del todo carente de atractivos físicos: sus ojos le imprimen una expresión inquietante, mira siempre de reojo aun cuando parezca mirar de frente, y el párpado le cubre casi la mitad del iris parduzco e infantilmente grande. Los labios son lo más atrayente de su rostro: carnosos y firmes, con el contorno en relieve, lo que le brinda, cuando está serio, una especie de solidez, de entereza de carácter y, cuando sonríe, un dejo muy sugerente. No obstante, el suyo no es un rostro hermoso.

El trato afectado de Demetrio es producto de una constante autoobservación. Velozmente calcula cada una de sus palabras y cada uno de sus movimientos para no sentirse jamás descolocado. El intangible juez que lo censura y lo califica sin descanso tiene la voz dura de su madre y el desdén de su padre, quien hasta su muerte, cuando Demetrio contaba con veintitrés años, nunca constituyó ni ejemplo ni apoyo para sus hijos, únicamente un aceptable proveedor.

Roberto creció siendo mucho menos bello y talentoso de que lo que su madre predestinó, pero esto no mermó la elevada percepción que ella tenía de su primogénito. Y aun cuando Demetrio veía con claridad las limitaciones de su hermano, su penetrante inteligencia y su capacidad de concreción en la vida profesional no fueron suficientes para aplacar la inseguridad que su madre había engendrado en él.

Demetrio descubrió muy joven el placer que le provocaba mover los hilos y los destinos de los que lo rodeaban; lo que fue tornándose en una dulce adicción. Antes de terminar la universidad Demetrio había obtenido ya diversos ofrecimientos de trabajo y pensó cuidadosamente el movimiento más inteligente y rápido para llegar a un alto puesto en el gobierno central. La luna de miel duró lo suficiente para no caer en entredicho en ningún círculo antes de lograr una firme posición en la política.

Para cuando llegó el gran acontecimiento, la elección

presidencial, el destino le jugó a Demetrio una mala pasada cuando en plena campaña su madre empeoró del cáncer que la aquejaba desde hacía varios años y murió tres meses antes de las reñidas elecciones y de su triunfo electoral; ese triunfo que finalmente lograría, según él, que Rosenda Barrera viuda de Orihuela rectificara, entendiendo que no Roberto sino Demetrio había sido el mayor de sus logros. (No obstante, el halo trágico que despidió el duelo de Demetrio resultó muy propicio para obtener la victoria.)

Llegar al altar fue más complicado de lo que había imaginado; ninguna de las jóvenes casaderas disponibles le convencía. A pesar de buscar preferentemente una mujer que no le creara problemas, necesitaba hacer un movimiento que lo hiciera verse viril: debía elegir a una mujer que no "cualquier buen muchacho" pudiera conquistar: una hembra deseada por los hombres y envidiada por las mujeres. Esto implicaba encontrar una joven rica, en primera instancia, además de inteligente y preparada; pero, sobre todo, debía encontrar una mujer que no fuera una romántica ni tuviera demasiada afición por el sexo.

A Demetrio desde muy joven le quedó claro que no tenía ningún interés en involucrarse íntimamente con las mujeres. La piel femenina le resultaba insulsa, casi babosa; su olor, dulzón y penetrante; sus pechos nunca lo suficientemente firmes; nada podía compararse a un par de nalgas como rocas y un torso ancho y pleno. Lo supo en su adolescencia cuando invariablemente experimentaba una erección al nadar junto a Ricardo Prieto en la alberca del balneario donde solía veranear y las familias de ambos coincidían. Con Ricardo nunca sucedió nada, Demetrio sabía que la cercanía de las familias era demasiado peligrosa; aunque pronto pudo comprobar las delicias que le ofrecía su propio sexo. A pesar de esto, estaba dispuesto a privarse de ese placer para nunca ser descubierto. El deseo sexual sólo se despierta en él cuando se siente angustiado en exceso; en esos casos se da una escapada a aquel lugar en donde siempre se siente seguro, y lo está.

Habría de toparse con Mariana Ponce, la mujer que le daría un hijo y la estabilidad que requería, en el lugar menos previsto: la casa del mejor sastre de la ciudad.

Recluido en su privado, examinando la crisis económica por la que atraviesa el país, Demetrio cae en la cuenta de que ésta podría inesperadamente tornarse a su favor. Empieza a considerar que ante la emergencia económica existente, sólo necesitaría —para potenciarla— de otra emergencia de carácter repentino y trágico. Frente a una situación extrema, el presidente se vería obligado a "salvar" a la nación; no podría irse irresponsablemente dejando todo al garete. La Constitución prohíbe una segunda reelección, pero existe un resquicio legal que permite al presidente en turno prolongar dos años su mandato: la instauración de un estado de excepción.

Una y otra vez Demetrio se pregunta qué podría justificar un estado de excepción, pues la inesperada emergencia no puede ser sólo un telón de fondo; el drama tiene que ser escrito con meticulosidad, y cada personaje y cada acción deben encajar en él como en su propia verdad. La ficción tendrá que convertirse en realidad, y para ello, él necesitará inventar y construir los hilos de la trama.

Luego de organizar parte de sus disquisiciones, respira un poco más aliviado. Finalmente ha encontrado el germen de la respuesta que ha estado buscando: sólo la simulación de una emergencia nacional y la consecuente instauración de un estado de excepción podrán salvarlo; y eso es lo que hará.

En estos momentos, Demetrio Orihuela no se da cuenta de que sería preferible dejar su página en la historia con suave indulgencia, y opta por no morir, jugándoselo todo.

## II

El ruido desconsiderado de una motocicleta a las siete de la mañana saca a Jan de su ya de por sí ligero sueño. Se revuelve durante un rato entre las sábanas; pero viendo que no puede volver a dormir, decide levantarse y arreglar la cama de una vez para arrancar este domingo que presagia ser largo y retador. Si al menos hubiera hecho un esfuerzo por encontrar irresistible a la hermosa chica que sus amigos habían invitado para él —como lo habían hecho una y otra vez desde su divorcio siete años atrás—, su domingo pintaría más animado. Al igual que todos los sábados, el grupo de amigos que desde hace más de quince años se reúne para ir a la Casa de las Bellas Artes, asistiendo los veranos a la ópera y los inviernos al teatro, llegaron a la cita, y al no haber nada interesante esa noche se congregaron simplemente a tomar la copa en el bar del primer piso. Es un lujo que todos ellos priorizan en sus vidas. En un principio se encontraban para rememorar su patria y su idioma; así, la noche del sábado fue tornándose un refugio indispensable de nostalgia y camaradería. Con los años, se unieron las esposas y los maridos, y poco a poco desaparecieron de las veladas el idioma materno y la necesidad de recordar el terruño; ha quedado el cariño y la solidaridad que los une, dando paso a las nuevas vidas de cada uno en aquel país que los recibió, no sin mirarlos muchas veces con cierta desconfianza.

Por lo general no se juntan menos de diez o doce y suelen terminar bien entrada la madrugada. Solamente los sábados, como si esa noche fuese un paréntesis en su rutina donde la familiaridad de saberse del mismo origen les brinda una sensación de libertad y de aceptación imprescindible.


Fue cosa casi del azar que Jan diera con lo que se convertiría en su oficio.

Las naciones de la Europa del Este eran casi desconocidas en el país al que habían emigrado, por eso cuando Jan, de quince años, y su padre llegaron, sintieron que no los separaba solamente la lengua, sino una incomprensión cultural recíproca con la gente del mismo. El padre de Jan había establecido contacto con Tomás Dankon, un amigo de su infancia, quien hacía más de diez años que había consolidado allí una fábrica de muebles de diseño antiguo que la nueva clase pudiente había puesto de moda. En una carta, Dankon le había propuesto un empleo a su amigo y la posibilidad de una nueva vida. Saúl Oleski consultó con su hijo Jan, y a pesar del apego del joven a los amigos de su barrio y a su colegio, pensó en la promesa de aventuras y misterios que ofrecía tan lejana región del mundo. Consciente además de que su padre no había levantado cabeza desde la muerte de su madre, imaginó que este cambio mucho tenía que ver con un intento de alejar el recuerdo amargo de su ausencia. Investigó concienzudamente sobre las peculiaridades de su futura tierra adoptiva y practicó con un pequeño libro las primeras lecciones para poder comunicarse. Pronto obtuvieron el permiso de trabajo y las visas. El papeleo con la burocracia nacional fue menos engorroso de lo que habían estimado. Jan se hizo cargo de los trámites en cuanto entraron al país; el señor Oleski nunca fue capaz de hablar con fluidez el nuevo idioma. Dankon los recibió con abrazos efusivos y las llaves de un pequeño apartamento muy cerca de la fábrica, que contaba con lo mínimo indispensable y varias macetas con primorosas plantas en flor, detalle de la mujer de Tomás, quien en poco tiempo se convirtió en alguien muy querido para Jan.

El año escolar estaba a tres meses de terminar, por lo que el muchacho no podía incorporarse a los cursos hasta el ciclo siguiente. Por ello solía acompañar a su padre a la fábrica donde éste empezó de inmediato a llevar la contabilidad general de la producción y de los insumos de la planta; siempre se había destacado por su destreza con los números y por la depuradísima organización de sus hojas de contabilidad. Dankon comprobó que seguía siendo el mismo Oleski de siempre; sabía que había hecho una buena contratación, no solamente por sus aptitudes, sino sobre todo por su honradez a toda prueba.

Jan, sin embargo, estaba tan lejos de los números como su padre del gusto de su hijo por los trabajos manuales. El chico tenía una inmensa facilidad para comprender, reparar o construir cualquier cosa y, así fue como un día vagando por la fábrica donde solía examinar con detenimiento la elaboración de los muebles, entró en un cuarto en la esquina poniente donde se reunían a comer y a descansar los obreros. En la mesa que se usaba para todo y que en ese instante no tenía encima ni platos ni periódicos, estaba un hombre bastante mayor tallando una pieza de madera en la que empezaba a configurarse un caballo. Jan saludó tímidamente y el hombre le hizo un ademán para que se aproximara. El joven permaneció en silencio mucho rato descubriendo cómo aquel pedazo de nogal iba convirtiéndose gracias a la acción del formón y la lija en manos del artesano en un equino de al menos sesenta centímetros de alto. Por las tardes Jan visitaba a Pedro y juntos fabricaron otro caballito, esta vez de balancín, idéntico al diseño que Jan había encontrado en un libro del Museo del Juguete de Pollock en Londres; era un ejemplar color miel con una montura inglesa sobre un terciopelo rojo con flecos; las crines larguísimas y rubias hacían juego con la cola bien peinada; el balancín era amplio y tenía un remate para impedir que se volcara. Era un corcel en brioso galope dispuesto a ser domado por el más diestro de los jinetes. Cuando tuvieron terminada su obra pensaron seriamente en quién sería ese jinete. Sopesaron varias opciones y decidieron hacer una rifa entre todos los obreros que tuvieran hijos pequeños. Se convirtió en un gran acontecimiento en la fábrica, todos querían ver el caballo de balancín, y aun los que no iban a participar en la rifa se quedaron al final de la jornada sólo para ver. El personal de las oficinas, así como Dankon y el padre de Jan, bajaron para enterarse de qué se trataba aquel revuelo. Cada participante metió en una caja de cartón un papelito con su nombre, y el ganador fue el más joven de los tapiceros que tenía ya, a su tierna edad, dos matrimonios con dos criaturas cada uno. En lo alto de una tarima al centro de la sala de ensamblaje, Jan había colocado una mesa y sobre ella la pieza cubierta con una gran sábana. En un gesto pomposo y divertido Pedro descubrió con un golpe de tela al caballito de balancín; el público hizo un gesto de admiración y en seguida dio un largo aplauso a los artistas. Jan y Pedro disfrutaron con candor su triunfo y salieron todos a tomar unas cervezas a la taberna del barrio.

Al día siguiente Dankon llamó a Jan y a Pedro a su oficina y les propuso que fabricaran otro caballito como el que habían hecho, para su hijo mediano que adoraba todo lo que tuviera que ver con la equitación. Jan y Pedro elaboraron juntos no sólo corceles de madera, sino que se adentraron en la creación de muñecas antiguas, ejércitos completos, casitas amuebladas con todo esmero, robustos mecanos, trenes, aviones y, muy especialmente, barcos y galeones famosos. Pedro se hizo jubilar en la fábrica y en el garaje de su casa Jan y él montaron un pequeño taller que fue creciendo en tamaño e importancia hasta el día en el que Pedro, ya cansado, se retiró del negocio. Cuando el joven terminó la educación preparatoria, tuvo que decidir entre estudiar arquitectura, que era lo más cercano a sus intereses, o permanecer como fabricante de juguetes, que era lo que le apasionaba. Su padre hizo todo lo posible para que al menos intentara hacer la carrera, pero Jan con todo cariño y consideración explicó a su padre que era ese oficio tan atípico lo que lo hacía feliz. Su padre supo que nada podía hacer para persuadir a su hijo, quien desde pequeño había demostrado un carácter de decisiones contundentes y de propósitos firmes.

El señor Oleski recordaba siempre aquella tarde —siendo Jan muy pequeño— en la que después de una comilona de domingo, un par de amigos suyos se sentaron a jugar una larga partida de ajedrez. El niño se acercó a la mesa y siguió el duelo hasta el final sin despegarse un segundo. Cuando finalmente uno de los hombres ganó, el pequeño Jan con total seriedad le pidió que disputara con él una partida. El padre le dijo a su amigo que no le hiciera caso, que el niño no sabía jugar, a lo que éste serenamente respondió: "Acabo de aprender papá. Deja jugar al señor, por favor". Todos sonrieron con la contestación, pero Jan demostró en seguida que era cierto: había aprendido observando durante toda esa tarde el juego de los mayores. Cuando se proponía algo, Jan tomaba su tiempo —nunca tiene prisa— y al final lograba lo que quería; mas si no acertaba, lo asumía con una tranquilidad muy poco común en un niño. Sin embargo, esta seguridad en él mismo también le ha ocasionado algunos problemas; pues suele rayar en la intransigencia más pura: si de alguna cosa está convencido no hay manera de hacerlo variar de parecer y su actitud no es conciliadora sino definitiva y, en muchos casos, retadora. Desde muy joven supo que esto le acarrearía conflictos adicionales, por lo que con los años ha tratado de controlar su temperamento; aunque no siempre ha logrado dominarlo.

A sus treinta y siete años Jan se ha convertido en un hombre suavemente introvertido y un poco taciturno, aunque al mismo tiempo se dibuja en su rostro un gesto plácido, casi alegre. Heredó los rasgos firmes de su padre. Lo más bello en Jan: el azul intenso de sus ojos profundos y unos músculos tensos producto del trabajo y la frugalidad. Sus ojos delicados y un tanto melancólicos, herencia de su madre, contrastan con sus manos fuertes y su voz honda y potente. Es de poco hablar y cuando lo hace sus ojos sondean el infinito; llena las pausas con esa mirada suya que refleja el cuidado con el que busca las palabras precisas. Ve siempre a los ojos de su interlocutor como un niño esforzado que pone mucha atención. Si bien Jan no es de los hombres que llaman particularmente la atención al primer golpe de vista, siempre termina siendo una presencia grata y hasta seductora con el paso del tiempo.

Jan se ha convertido en un artífice incansable, curtido en el oficio que descubrió como un acicate y que le dio un lenguaje en medio de aquellas voces confusas de su exilio. Formó un mundo en miniatura en el que dio vida a gallardos generales, princesas pletóricas de nobleza, cochecitos veloces en centímetros, al elocuente Pierrot y a no pocos rostros de todas las razas y épocas. Hacía no mucho, estos juguetes eran anacrónicos, objetos sólo para coleccionistas y anticuarios; los niños preferían, sin dudarlo, los juguetes eléctricos y electrónicos. Pero en los últimos tiempos se habían puesto de moda, porque sí, porque a alguien se le había ocurrido que eran más divertidos, más originales. Desde hace muchos años, Jan mantiene un fiel compromiso con unos pequeños almacenes del centro de la ciudad a los que sigue abasteciendo; pero, además, ahora acepta pedidos especiales. Le entusiasma cada uno de los rutilantes encargos: las muñecas estilo María Antonieta, los galeones, las casitas a escala, los trompos de épocas lejanas. Él es capaz de hacer cualquier juguete, por desusado o estrafalario que parezca; sólo necesita el modelo, ya sea un original, aun maltrecho, o un retrato; y le apasiona investigar sobre la historia de los objetos que le encomiendan.

Jan desciende las escaleras del edificio de departamentos en que vive desde hace más de cinco años sin ver los peldaños que tan bien conoce. Está seguro de que Manuel estará aún en el cafetín de la esquina. Entra y saluda a Queta, la delgadísima mesera que sólo pronuncia monosílabos, pero a la que nunca se le vio un mal modo con nadie. Algo en ella enternece a Jan y aunque entiende que su timidez es proverbial y que cualquier acercamiento sería violento para ella, no deja de saludarla con mucha deferencia en cuanto entra al café.

Manuel es un tipo extrovertido y un tanto gruñón. Todas las mañanas se sienta junto a la ventana, y siempre con al menos dos periódicos sobre la mesa.

—Buen día, ¿qué hay? —dice Jan mientras se sienta y simultáneamente asiente con la cabeza a la mirada de Queta que pide la confirmación para traerle "lo de siempre": dos huevos pasados por agua y un café con leche bien cargado. Los amigos ojean las noticias y la cartelera de cine.

—El asunto de los barcos camaroneros de los del Norte me tiene indignadísimo. A ver si Orihuela se deja de una vez por todas de tonterías y hace algo —dice Manuel, que no abandona el tema desde que meses atrás saliera la primera noticia sobre el asunto.

Durante un rato comentan el punto, mas cuando llega el desayuno despejan un poco la mesa y, para no amargarse, dejan la política y hablan descuidadamente de todo y de nada. Rara vez se ven fuera del cafetín para otra cosa que no sea ir al cine. Sin embargo, para ambos es importante ese comienzo del día, habitual y desenfadado, pues comparten en mucho la manera de entender la vida y el mundo.

Jan es el primero en levantarse de la mesa, se despide con un "hasta mañana" y sale a la calle. Había conseguido hacía pocos meses un espacio de trabajo inmejorable muy cerca de casa, en el barrio de San Isidro. Dio con él de la manera más casual. Iba dando un paseo cuando captó su interés una vieja y hermosa casona en la que se dejaba ver un cuidadísimo patio. Se acercó y miró curioso por entre los barrotes de la reja; le cautivó que todavía existieran patios tan primorosos en la ciudad. En un costado, la casa, y al fondo un garaje con una habitación con ventanales y una terraza de no mal tamaño, todo un poco descuidado, con seguridad sin uso desde hacía mucho tiempo, pensó. Ensimismado en aquella construcción no se percató de que estaba por abrir el portón una mujer de cerca de sesenta años muy bien llevados y de porte elegante. La mujer se detuvo a unos centímetros de la puerta observando a Jan y esperando a que se marchara para poder salir. Éste se desconcertó al darse cuenta de su presencia y no supo qué decir. La mujer no tuvo más remedio que preguntar:

—¿Se le ofrece algo?

Jan se asombró al oír esa voz suave y pidió disculpas apresuradamente.

—Perdone usted, sólo admiraba los geranios de su patio y pensaba lo hermosa que aquella habitación del fondo podría quedar con un poco de esmero —se sonrojó terriblemente cuando reparó en su imprudencia al criticar de ese modo los altos del garaje frente a su propia dueña—. Nuevamente me disculpo. Soy de una torpeza increíble.

Se giró avergonzadísimo para marcharse lo más rápido posible, pero la mujer lo detuvo.

—Dígame señor. ¿Qué haría usted con esa habitación?

Jan se volvió y sonrió agradecido por las palabras, que casi borraban su descuido.

—Podría convertirlo en un taller de juguetes.

—¿Cómo dice?

—Pues sí, verá usted, a eso me dedico, fabrico juguetes para niños de esos que ya casi no se usan. Y siempre voy por ahí envidiando los espacios soleados y amplios.

—¿Dónde es que trabaja usted ahora?

—En casa, pero estoy un poco limitado. Aun así no me quejo, ya que produzco mucho y aunque parezca mentira hay bastantes niños a los que les gustan mis juguetes.

La mujer lo miró desde detrás de la reja con una sonrisa. Él sabía que era muy común provocar esa reacción enternecida cuando la gente se enteraba de que producía juguetes de madera. Pero la mujer sonreía porque le era muy oportuna la idea.

—Le diré lo que haremos. Déjeme su teléfono. Voy a pensar qué podemos arreglar usted y yo. Anóteme sus datos y piense en conseguir algunas referencias. Quizá me interese alquilarle el lugar. Lo estudiaré y lo llamaré en cuanto tome una decisión.

La respuesta llegó nueve días más tarde: doña Hortensia, la propietaria de la casa, aceptaba. Se estipuló que Jan tendría que encargarse de las reparaciones menores y que podía hacerlo a su gusto. El alquiler era alto, pero podría pagarlo. Había una condición que la dueña estipuló con mucha precisión: para comunicarse con la casa grande debía hacerlo únicamente por teléfono, no le sería permitido simplemente tocar a la puerta. El dinero del alquiler le venía muy bien a doña Hortensia, pero no quería una relación forzada con un desconocido y prefirió ser tajante en eso desde un principio. Curiosamente, ésa fue la norma que menos duró entre ellos; la amistad entre ambos rebasaría no solamente la puerta de encino tallado sino muchos obstáculos más.

Quince días después, la covacha arriba del garaje fue ya una habitación con blanquísimas paredes encaladas y dos mesas de trabajo: una grande de madera ruda donde Jan utiliza el soplete para los metales y donde corta y serrucha la madera, y la otra más pequeña junto a la ventana con un banco con rueditas y un pequeño respaldo, donde hace el trabajo fino y la pintura. La terraza fue lo que arregló con más ilusión; si bien la utiliza para secar las piezas recién pintadas, también acondicionó del lado izquierdo un espacio donde poder tumbarse a ver el atardecer, lo cual ha sido el regalo más maravilloso de aquel lugar.

Tardó Jan casi tres semanas en terminar el acondicionamiento del lugar. Lo hizo todo él mismo, primero porque no contaba con más dinero tras pagar el depósito que había adelantado a doña Hortensia, y después porque está muy acostumbrado a arreglárselas solo. Cuando el taller estuvo totalmente remodelado y antes de comenzar propiamente a trabajar en él, quiso Jan mostrárselo a la dueña para saber si aprobaba todas las modificaciones y mejoras. Llamó por teléfono a doña Hortensia y le preguntó si podía subir al día siguiente a tomar una taza de chocolate a eso de las cinco de la tarde. No sabía cómo haría el chocolate, pero lo consideró un gesto más cortés que recibirla sin ofrecerle nada. A las cuatro tenía ya todo preparado: el chocolate caliente en la pequeña hornilla eléctrica, unos panecillos y un juego de tazas nuevo. Las sillas de la terraza eran, si no elegantes, sí vistosas y coloridas, hechas por él hacía algún tiempo.

La mujer abrió la puerta de su casa a las cinco y cinco; Jan oyó sus pasos cadenciosos que subían por la angosta escalera. La puerta estaba abierta y aun así dio dos suaves toquidos. Jan, que ya estaba junto a la entrada, la hizo pasar.

—Doña Hortensia, buenas tardes.

—¿Cómo está, señor Oleski?

La mujer examinó con mucha atención las herramientas (que estaban meticulosamente ordenadas), los botecitos de pinturas, los pinceles y, le llamaron especialmente la atención los dibujos y los bocetos. Se paseó tranquila por la habitación sin decir una palabra. Jan permaneció con la respiración contenida tratando de adivinar el sentimiento de la casera por la remodelación. Finalmente, doña Hortensia se acercó a la hornilla, se asomó a echar un vistazo al contenido de la olla y le dijo:

—¿No me iba a ofrecer una taza de chocolate?

—Por supuesto, le ruego que tome asiento en la terraza y ahora llevo las tazas.

Llegó Jan con el servicio, quitó el pañito que cubría los panecillos que había puesto sobre la mesita y le extendió a la mujer la taza y una servilleta.

—Me gustaría que me dijera, doña Hortensia, si aprueba los arreglos de la estancia o si quiere que cambie alguna cosa —dijo al sentarse.

La mujer sonrió, tomó un sorbo de chocolate y aumentando maliciosamente la espera se secó los labios muy cuidadosamente con la servilleta y dijo:

—Ha hecho un gran trabajo, señor Oleski. No tengo nada que objetar. Me alegra sobre todo que haya tenido el tacto de no haber traído trabajadores a la casa y que no haya habido ningún disturbio. Ha quedado todo muy bonito, lo felicito. Lo único que debo señalar —y puso una cara muy seria que alarmó a Jan—, es que usted definitivamente no sabe hacer un buen chocolate— doña Hortensia se rió abiertamente al ver el semblante desconcertado del hombre—. Es una broma. Yo tampoco sé hacerlo bien. Pero le prometo que le buscaré la receta de mi abuela para que practique —dijo riéndose de nuevo.


Habían pasado cuatro meses desde ese día y no había vuelto a encontrarse con doña Hortensia. Sin embargo, la veía desde su ventana trabajando con esmero en las macetas de geranios, en la hiedra majestuosa del muro de piedra y en las macetas de los claveles multicolores en el centro del patio.

Jan llega hoy, como todas las mañanas, a eso de las diez al taller. Diariamente se dice que debe madrugar, pero realmente le gusta mucho tomar tranquilo el desayuno con Manuel y dar un paseo por San Isidro.

Desde hace algunas semanas le sucede algo sumamente extraño: en cuanto se acerca a casa de doña Hortensia comienza a hormiguearle el estómago; sabe que en cuanto cruce el portón de la casa y justo cuando pase frente a la cocina rumbo al taller, un aroma distinto cada mañana le abrirá el apetito, aun cuando acaba de tomar el desayuno. No puede explicarse de dónde vienen esos olores, pues nunca se ve movimiento en la cocina. Margarita, la vieja sirvienta de la casa, le ha confiado que hace ya muchos años que no cocina allí para nadie. Le contó que, debido a una afección de colon, la dieta de la señora es sumamente limitada y come casi todos los alimentos hervidos o a la plancha. Ella, a su vez, almuerza casi siempre en casa de una hija suya que vive no lejos de allí.

Y como todas las mañanas, Jan vuelve a recibir el fantasmal aroma, en esta ocasión de dulce de plátano. Sí, está seguro, ahí se ha cocinado un dulce o una tarta de plátano. Sube al taller y en cuanto ve a Margarita desde la terraza la tienta con un café recién hecho para que suba.

—Acabo de hacer café y aquí le espera una tacita y su panecito que le manda Queta —miente Jan, pues Queta solamente lo envuelve en papel de estraza y no sabe para quién es.

A Margarita le encanta subir al taller y ver las maderas por todas partes, las latitas de pinturas y los juguetes terminados muy ordenados secándose al sol en la terraza. Además le gusta estar con Jan; ese ratito robado a la faena para tomarse un café le sabe a gloria.

—Ahora sí, no me va a decir que no hizo una tarta de plátano, Margarita.

—De verdad que no. No sé de dónde saca usted eso de la cocinada. Ya le pedí que se olvide de eso.

—Bueno. Cuénteme cómo ha estado la señora, que

hace mucho que no la veo en el jardín arreglando sus flores —dice Jan aceptando cambiar el tema.

—Ha estado… medio resfriada —responde Margarita.

—Me preocupa. Dígale, por favor, que no deje de avisarme si necesita algo.

Es cierto que le preocupa. Todos esos meses viendo a doña Hortensia dedicada a sus plantas, entrando y saliendo de punta en blanco, siempre digna y amable, han hecho crecer en él un principio de afecto y de admiración.

Durante todo el día se esfuerza Jan en terminar el ferrocarril y la locomotora que le han encargado con urgencia los dueños de la juguetería Fantasía para un niño que se ha empeñado en tener una réplica del ferrocarril Great Northern con la locomotora 4-2-2 Lady of the Lake que había visto en un libro inglés y en el cual Jan se está basando para hacer la copia. Le divierten los juguetes complicados, pero no le gusta trabajar con premura. Como a las seis de la tarde asume que tendrá que quedarse hasta entrada la noche a terminar la pieza, y aunque nunca se ha quedado mucho después de oscurecer, ha instalado una luz apropiada en la mesa de trabajo previendo esa circunstancia. Así que pone agua y café en la cafetera italiana y se detiene como todas las tardes a ver el atardecer desde la terraza. No enciende la luz para no perder detalle del crepúsculo; se recarga en el quicio de la ventana y espera mirando a la distancia a que suene el borboteo de la cafetera.

Apaga la hornilla, se sirve el café y vuelve al mismo sitio en donde acaba de ver el atardecer. Se queda extasiado viendo las nubes rojizas que tocan todavía unos rayos de sol detrás del horizonte. Hacía tiempo que no se ensimismaba en sus recuerdos. Tiene que trabajar, pero sus memorias le han asaltado sin aviso y deja que salgan suavemente en la penumbra. Esa atmósfera le hace evocar las tardes junto a su padre, cuando los dos en silencio se sentaban a ver el ocaso en el porche de la casita de campo. Cuántas veces en esos momentos había querido tomar la mano de su padre. Nunca se atrevió, y sin embargo él sabe lo mucho que ese hombre lo ha querido siempre. La melancolía es algo que Jan sabe disfrutar sin hacerse daño; puede añorar aquellos viejos tiempos y simplemente contentarse de haberlos vivido. Suspira largo, como quien se despierta de una ensoñación, y empieza a despejar su mente poco a poco para empezar su labor cuando una luz en la cocina de la casa se enciende. Sin comprender por qué, se extraña de que haya alguien ahí a esa hora; no ha visto pasar a Margarita desde su cuarto, que está afuera, y además, logra ver la silueta de doña Hortensia sentada tras las cortinas de encaje de su cuarto. Se alerta, pero no logra percibir nada desde donde está. No quiere que las mujeres se alarmen, ya que puede no ser nada. Así que baja sigiloso y cruza el patio acercándose lentamente a la ventana de la cocina. Ve la pala de jardinero y no duda en tomarla con fuerza. Le viene un sobresalto cuando ve que efectivamente alguien se mueve en la cocina. Debe ser cuidadoso. Primero debe atisbar con precaución por la ventana para decidir qué hacer. Como un gato, Jan pasa agachado frente a la primera ventana de la cocina y al llegar a la segunda empieza a levantar despacio la cabeza. El corazón le late con fuerza; se imagina un montón de situaciones y a cual peor, para él, para las señoras y para el descarado ladrón. Por fin logra inspeccionar hacia dentro de la cocina, la luz está encendida sin pudor alguno y sí, alguien se mueve dentro de la alacena grande. Espera tenso y con la pala bien sujeta, cuando de pronto sale con un saquito de azúcar en las manos una mujer. Jan queda más paralizado por la aparición de ésta, que si realmente hubiera visto a un ladrón.

Su ubicación en la oscuridad le permite ver sin ser visto, así que la observa largo rato. Es una mujer de entre veinticinco y veintiocho años; tiene sujeto el pelo en una trenza perfectamente hecha; viste pantalones vaqueros y una camisa blanca, blanquísima y sin una sola arruga. No puede definir si es o no hermosa, pero sin duda es inquietante; no tiene ningún rasgo demasiado llamativo, pero algo en ella es notable, se mueve con una ligereza que dan ganas de sentir, como si no pesara; sus movimientos son suavísimos y a la vez precisos. Su mirada es dulcemente triste y sus mejillas están sonrosadas por el calor de las hornillas.

Jan empieza a revivir sus extrañas sensaciones olfativas. ¡Por supuesto, es aquella mujer que ahora ve manipular ingredientes, grandes cuchillos y palas de madera, la que produce esos olores! Trastornado y un poco avergonzado por su posición, baja de nuevo la cabeza, camina deprisa, deja la pala donde la había encontrado y regresa a su taller; esta vez moviéndose él como un ladrón.

Se acerca al ventanal aún sin prender la luz, quiere ver las sombras de aquella mujer misteriosa. Permanece así mucho rato. Ve apagarse la lámpara de la habitación de doña Hortensia. Sigue intuyendo los movimientos de la mujer y escrutando las sombras que éstos proyectan en la blanca pared frente a la ventana de la cocina. Finalmente decide encender la luz de su mesa de trabajo, como para que ambas luces se hagan compañía. Quizá en el fondo tiene la esperanza de que la dueña de las sombras también repare en su luz de trabajo: en él.

# III

Durante meses ha consolidado una convicción irrefutable en su mente: sólo él puede salvar al país de la adversidad; y hace semanas que ha tomado la decisión concordante: permanecer en el cargo por el bien de la nación.

Nada importan los dos periodos únicos; el interés nacional está por encima de esas puerilidades. Llevará a cabo lo que haga falta para implantar el estado de excepción y hacer valer la prolongación de su mandato por dos años más.

Aquella idea se ha tejido cuidadosamente en su cerebro y está hilvanada con hilos de la realidad, pero sin justificación verídica alguna. Eslabonando las mismas piezas en diferente orden, e introduciendo una o dos variables acordes y verosímiles, puede construirse una aparente nueva realidad casi perfectamente lógica, obteniendo con ello los argumentos para tranquilizar la conciencia y hacer plausible cualquier acción. Y eso es lo que Demetrio ha logrado ya, pues no tiene dudas sobre la conveniencia imperiosa de su permanencia en el cargo.

Ahora debe idear cómo presentar "el guión" al escrutinio general, hacerlo del dominio público y convertirlo no sólo en su necesidad, sino en la de su pueblo, pues debe ser éste el que clame por que Demetrio no abandone la Casa Dorada.

Para ello, hace falta un detonante. Las sociedades requieren de escenas muy gráficas para comprender lo que precisan. Demetrio ha sopesado decenas de opciones, pero ninguna acaba por satisfacerle; todas son demasiado arriesgadas o insuficientemente terminantes.

Está agotado y se recuesta sobre la cama todavía con ropa de calle. Sabe que aunque se devane los sesos no será capaz de fraguar un fenómeno de esa tesitura.

Entrada la madrugada, sin poder pegar el ojo —como todas esas noches—, finalmente se da por vencido y acepta que sólo Rangel puede dar con el disparador. Sin más vueltas, toma el teléfono y marca el código de la memoria que lo comunica con su incondicional amigo.

—Tengo que verte con urgencia mañana a primera hora en mi despacho —dice sin siquiera esperar la contestación de Octavio.

Por fin, Demetrio logra dormir.


Después de una noche de insomnio tras la llamada de su jefe, Octavio llega a la sala de juntas contigua al despacho de Orihuela media hora antes de la cita; nunca deja de revisar los lugares pensando encontrar posibles micrófonos, y no puede decirse que sea paranoia. Los equipos de detección se tornan más y más sofisticados cuanto menor es el tamaño de las cámaras y los micrófonos. Octavio detesta la tecnología, dice que vuelve perezosos a los hombres. Pero en realidad le teme porque no entiende cómo valerse de ella. Demetrio llega una hora tarde y Octavio está ya impaciente, pero él sabe esperar, es una de sus grandes virtudes.

El presidente le explica, a un cada vez más intrigado y sorprendido Octavio, su determinación de hacer indispensable para el país que él prosiga en el puesto.

¡Nada le puede dar más contento a Octavio que oír estas palabras! También le preocupa lo que será de él cuando tengan que irse de la Casa Dorada (aunque económicamente no tenga problema alguno, dado que ha robado a manos llenas), pues está seguro de que en cuanto Orihuela salga de la presidencia, todos sus enemigos contenidos se le irán encima; y a pesar de haber planeado las cosas para irse del país, cuanto más tiempo se aplace esto, mejor.

A Octavio le entusiasma que su jefe le confíe cuestiones tan privadas e importantes; con ello constata que le es imprescindible. Pero esto sí lo ha tomado descolocado; piensa que Orihuela debe estar muy desesperado para llegar a tanto. Una ventaja más para él, ya que los hombres en estas circunstancias nunca perciben bien lo que está sucediendo y optan por oír sólo lo que les conviene; y por ahí empieza Octavio a abordar el asunto.

—Decididamente tiene toda la razón, es tan preocupante pensar en estos momentos que usted nos falte. La situación es muy, pero que muy delicada. Y también tiene razón al sugerir que los pueblos necesitan las cosas más digeridas y mucho más sencillas para poder comprenderlas —hace una pausa larga, da unos pasos alejándose y remata diciendo—: Es usted un valiente. Ahora que podría irse tranquilamente a descansar y a disfrutar de la vida, sigue pensando en la nación. No me canso de admirarlo señor presidente.

Desde el mismo día en que Demetrio tomara el cargo, su amigo lo llamó "señor presidente" y no hubo manera de que dejara de hacerlo. Tantos años juntos y ahora de usted, es una cursilería, pero Demetrio ya no se lo pide más.

Lo que le pide Orihuela es tremendamente delicado y Rangel calibra que necesitará de toda su inventiva y más para urdir un plan que lleve a semejantes consecuencias. No puede compartir esto con absolutamente nadie; la responsabilidad es mayúscula. Medita unos segundos y hace lo que nunca había hecho: le pide a su jefe una semana de vacaciones para tenerle listo "el proyecto".

Demetrio lo piensa y decide que vaya a su finca en la provincia, ahí lo atenderán a cuerpo de rey y al mismo tiempo estará vigilado por la gente de la casa. No puede arriesgarse a que tire el tiempo en sus puterías, como suele hacer, alegando que eso le despeja la mente. Cuando mucho, le pedirá a Benjamín, el capataz, que le lleve a alguna prostituta del pueblo la tercera o cuarta noche para que no se desespere.

A primera hora de la tarde del día siguiente está un coche de la presidencia con Octavio partiendo rumbo a la sierra. El viaje es tranquilo y la lluvia de semanas atrás ha embellecido los valles. A él le aburre el campo soberanamente; sin embargo, esta vez es distinto, va como un marqués y, lo más importante: a confabular un evento que pasará a la historia, aunque el autor permanezca en el anonimato más completo. Esto último es una lástima, pero así son los hilos ocultos de la historia, piensa, descubriendo a lo lejos las curvilíneas montañas. Durante el trayecto obliga al chofer a poner una selección de su música favorita. Empieza por una cantante de su época de juventud, de la cual estuvo ridículamente enamorado y que después conoció hecha una ruina en un banquete de bodas al que acompañó a Demetrio y a su esposa. Aunque guarda esa imagen enojosa de sus carnes fláccidas, sus canciones todavía pueden hacerle recordar viejos tiempos. Octavio tiene el mismo gusto barato para la música que para todo lo demás. Lo que suena después es un disco un poco más reciente, de cuando acababa de cumplir los treinta, y no puede evitar invocar el instante justo en el que su vida dio un giro de trescientos sesenta grados. Pocos hombres, piensa Octavio, pueden definir el hecho que los marcará con tanta precisión; un acto que lleva al punto de no retorno, que los sitúa del otro lado de la línea divisoria. Existen los hombres que han pasado esa línea y los que no; así de simple.

Cómo olvidar aquella noche después de tres días en el burdel de Rosa, festejando su cumpleaños número treinta con los estragos saltando a la vista. Entonces todavía no consumía cocaína, así que se iban acumulando sin remedio en su semblante y en su ánimo el coñac y el agotamiento. Comúnmente, cuando Octavio se emborracha las ojeras se le convierten en unas bolsas un tanto verdosas y se le recrudece el enrojecimiento de los ojos, aunado a que para esa hora de la madrugada ya no tiene potencia alguna para enfrentar a una pupila.

Se quedó dormido con una toalla enrollada en la cintura en la cama del mismo cuarto en el que había estado de juerga toda la noche.

Perla, una joven trigueña realmente hermosa de ojos color miel, entró a la habitación buscando dónde reposar. Al ver a Octavio tan rotundamente liquidado se tumbó en el sillón grande que estaba a la izquierda y tomó como almohada uno de los muchos cojines que había por todas partes. Empezaba a quedarse dormida cuando oyó el ruido de la puerta y entornando los ojos notó la figura esbelta de un hombre moreno que le sonreía insinuante: era Ramón. Hacía tiempo que Perla rondaba al apuesto sobrino de Rosa, a quien ésta había nombrado "jefe de seguridad" hacía varios meses y al cual todas las pupilas le tenían echado el ojo. La chica estaba cansada pero no tanto como para desaprovechar este disfrute. Perla le sonrió y entrecerró coquetamente los ojos dándole a entender lo cansada que estaba. El hombre hizo un gesto con la palma de la mano para tranquilizarla y se acercó despacio. Con esa misma palma recorrió el sinuoso camino desde el terciopelo borgoña al muslo, aún más suave, de ella. Perla sonrió casi para sí misma y se estiró felina en señal de aceptación. Él soltó una carcajada socarrona y tomando aire empezó su tarea.

Aquella risotada hizo despertar a Octavio, quien fue progresivamente tomando conciencia de que la imagen en el sillón y los gemidos que oía no eran un sueño. Siempre había querido ser un auténtico *voyeur* y no sólo un ordinario consumidor de pornografía. Se percató en seguida de que lo que estaba presenciando no era una sesión de trabajo.

Le vino un sobresalto cuando en un momento en el que el hombre cambió de posición, vio claramente su miembro. A partir de ahí no pudo dejar de escudriñar ese espléndido pene dando placer y no solamente recibiéndolo.

Reparó en que nunca antes había presenciado el verdadero placer femenino. Veía a ese hombre apto y generoso disfrutar ufano de sus habilidades y de las de ella. A diferencia de lo que estaba acostumbrado, Octavio presenció un orgasmo que gritaba hacia adentro, casi sin dejar salir un solo sollozo. Un orgasmo tan pleno como ligero.

Octavio se movió en la cama fingiendo el reacomodo inconsciente de un sueño profundo. Oyó en seguida unas risitas bajas, alguien que se movía y, finalmente, la puerta. No sabía cuál de los dos había salido. Esperaba que fuera él. Algo en ese hombre lo ponía nervioso después de tanta unilateral intimidad. Pero escuchó una respiración fuerte que ponía en evidencia que era ella la que se había marchado.

Octavio miró hacia la ventana para distraer los pensamientos que seguían rondando las imágenes que aquel hombre le había ofrecido sin proponérselo, como tampoco se había propuesto mostrar tan descarnadamente las extremas diferencias entre ambos.

Octavio sabía que ellos dos eran muy distintos no sólo por el tamaño de sus penes. Aunque quizá este hombre fuese generoso sólo porque generosa había sido con él la naturaleza.

Vio pasar velozmente por la cornisa un gato pinto detrás de una sombra que le fue imposible distinguir. Los colores del amanecer pintaban de dorado las paredes grises de aquel patio vulgar y desangelado que por unos segundos fue un palacio de cuento.

Cuando al fin Octavio se giró para levantarse, vio al hombre a medio vestir que tiraba de una frazada para cubrirse el pecho. No cabía en el sofá, así que había puesto los pies sobre la codera derecha, pero aun así la cabeza le quedaba medio colgando en el otro extremo. Entreabrió los ojos al sentir la mirada de Octavio. Somnoliento como estaba, no atinó más que a sonreírle torpemente y cerró los ojos.

Octavio sintió esa sonrisa en el estómago como un cólico. Más que la sonrisa, lo que le irritó terriblemente fue ver en los ojos de ese hombre una gran conformidad. Esa conformidad de quien no tiene necesidad de cambiar nada, ni de sí mismo ni de sus circunstancias. ¿Quién era ese hombre que sin pretenderlo era dueño de esa soberbia que a él insultaba? ¿Podía alguien ser tan idiota como para ser feliz con unas cuantas bendiciones? ¿Quién se creía este tipo como para sonreírle a él con tal condescendencia y hasta con una cierta complicidad? ¿Qué no se daba cuenta de que no se debe ostentar así frente a los otros sin pagar un precio por la insolencia? ¿Y por qué podía sonreírle sin siquiera percatarse de lo que podía provocar en Octavio? ¿O sería justamente ésa su intención? ¿Provocarlo? Octavio intentaba angustiosamente definir lo que realmente quería decir esa sonrisa.

Cuanto más lo veía, más se encendía su cólera. Sin dejar de observarlo se incorporó hasta encontrarse sentado al borde de la cama. Nada parecía inmutar a este tipo con la cabeza colgando y un incipiente hilillo de saliva corriendo por la comisura del labio.

Adormilado, el hombre movió la mano y la frazada cayó al costado del sofá exponiendo el torso desnudo y recio, lo que aumentó la turbación de Octavio, que sintió cómo se le encendía el rostro frente a este nuevo agravio.

¿Podría ser tan injusta la vida al darle a uno tan poco y a otro tanto sin merecerlo? Porque éste no lo merecía, pues nada había hecho para tener el privilegio de entender tan poco del mundo y al mismo tiempo disfrutarlo tanto.

Le dolía en el pecho esa inmunda sensación de envidia que sentía por un hombre del cual no sabía ni el nombre. Esa envidia que no puede evadirse y que se pega al rostro como una mancha indeleble que apesta por donde se va. Odiaba ese sentimiento que parece que todo el mundo adivina; como si esa mancha fuera realmente visible y cuanto más se busca ocultar más parece que se exhibe. Quería evitar la presencia del otro y aquel torso que tan rítmicamente fuelleaba esa respiración ahora sosegada.

Le entró una desesperación apremiante. ¿Por qué el tipo no podía serle simplemente indiferente? ¿Por qué le era imposible dejar de sentir lo que sentía? Tenía que romper con el efecto que ese hombre le producía. Tenía que controlarse. Era necesario restarle importancia; no podía verse sometido así por sus flaquezas.

Se viró para no mirarlo más y poder serenarse.

Pasaron los minutos y poco a poco se volvió para observarlo, intentando sentir todo el desprecio del que fuera capaz para contrarrestar su ira; pero en seguida se dio cuenta de que no había nada que le provocara conmiseración por ese individuo. "Pero si es seguro que no es más que un pobre camionero ignorante", se decía intentando menospreciar la imagen del otro.

Se rió al verse tratando de engañarse a sí mismo de un modo tan ridículo. Tenía que aceptarlo: nada había, al menos en ese contexto específico, en lo que Octavio fuera mejor que el otro.

Dolido, fijó la vista en la ligera frazada caída en el suelo. La respiración del hombre se hacía más constante y profunda, anunciando ronquidos que pronto se oyeron.

De golpe, los ronquidos lo despertaron de su autoconmiseración. Quizá sí. Quizá sí hubiera algo en lo que aun en esas circunstancias él fuese mejor: su sentido de oportunidad y su sagacidad, que finalmente también formaban parte de este escenario.

Deliberó que la despreocupación del otro era justamente el punto débil por el cual podía acabar con eso que sentía. Sí, ahí estaba el tipo, reposando, confiado de su propio destino; indolentemente desaprensivo durmiendo frente al hombre al que había desafiado sin planearlo. No se defendía pues ni siquiera sospechaba haber despertado la ira de Octavio. Dormía tranquilamente, ignorándolo. Tal humillación era una ofensa que había que saldar.

De pronto la rabia de Octavio fue dando paso a una extraña sensación de aplomo. Una seguridad dura y siniestra lo dominó. Su mirada ya no divagaba por el cuerpo del otro. Su mente tenía un solo pensamiento. Todo su ser estaba inesperadamente concentrado en ese chorreo de saliva que corría moroso por su mejilla.

En ese instante supo lo que de forma irremediable pasaría. El destino de ambos estaba fatalmente unido y no por el azar. La compensación a esa injusticia estaba ahí, dispuesta a unos metros, pendiendo de una sola decisión.

"Él se lo ha buscado, por su insensatez, por su arrogancia disfrazada de descuido." Sin pestañear siquiera, Octavio aprovechó la oportunidad. Tomó la navaja que siempre llevaba en el pantalón y la abrió sin hacer ruido. Estaba tan convencido de lo que tenía que hacer, que pudo centrarse minuciosamente en cada detalle, en cada imagen de su venganza. Era como una de esas ensoñaciones en las que uno conoce el final, y aun así, o por eso mismo, disfruta con más intensidad de cada uno de los momentos. La respiración acelerada de Octavio no era la de una exaltación cualquiera; no, era la del control absoluto, de la determinación precisa. Deseaba el triunfo justiciero, pero sobre todo quería tener por un instante eso que a él se le había negado. Estaba convencido de que así, al menos por un momento, lograría poseer a ese hombre.

Llegó al borde del sofá. Podía verlo de cabeza a pies. Octavio sabía dónde haría la herida letal que le daría esos instantes de éxtasis en los ojos de su víctima. Eso compensaría en algo el desatino que la naturaleza había cometido con él.

Con el puño cerrado y la navaja saliendo por el pulgar se acercó sigiloso hasta llegar junto a él. Ni siquiera tuvo que agacharse para, de un solo movimiento con la mano izquierda, tomar la cabeza tirando del pelo. El hombre abrió los ojos desorbitadamente. Octavio levantó el brazo derecho para imprimir más fuerza y le hizo un tajo preciso en la yugular.

El hombre tardó en comprender que estaba muriendo. Los fugaces segundos que siguieron fueron la recompensa que Octavio había anhelado. La vida que le salía al otro por el cuello, le entraba a Octavio por todos los poros de su piel y pudo ser, por un momento, ese otro que tanto envidiaba.

Se quedó extasiado observando el potente chorro de sangre que salía sin freno. Cuando la fuente roja y negra empezaba a extinguirse, con ella también el golpe de vida que había conquistado Octavio. Fueron sólo unos instantes, lo suficiente para rememorarlo toda la vida.

Cuando no quedaba nada más de aquel hombre, Octavio se apartó y sintió un portentoso descanso que, sin embargo era lo más próximo al vacío; pero un vacío insípido, insustancial, sin parangón, que lo acompañaría por siempre.

Tardó en recomponerse. Trató de espabilarse del todo para tener la mente clara. Pensó en los pasos que debía dar y fue actuando casi mecánicamente. Se vistió, miró todo para no dejar nada, se cercioró de que la llave cerrara bien la puerta de la habitación, cerró con cuidado y se marchó con paso firme llevándose la llave. Encontró a la regenta en mitad del salón principal, la apartó al rincón más alejado y sacó un montón de dinero que afortunadamente traía con él:

—Encárgate de todo. Mañana te mando el doble de

esto. Hazlo como es debido y todo saldrá bien —le dijo mientras le colocaba la llave entre ambas manos.

Eficientemente, la mujer se ocupó de aquello, y cada aniversario del suceso le llega un regalo que, aunque sea cada vez menos imaginativo, nunca falla.


Al regresar de sus remembranzas, tiene la mirada fija en un punto de la carretera.

Se da cuenta de que lo que está camino a concebir será un acontecimiento que lo marcará tanto como aquel de hace casi treinta años.

## IV

Doña Hortensia ha estado enferma en cama desde hace tres días y Margarita, ya muy preocupada, sube al taller para hablar con Jan.

—No veo que mejore, pero no me hace caso y no quiere que llame al doctor, ni ir al hospital… Por favor, hable usted con ella.

Jan le recuerda el convenio que hay entre ellos de nunca entrar en la casa, pero los ruegos de la mujer se imponen. Llegan hasta la puerta de la habitación y Jan le pide a la sirvienta que lo anuncie.

Éste entra y queda consternado al ver el semblante de doña Hortensia. Se acerca a la cama, se inclina un poco para acariciar tiernamente la mano de la enferma y le dice con tono pausado:

—Me dice Margarita que no se ha sentido bien y que no quiere ver al médico… Antes de que me diga otra cosa quiero decirle que aun a simple vista la veo un poco mal y aunque sé que es una intromisión de mi parte, voy a hacerme cargo.

La mujer intenta objetar, pero en el fondo se siente aliviada de que alguien resuelto y capaz tome las riendas de la situación, y lo deja hacer. Jan sale de la habitación haciéndose seguir por Margarita.

—Deme el número del doctor que la atiende y dígame dónde está el teléfono.

Jan se comunica con el médico, quien lo podrá visitar en tres cuartos de hora. Está sentado en el mueblecito del telé-

46

fono, una especie de pupitre elegante viendo hacia la pared, cuando al colgar y dar la vuelta para ponerse en pie, se topa de frente con la "mujer de la cocina" que está parada a pocos centímetros de distancia esperando a que el hombre se vuelva. Jan se lleva un susto de muerte.

—Le agradezco mucho su preocupación por mi madre —dice la joven.

Jan se turba al oír aquella voz profunda y tersa que le da a la chica un tono inteligente y mesurado y, además, una pizca ronquita, lo que le imprime un halo de desprotección. Trata de reponerse y se levanta:

—Discúlpeme, no me he presentado, Jan Oleski. Tengo rentado…

—Sé perfectamente quién es. Pero usted es el que no sabe quién soy yo… Soledad Galdós, doña Hortensia es mi madre… Margarita y yo decidimos recurrir a usted para hacerla entrar en razón.

Oyendo a Soledad, Jan nota que aquella finura de sus movimientos en la cocina se duplica en su voz. Advierte esa mirada entre dulce y ajena que ya había notado. En ningún momento sonríe, como si la tristeza de sus ojos se lo impidiera. No es descortés, pero parece imposible romper esa especie de incorpóreo cristal que la aleja del mundo y de él.

—Con permiso. Y otra vez gracias —dice y se va, dejando a Jan sin posibilidad siquiera de responder. Él, inmóvil, la ve salir del corredor y torcer a la izquierda.

Jan vuelve con la enferma, que está adormilada por la fiebre. Le siente la frente, no hay necesidad de usar termómetro, tendrá más de treinta y ocho grados, así que quita la colcha que la cubre para refrescarla y deja sólo la sábana. Doña Hortensia entreabre los ojos y trata de hablar, pero no puede, ve a Jan con una expresión indescifrable y se deja llevar por el cansancio hasta que el doctor llega para auscultarla.

Jan y Margarita esperan en el pasillo fuera de la habitación en un banco forrado de satín verde y no pronuncian palabra hasta que sale el médico.

—Vamos a ver. La señora tiene un resfriado bastante serio y no queremos que se complique en una neumonía. Aun así, no creo prudente sacarla ahora para ir al hospital. Sólo hay que tener mucho cuidado con la fiebre y no dejar de darle el antibiótico cada seis horas.

Cuando el médico termina de dar las indicaciones, Jan percibe la sombra de Soledad que ha estado atenta al parte médico y en seguida siente cómo se cierra la puerta de la que con seguridad es la habitación de la joven. Varias veces Jan se había preguntado a qué se destinaba esa recámara tan espaciosa con balcón, que daba al frente de la casa. Ahora sabe que ahí vive ella y no atina a prefigurar cómo pasará sus días.

Al menos por esa primera noche, Jan decide pernoctar en la casa de doña Hortensia; no puede dejarlas solas con el riesgo de que ésta empeore en mitad de la noche. Margarita le prepara la cama en una habitación cerca de la principal. Ella dormirá junto a su patrona.

Hace mucho tiempo que Jan no duerme fuera de casa y siempre es una pequeña aventura reconocer un nuevo lecho. Observa los detalles que visten la habitación: las pinturas que aun sin ser de gran calidad sí son originales —quizá de algún artista que usa como galería el parque de los artistas del centro de la ciudad; una pequeña mesa haciendo las veces de tocador con un juego de alpaca repujada con formas de estrella, formado por peine y cepillo; un espejo ovalado con discreto marco, y una mecedora igual a la que había visto en el cuarto de doña Hortensia. La cabecera de la cama es de latón antiguo, de trazos simples y en combinación con los pies de la misma. Si bien es una habitación armada con muebles que fueron desechándose con el paso de los años, su arreglo es muy delicado.

Con cierto pudor, se mete en la cama sólo con los calzoncillos puestos. Ésta es mullida y firme a la vez, con sábanas que huelen a lavanda y unos almohadones suaves que le acarician el rostro. Le gusta la sensación de una cama cuidada por las manos de una mujer. No puede evitar recordar las de su madre: los dedos largos, el meñique derecho un poco curvado por una fractura que se había hecho de pequeña y la piel un poco ajada por el trajín de los quehaceres. Pero sobre todo, revive esas manos que le hacían bien a todo lo que tocaban, como a su cama de niño: la sábana de abajo siempre bien tensa, sin arrugas para que no molestara a la piel; la de arriba bien alta para estar siempre tapado y con la garganta y el pecho abrigados; la manta un poco pesada, que curiosamente lo hacía sentir protegido, seguro y, encima de todo, una colcha suave, de un lino muy fino.

Esa cama en la que ahora está y esa mujer que sufre de fiebre, no pueden más que llevarlo a su reminiscencia más triste: la muerte de su madre. Ella nunca estuvo demasiado bien de los bronquios y aquel invierno había sido más crudo que lo habitual. Al principio creían que sería un catarro simple, pero fue complicándose hasta convertirse, tan estúpidamente, en una pulmonía que la mató en tres semanas. Era impensable que ese cuerpo joven pudiera quebrarse con tanta facilidad. Desde su habitación de niño, su cama descuidada lo hizo sentirse muy lejos de su madre. Le rogó a su padre, cada noche de esas tres semanas, que lo dejara dormir junto a ella, pero el padre lo llevaba a su cama deseando que su hijo tuviera al menos ese rato de descanso; pensaba que se dormiría, pues creía que caería rendido como cualquier niño. Pero Jan no durmió durante esas semanas. Se quedaba muy callado tratando de oír desde su cuarto la respiración de su madre que cada vez era más dificultosa. De día, cuando se quedaba dormida, él pegaba la cabeza a su pecho rogando que se hubieran ido ya esos grillos que le oía por dentro; pero cada día aquel ruido era más fuerte y más áspero. Los médicos la llenaron de todo tipo de medicamentos novedosos, pero algo en su condición le impidió mejorar. Esa madrugada, Jan, que vigilaba a lo lejos como lo había hecho todas esas noches, oyó el caminar agitado de su padre por la habitación. Siempre había sido muy cuidadoso para no despertar a su hijo al que creía dormido, pero esa última madrugada, el padre en su desesperación no reparó en el ruido de sus pasos ni en el estruendo por la caída de la mesita con las medicinas. Jan aguzó el oído paralizado de temor y un segundo después corrió a la otra habitación sabiendo que algo inevitablemente grave sucedía. Entró al cuarto y vio a su padre que con un brazo inclinaba a su madre hacia delante y con la otra mano ahuecada le palmeaba la espalda con fuerza. Vio a su hijo y aun cuando quería impedir que presenciara todo aquello, no atinó a decirle nada y siguió con desesperación tratando lo imposible. Cuando lo venció la realidad, las palmadas fueron transformándose en dolorosas caricias y poco a poco fue recostándola. Pudo ver su cara inerte, con el rictus del último esfuerzo, y sin embargo con un dejo de dulzura. Se dio la vuelta, miró a su hijo y fue hasta él. Lo cargó y ciñó suavemente su pequeño cuerpo contra sí, con esos brazos que querían atenuar lo que ya no tenía remedio. Lo llevó junto a su madre y permanecieron un tiempo muy largo junto a la mujer que tanto los había cuidado y que los dejaba tan profundamente solos.

Algún tiempo después, su padre decidió emigrar motivado más por el dolor de la ausencia de su mujer que por la difícil situación económica por la que atravesaban. Ambos entendieron que debían tomar distancia para mitigar la pena. Y sí, el viaje, el descubrimiento de aquel nuevo país, de aquel nuevo idioma, paliaron un poco la dolorosa evocación de la muerte de María, de su madre.

Jan va quedándose dormido, abrazado por una tierna nostalgia en esa cama ajena.

Ve a Soledad entrar a la habitación envuelta en una bata color lila. Puede sentir su andar acompasado y el olor de su pelo suelto cubriéndole los hombros. Al llegar al pie de la cama permanece ahí mirándolo; sus ojos recorren el torso desnudo de Jan y el largo de sus piernas dobladas, deteniéndose en la curva que hacen sus nalgas y que la sábana revela, casi transparenta. Él puede ver cómo el cinto de aquella bata lila se relaja descuidadamente y deja al descubierto el escote que cubre apenas los pezones de unos senos plenos, blancos y casi pequeños.

Las manos de Soledad cargan una charola cubierta por una servilleta bordada, ella hace un movimiento ligero hacia la ventana y la deja sobre la mesita junto a la mecedora.

Jan se despierta de aquel sueño extraño sintiendo que ha dormido más profundamente que en mucho tiempo. Al incorporarse se percata de que no ha sido un sueño: la charola está encima de la mesita. Soledad ha estado ahí. Descubre la charola y encuentra un termo pequeño con café, otro más pequeño con leche y unas empanadas de melocotón. Jan empieza a comer con sus mejores modales, como si alguien lo estuviera escrutando, hasta que repara en lo ridículo de su actitud y literalmente devora las empanadas, que están exquisitas. El café acaba de espabilarlo. Se había vestido al salir de la cama y ahora se mira al espejo para ver si está presentable, pero tiene la cabeza toda revuelta y no sabe qué hacer para aplacarla. Se alisa el pelo con la mano y ruega encontrar el baño antes que a alguna de las mujeres. Llega al baño sin percances y se acicala lo mejor que puede.

Entra al cuarto de doña Hortensia donde está Margarita ya hablándole a la enferma con la voz desparpajada de siempre. Se percata de Jan y lo hace pasar.

—Yo ya la veo mucho mejor. ¿Cómo la ve usted?

Jan se sorprende ante el semblante de doña Hortensia, quien efectivamente está muy repuesta.

—Buenos días, señora. Espero que se sienta usted mejor.

—Estoy mucho mejor. Gracias por todo Jan… Pero para otra vez no deje que esta mujer lo alarme y le complique la vida.

Le extiende la mano para que se acerque y él se la toma cariñosamente.

—No es complicación alguna. De verdad que ayer se veía mal y todos estábamos muy alarmados.

Al oír esto, la mujer reacciona:

—Jan, acerque esa silla y siéntese un instante… Margarita, déjanos un rato, por favor —doña Hortensia se incorpora un poco, toma un trago de la taza de té que tiene en la mano y le hace un gesto a Jan para que se siente en la silla junto a la cama.

—Sé que conoció a Soledad y le parecerá raro no haber sabido nada de ella hasta ahora. Lo único que puedo decirle es que es mi única hija y ella y yo sólo hablamos lo imprescindible. Es una penosa y larga historia. Estamos alejadas desde hace ya varios años. Ella vino a vivir conmigo hace algún tiempo, pasa el día en su habitación y las noches en la cocina donde prepara sus entregas… Soledad conoció hace varios años al dueño del restaurante francés Le Partisien y éste le ofreció el puesto de chef, pero ella prefirió cocinar para él de esta manera. Por la mañana muy temprano, viene la camioneta del restaurante por las salsas, los guisos y las tartas, que es lo que ella suele cocinar para el restaurante. Prácticamente, ella es la que mantiene esta casa… Y no vaya a creer otra cosa: a pesar de nuestro distanciamiento no dejo de considerarla una mujer admirable. Eso es todo lo que puedo decirle.

Jan le sonríe con ternura, se pone de pie y regresa la silla a su lugar.

—Con su permiso, voy a ir a casa a cambiarme y en un rato vuelvo para ver cómo está y seguir en el taller. Tengo algo de trabajo pendiente… Me da mucho gusto verla así de bien, de verdad.

Toma un taxi y llega a casa con pinta de haber trasnochado en una juerga. Se quita la ropa sucia, se mete a la
ducha y mientras se restriega fuerte como le gusta hacerlo,
Soledad le viene a la mente. No piensa en nada en especial,
ni siquiera conjetura sobre el misterio que la envuelve, sólo
le llega a la memoria su figura y trata de evocar su voz. No
entiende si le agrada su presencia o lo intimida.

Imagina que posiblemente no la verá más, y para su sorpresa, siente alivio al pensarlo.

## V

Cuando Octavio llega al comedor, su sitio en la cabecera y dos tiesos sirvientes lo esperan. Prudencia le sirve ceremoniosa y copiosamente, tanto que cuando llega el postre —el famoso flan de la casa—, con todo su pesar se ve obligado a rechazarlo.

—Guárdemelo para la cena, Pru.

Ha dormido como tronco y sin embargo su mente está empantanada. La mañana es espléndida y aprovecha para dar un paseo. En aquel paraje y con tantas atenciones, muy poco le apetece esforzar su materia gris. Qué agradable en cambio sería tener todo esto para él y además poder salir al pueblo, visitar el bar y al final, el burdel, que por ahí dicen que es de los mejores de la región. Pero nada de esto es posible; tiene que pensar bien lo que le propondrá al mismísimo presidente de la nación, que tan trascendental empresa le ha confiado.

Así pasan cuatro días y Octavio no ve por dónde llegar a esa vía que haga imprescindible la permanencia de Orihuela en la presidencia. Todo termina siendo insensato, nada resulta tan contundente como para justificar una cosa así.

Rangel se sienta, después de desayunar, en la terraza del segundo piso, con una jarra de café en la mesa y un cuaderno lleno de anotaciones, a analizar la situación sesudamente.

El país, si bien tiene problemas y la gente empieza a organizar su descontento, no ha formado ningún grupo de cuidado. Los partidos de oposición hacen su juego sin mayores aspavientos. La más combativa es la organización de trabajadores inmigrantes, pero nunca han utilizado prácticas violentas. Por otro lado, está el grupo Patria Nueva, un conjunto de reaccionarios extremistas con cierto entrenamiento neofascista en países de Europa central, que el gobierno mismo mantiene vivo e infiltrado y al que algunas veces Octavio ha hecho responsable de ciertos atentados que nunca se han tomado la molestia en desmentir. Así las cosas, poco tiene Octavio con qué planear su estrategia.

La comida de Prudencia lo va engordando en pocos días y el sol va poniéndolo cada vez más moreno.

Pero para el quinto día, como iluminación divina, llega a Octavio "la idea". El bosquejo está por fin delineado; ahora hay que detallarlo y darle destellos y sombras. ¡Qué alegría! De algo habían valido esos días absorto en su objetivo.

Avisa a la oficina de la Casa Dorada que regresará anticipadamente de sus vacaciones y pide que le avisen al señor presidente que estará a sus órdenes. Vuelve a la ciudad al atardecer. Su amigo lo cita a medianoche; lo espera ansioso y lo hace pasar de inmediato al privado.

—Pasa y cierra. Espero que hayas cumplido con tu encomienda.

—Pues sí Demetrio, creo que tengo la solución —hasta descarado suena el "Demetrio" después de tantos años de llamarlo "señor presidente", pero éste ni siquiera repara en ello.

—Soy todo oídos. Te escucho.

Octavio se arrellana en el sillón principal, se acomoda con desparpajo y empieza a desmenuzar parsimoniosamente su plan. Le divierte la impaciencia de su amigo por saberlo todo. Él mismo se sorprende mientras habla de lo bien que ha construido semejante conspiración.

—Déjame ponerte las cosas en orden y en perspectiva. Lo primero que delimité fue el objetivo supremo —proclama en tono mesurado, para sorprenderlo en seguida diciendo estrepitosamente—: ¡La permanencia de Demetrio Orihuela en la presidencia de la nación! ¿Por qué es ése nuestro objetivo? Porque el país te necesita imperiosamente y porque nosotros necesitamos del país para los grandes proyectos. Sin embargo, estamos atados de manos por una Constitución, si bien grandiosa en su tiempo, obsoleta para la modernidad. Modificar la Constitución tomaría un tiempo precioso en el que el país se vendría a pique. ¡No podemos darnos ese lujo! La nación requiere que las mentes avanzadas como la tuya mantengan las riendas. Así que, como ya lo habías pensado, echaremos mano del artículo XV que permite la prolongación de tu mandato por dos años gracias al estado de excepción.

Demetrio tiene ganas de acogotar a Rangel que se atreve a intentar aturdirlo; su amigo disfruta de éste su único resquicio para hablar en lugar de escuchar. Demetrio prefiere no darle el gusto de enfadarse. Así que traga un sorbo de agua y se dispone a tolerar un rato más a Rangel, quien se va por las ramas para tratar de someter a su necesitado jefe.

—Me tomó dos días enteros desmembrar para el análisis todos los componentes de la coyuntura. Empezando por el marco nacional, pude definir con precisión que la conformación social no nos da más que un solo agente interno que pueda servirnos como acicate. ¿Por qué digo esto? Por la sencilla razón de que nuestro gran presidente ha sabido mantener a los amigos y a los enemigos en casa y comiendo de su mano. Todo está movido, pero nada fuera de los límites. Nos sería muy difícil crear de la noche a la mañana un conflicto entre dos actores nacionales, por lo que necesitamos de un factor externo. Contamos dentro del país con un grupo sumamente adecuado por el pequeño número de miembros y por lo extremista e histérico de sus planteamientos. Hablo del grupo Patria Nueva.

Demetrio raya con la pluma unas hojas en blanco que

tiene sobre la mesa para no romperle la cabeza a su secretario privado, que por lo visto está dispuesto a seguir con su alambicado discurso hasta el final.

—Primero, tenía yo que diseccionar el conjunto del contexto internacional y nuestra posición dentro del mismo. Los energéticos del futuro no serán más los del presente. Nos encontramos en una recomposición global en la cual nuestra nación no se verá favorecida como hasta ahora. Además de todo esto, tenemos en el plano internacional a nuevos competidores políticos que han llegado como buitres a querer destronarnos. Sin más rodeos: me refiero a ese nuevo presidente, que aunque le tienes un cariño como el de un padre, nos está haciendo mucho daño. Cría cuervos...

A Demetrio es como encenderle la cabeza. El hombre al que se refiere es Rolando Vargas, presidente de Pestrana, vecino país del Sur. Orihuela ha comenzado a dejar de ser el mandatario favorito de los países de avanzada, y todo indica que ese lugar será ocupado por Rolando Vargas. Éste ha sabido subir en la esfera de la política internacional, primero porque su país cuenta con los más importantes ríos del continente y, segundo, porque él posee un auténtico carisma, cosa que Demetrio le envidia de manera inmunda. Para colmo, Vargas ha llegado a la presidencia con ideas nuevas y con un discurso popular muy persuasivo; así pues, constituye un peligro, tanto para los del Norte como para el propio Orihuela.

—El joven Rolando no entiende siquiera el daño que le está haciendo a su país y a todo el continente. Sus manejos son riesgosos, y los que figura que son sus amigos le darán la espalda. Pero esto sucederá cuando ya sea demasiado tarde. Por eso debemos tomar medidas drásticas nosotros, que vemos las cosas con objetividad, sin apasionamientos. Quizá sea algo sumamente drástico; sin embargo, las medidas heroicas son siempre así.

Por fin Orihuela ve por dónde va su amigo. No puede creer que algo así se le haya ocurrido.

—Nuestros amigos del Norte y su presidente Cook consienten las ideas de Vargas por ahora, pero están claros de la amenaza que representa. Su fuerza podría crecer y calentar a la muchedumbre, siempre deseosa de líderes de trapo. Además, dejar esos recursos energéticos en manos de Vargas es una irresponsabilidad con el continente. ¡Es aquí donde nuestro estadista tiene que apostar el todo por el todo!

Orihuela, que ya ha completado el cuadro, se distiende y espera a que su petimetre amigo diga las cosas por su nombre. Cosa que nunca hace; da siempre veinte rodeos y baraja decenas de adjetivos antes de hablar las cosas con claridad.

Ahora le toca a él divertirse un poco:

—¡Pero no entiendo qué me quieres decir! Que si Vargas, que si los del Norte. ¿Qué tienen que ver todas esas patrañas conmigo? No tienes nada que decir. Creo que sólo estuviste haciendo exploraciones de la situación, cosas que yo sé mejor que nadie. Y no has podido ingeniar absolutamente nada. ¡Así que déjate de peroratas! Si no tienes nada que agregar, retírate.

Disfruta al ver la cara desencajada de su esmirriado compañero de facultad.

—¡No, no has entendido! Perdón, no me he logrado explicar. ¡Pero es muy simple, escuche usted por favor, señor presidente! —dice, dejando el tuteo y parándose con las manos sujetas detrás de la espalda, como niño reprendido—. Lo primero que haremos será sembrar la desconfianza y el miedo. Para ello he pensado que podríamos esparcir discretamente una mentirilla, que quizá hasta pueda ser verdad en el fondo —miente Octavio, que sabe perfectamente que será una gorda mentira—. Ésta consistiría en filtrar a la prensa que Vargas pretende en poco tiempo… nacionalizar el agua dulce de su país del capital privado que hoy la ostenta. Esto nos ayudará a sembrar en nuestros amigos del Norte un malestar sin parangón, dado el inmenso interés que tienen en esas aguas; tanto es así, que precisan de usted para ir metiéndose en nuestras costas marítimas para crear su libre acceso hacia las aguas del Sur —dice Octavio con sorna *sotto voce*, recordando el pacto secreto—. Y como Vargas prácticamente acaba de acceder al gobierno y todavía no ha sido bendecido por el Norte, no han establecido sólidos canales de comunicación. Recuerde que fue usted mismo quien los reunió esa única vez que se han visto. Lo más lógico es pensar que al primero que recurrirán para conocer el estado de las cosas es a su amigo: Demetrio Orihuela. Así, con todo este alboroto, usted, señor presidente, deberá encargarse de la tarea más delicada: obtener la anuencia de su homólogo del Norte para llevar a cabo nuestro proyecto, que él deberá adoptar como propio. Yo estoy convencido de que ante los nuevos rumores sobre el presidente Vargas, más pronto que tarde llegarán a un acuerdo muy conveniente para ambos, pensando en el bien del continente. Conseguida la venia de nuestros vecinos, iremos paso a paso calentando el terreno para estrechar los lazos con Vargas por un lado y, por el otro, sembrando el gusanillo del miedo con acciones violentas de nuestro grupo en cuestión: Patria Nueva. Éstos se han opuesto sistemáticamente a cualquier matiz progresista y hasta populista y han actuado en consecuencia golpeando en variadas ocasiones a los simpatizantes de izquierda. Conocemos muy bien la frecuencia e intensidad de su entrenamiento paramilitar, el cual realizan sistemáticamente y con toda devoción castrense. Esto nos permitirá coincidir en estrategias y métodos cuando nosotros provoquemos algún incidente que caldee los ánimos para empezar a poner el ambiente propicio. Además, tenemos a dos hombres muy bien infiltrados entre sus altos mandos, quienes, aunque no sabrán nada de lo que va a suceder, nos podrán tener muy al tanto de su reacción. Recordemos que ya son dos las veces que los hemos usado como chivos expiatorios: en la represión de los inmigrantes y en la de los campesinos de la sierra, y ellos nunca negaron la autoría, les pareció conveniente para sus intereses el revuelo que se formó por esto. El porqué de estos actos puede ser cualquier declaración de avanzada que usted haga cuando sea conveniente. Empezaremos a crear un clima de terror en la población después de uno o dos atentados clave, aunque sean a pequeña escala —Octavio hace una pausa y respira con fuerza para continuar diciendo—: Volviendo a Vargas, no olvide usted, señor presidente, que el vicepresidente Casasola es quizá más amigo nuestro que el mismo Vargas. Conocemos su inclinación por el dinero y la facilidad con la que nos ha ayudado en otras ocasiones. Un político corrupto es implícitamente un traidor. He revisado bien las leyes de su país y sería él, automáticamente, quien tomaría el puesto si Vargas faltara. Este punto es también una buena noticia para los del Norte. Cuando sea oportuno, el presidente Vargas será invitado por usted a nuestro país y entonces culminaremos con nuestra empresa. Con Vargas fuera del camino y…, verá…, esto es un pequeño inconveniente —y con tono apesadumbrado dice—: usted debe salir herido del incidente, para así hacer más inminente el peligro para el país y para nuestros vecinos. No de gravedad, por supuesto. Esto nos orillará irremediablemente a medidas desesperadas, como el estado de excepción y por lo tanto…

Demetrio está estático en su silla. Cuando su amigo termina de hablar, permanece largo rato viendo un punto en la pared. De pronto, suspira, se pone en pie y pasea por la habitación sin decir palabra. Finalmente se detiene y agrega:

—Piensa en cómo se puede lograr esto sin involucrar a muchas personas. De otro modo sería muy arriesgado.

Octavio no le ha dado suficientes vueltas a los pormenores; aunque ya ha pensado en algo, todavía no quiere descubrirle nada concreto a su amigo.

—Déjeme afinar los detalles y le prometo tenerlo todo bosquejado para principios de semana, señor presidente.

Orihuela asiente con la cabeza y hace un gesto para despedirlo. Octavio sale exhausto, pero contentísimo, y va directamente a su burdel favorito a saciarse después de una semana de tanta abstinencia.


Cuanto más lo piensa, más le convence el plan de Rangel. Es lo suficientemente sencillo como para ser creíble y al mismo tiempo tan demoledor como para propiciar medidas desesperadas. Le ha pedido a Octavio que piense en los detalles, pero en realidad lo que necesita es tiempo él mismo para interiorizar el plan. Necesita pensar, sobre todo, en la que sería la entrevista más importante y decisiva de su vida con los del Norte. Un paso en falso con ellos y estaría en un gran aprieto.

Primero tendrá que sondear en los del Norte, de una manera muy sutil, sobre la potencial peligrosidad de Vargas para ellos; después, ir inyectando la idea de su desaparición, para, por último, ofrecerse él mismo como carnada y ejecutor.

Piensa que si bien Rangel ha sido muy ingenioso, la parte difícil es la suya: lograr este baile suave que es la seducción en la política; hay que descifrar, llevar el ritmo y guiar al otro sin olvidar qué música se está tocando. Le gusta el desafío, sin embargo, ahora se trata de palabras mayores. No es que nunca hubiera mandado matar a nadie; no le había temblado la mano en varios lances en los que fue necesario decidirse; pero esto conlleva una trascendencia mundial de tal magnitud que no puede realmente medir sus repercusiones.

Lo que sí reconoce es que la intriga es muy interesante; el país tendrá que defenderse de este grupo desalmado que escalará la violencia y tendrán que cerrar filas el pueblo y el gobierno, hombro con hombro.

Está agotado de sólo pensar en la campaña que emprenderá. Llega a la residencia presidencial a eso de las dos de la mañana, anhelando un baño caliente y un buen whisky para caer rendido y dormir hasta bien entrada la mañana. Toma una larga ducha, se acuesta y en pocos minutos está dormido. Aunque a eso de las cinco de la madrugada se despierta agitadísimo, tiene la garganta cerrada por la ansiedad que le sube de sólo imaginar que algo pudiera fallar. ¿Vale realmente la pena todo esto por dos años más de gobierno?

Bebe del vaso de agua sobre la mesilla de noche, se sienta en la cama y tratando de tranquilizarse va descomponiendo parte por parte el preludio del cataclismo que lo llevará a la postergación de su partida.

## VI

Han pasado dos semanas desde que doña Hortensia en-
fermara, y ahora, ya repuesta del todo, ha invitado a Jan a
comer con ella para agradecerle sus cuidados. Se lo ha
mandado decir con Margarita, y si bien éste se sintió muy
complacido con la invitación, al mismo tiempo la misma lo
ha puesto un tanto inquieto y no alcanza a entender por
qué se siente de esa manera.

Horas antes de asistir se descubre pensando si los acom-
pañará la hija; entonces se da cuenta de que es ése el discreto nerviosismo que se ha estado asomando en su ánimo.

Ha sido citado a las dos, y ni un minuto antes ni uno después, está Jan tocando a la puerta del jardín que da al salón
principal. Margarita se acerca diciéndole en voz muy alta:

—Entre nada más. Está abierto —lo dirige hasta el comedor y le pide que espere, que la señora no tardará en bajar.

Jan permanece de pie viendo en las paredes los platones
pintados con temas bucólicos y la valiosa araña con tonos
ámbar que cuelga sobre el centro de la mesa. Doña Hortensia, que viste un alegre y a la vez elegante vestido de algodón, entra tendiéndole la mano a Jan, se sienta en la cabecera de la mesa e invita a su huésped a hacer lo mismo junto
a ella a su derecha. Pasados unos segundos entra Margarita
para servir una crema de setas y la anfitriona empieza a comer sin esperar a nadie más.

Mientras comen, el hombre va relajándose, la mujer tiene una conversación deliciosa y ni sus modales ni sus expre-
siones son en lo más mínimo afectados. Por momentos, Jan

olvida dónde y con quién está y se ríe a carcajadas de los simpáticos relatos de doña Hortensia, quien tiene una vena cómica muy particular: ella narra las anécdotas con increíble gracia, pero no se ríe nunca de sus ocurrencias.

Al terminar el café Jan decide que es hora de despedirse y dejar tranquila a su anfitriona.

—Bueno señora querida, me retiro. No se imagina, de verdad, lo agradable que ha sido compartir el almuerzo con usted. Todo estuvo estupendo.

La mujer se acerca la mano a la boca como para revelar un secreto y dice *sotto voce*:

—Cocinó Soledad —y ya con voz normal agrega—: Me mandó decir con Margarita que no va a permitir que vuelva a probar esa comida insípida, que diariamente me hará de comer. Y le confieso Jan, que ya estaba hasta la coronilla del pollo hervido. ¡Ah!, y también avisó que hará una porción extra para Margarita y otra para usted si desea acompañarme. Así que ya lo sabe, sin ningún compromiso, si quiere bajar a comer, bien, siempre a las dos, pero si tiene cosas que hacer ni siquiera me avise, no se preocupe.

Desde esa ocasión Jan come al menos dos veces por semana con su casera. Procura espaciarlas para no ser inoportuno, pero se está convirtiendo en un problema, pues se ha acostumbrado a la comida de Soledad y ya cualquier cosa le resulta poco apetecible.

En su comida descubre vestigios de una Soledad un tanto melancólica, pero a la vez se asombra de la sazón chispeante de los guisos de esta joven de la que nada conoce pero de quien en cada plato descubre algo nuevo; como si su comida hablara por ella y él leyera en el fondo de los sabores su estado de ánimo cada día: hay veces que prevalecen los aromas fuertes, otras veces agridulces, otros suaves y perfumados. Es un diálogo a distancia con una mujer que día a día va despertando en él el deseo de descifrarla.

Después de algunas semanas, una tarde en la sobremesa, tras un delicado tocinillo de cielo, Jan se atreve a preguntar a doña Hortensia por su hija.

—Me entristece comer los guisos de Soledad y ni siquiera poder darle las gracias. ¿Es que nunca va a bajar? ¿Le pasa algo?

Hay ya el suficiente acercamiento entre ambos como para que la pregunta no sea impertinente.

Doña Hortensia se recarga en el respaldo de la silla y guarda silencio unos segundos, como si hiciera un gran esfuerzo para pensar. Despacio y con voz muy suave admite que le es muy doloroso hablar de eso, que no es falta de confianza, sino de coraje. Sin embargo, toma la tetera y sirviéndose una taza comienza a hablar:

—Soledad, como ya lo sabe, es mi única hija. Desde los primeros meses de mi embarazo mi marido y yo nos mudamos a la finca de su familia. Él era de la idea de que la niña crecería más feliz en el campo. Recuerdo que desde muy pequeña se perfiló en ella un carácter un tanto sombrío que la llevaba a pasar largas horas sumida en sus pensamientos. Tanto Juan, mi marido, como yo, nos sentimos inquietos al ver que no había modo de alcanzar a la niña en su mundo. Sin embargo, Soledad se desarrollaba con normalidad, fuera de que cada vez estaba más dentro de sí misma, vagando por todos los rincones de la finca construyendo su universo particular, el cual llenaba de personajes increíbles y de escenarios prodigiosos, sacados de todo lo que veía en su entorno y de las coloridas ilustraciones de la biblioteca de su abuela.

"Cuando mi hija tenía cinco años, sufrí una grave recaída por una hepatitis mal cuidada y tuve que convalecer en casa de mis padres. Permanecí alejada de mi hija cerca de un año —el doloroso recuerdo hace que la mujer tarde unos segundos en retomar el relato—. Mi marido y yo acordamos que durante ese tiempo él y mi suegra se harían cargo de la crianza de la niña.

"Cuando Soledad entendió que yo tardaría en volver, le invadió un desconsuelo muy hondo que se mezcló con su natural melancolía. Las horas que antes pasaba ensimismada y jugando se convirtieron en horas de llanto, el cual fue tornándose cada día más quedo, más ahogado. Había dejado de hojear los libros y de reparar inquieta en todo lo que sucedía a su alrededor. Su estado de ánimo decaía cada vez más, su cuerpo iba perdiendo peso y en poco tiempo parecía haberse hecho más pequeña. Mi marido, aun cuando había querido evitarme esta preocupación, terminó por confesarme el estado de mi hija, y tras una larga conversación tomamos la decisión de que él dejara durante unos meses su trabajo de arquitecto en el despacho para dedicarse por entero a la niña, al menos hasta que los médicos me autorizaban volver a casa. A mi marido le tomó semanas ganarse la confianza de Soledad; fue con tacto y con inteligencia reconfortando a esa niña que temíamos que ya nada pudiera volver a hacer sonreír. Juan comprendió que la única forma de sacar a nuestra hija del pesar que la aquejaba era capturando su interés; así fue tirando, como con un señuelo, poco a poco, de su tristeza. Le enseñó a esa criatura tan pequeña cientos de cosas interesantes durante aquellos meses en los que se formó entre ellos un cariño indestructible."

Doña Hortensia siguió refiriendo a Jan cómo Soledad fue recuperando su ser y cómo cuando ella regresó a casa y retomó su educación, la chica se negó a aceptar la autoridad de su madre; era voluntariosa a su cándida manera y difícil de controlar. La casa paterna tenía un montón de vericuetos, un huerto inmenso y muchos animales, todo con lo que se entretenía de mil maneras, por lo que cada noche era para Hortensia una lucha llevarla a dormir. Más tarde, cuando empezó a ir a la escuela, la niña no logró ya nunca relacionarse con los niños de su edad tan fácilmente como con los adultos a los que estaba habituada.

Entrando a la adolescencia, Soledad se volvió aún más rebelde y retaba insolente a su madre. Sumado a esto, el matrimonio se había deteriorado progresivamente desde el regreso de Hortensia. Entonces, ésta tomó una decisión que perjudicaría para siempre la relación con su hija: se fue de casa y dejó a la chica con su padre.

Hortensia se instaló en casa de sus padres y veía a Soledad una vez al mes cuando iba por ella para tomar un helado o para ir al cine en la ciudad. La chica invariablemente mostraba una total indiferencia hacia su madre. Hortensia se ponía hecha un manojo de nervios en cuanto se acercaba el día de visita, pues su hija lograba sacarla de quicio la mayor parte de las veces.

El dolor que le causaba el abandono de su madre era tan penetrante, que la niña había tenido que esconderlo bajo un manto de arrogancia.

Todo cambió dramáticamente para Soledad cuando al cumplir los diecisiete años, su padre murió en un accidente de automóvil. La chica recibió la noticia de boca del hermano de su padre, quien la hizo sentar en la cama y le dijo sin preámbulos que su padre acababa de sufrir un percance en la autopista y que había muerto. Ella miró totalmente incrédula a los ojos del tío, se puso en pie y bajó al despacho de su padre, de donde no hubo manera de sacarla en tres días. No pudo llorar, sólo recordaba la voz de su padre, sus pisadas por el pasillo, su olor a tabaco y su loción a maderas; y sobre todo, su sonrisa cuando se acercaba a besarla para darle las buenas noches. A Soledad le parecía imposible que todo aquello hubiera terminado, que se hubiera desvanecido lo que ella más quería por un descuido tan prosaico: un instante y la vida de su padre había terminado. Pero era curioso, ya no estaba y sin embargo vivía más que nunca en el mundo de sus evocaciones y ella quería quedarse en él junto a su padre.

Sin embargo, a los pocos días Hortensia la llevó a casa

de su familia. La chica se sintió tan desorientada que durante dos años prefirió casi no hablar; sólo emitía monosílabos y a veces ni eso. Se pasaba la mayor parte del tiempo en la cocina con la cocinera y las sirvientas. Podía pasar horas enteras mondando manzanas y picando cebolla.

Se repetía aquel episodio de sus cinco años, esta vez en una chica a punto de convertirse en mujer y sin un padre sabio que la redimiera.

La cocinera era una mujer bajita y de muy mal carácter que guisaba magníficamente. En la finca le soportaban sus desplantes y el mal genio por lo bien que se comía gracias a ella. Soledad e Inés, que así se llamaba la cocinera, se entendieron sin palabras desde el primer día. Se podía decir que eran igual de rasposas, pero de diferente manera. Una gritaba en cuanto alguien la hacía enojar (cosa que se lograba casi sin esfuerzo), y la otra simplemente se encerraba más aún en sí misma. Entre ellas se decían lo estrictamente necesario y, sin embargo, se dio entre ambas un respeto y un afecto que fue creciendo cada vez con más fuerza. Inés, además de enseñarle todos los secretos de su cocina, también le hizo sentir algo cercano al cariño de una madre.

Hortensia sabía que su hija no le había perdonado el haberla abandonado; peor aún, ella misma reconocía que tampoco se había perdonado, y ese sentimiento de culpa la llevó a tener conductas muy torpes con su hija. Al principio, al llegar a la casa, Soledad fingió total desapego por su madre y ese artificio fue convirtiéndose en una realidad cotidiana. Las cosas siguieron tirantes entre madre e hija, pero con el tiempo al menos dejaron de agredirse, sólo se ignoraban. A Hortensia le angustiaba no poder encontrar el camino para acercarse a su hija y además, aunque le costara admitirlo, sentía rivalidad con Inés.

La cocinera dejó a Soledad como responsable de la cena; ya estaba cansada y la joven se lo había pedido con tal insistencia que tanto su madre como la propia Inés accedieron.

Sólo tenía veinte años y cocinaba ya mejor que su maestra; Inés misma lo reconocía y se pavoneaba presumiendo a su alumna. Los abuelos maternos de Soledad habían muerto hacía algunos años y en la casa vivían dos hermanas de su madre con toda su prole, así que había suficientes comensales hambrientos como para ensayar cualquier receta. La chica inventaba platos nuevos o seguía recetas de alta cocina que Inés no conocía.

Un buen día, a eso de las cinco y media de la tarde, hora en la que Inés descansaba del ajetréo de la comida y esperaba a que Soledad empezara con la cena, entró Hortensia buscando a su hija y le preguntó a la cocinera por ella; ésta, como era su costumbre, le gruñó:

—Yo qué voy a saber, usted sí que debería saberlo.

Hortensia, que estaba de muy mal humor, se hizo de palabras con la cocinera. Para cuando entró Soledad ambas se gritaban a voz en cuello. Salieron a relucir años de reproches y de celos contenidos y sólo se callaron cuando Soledad dio un grito aún más fuerte. Se hizo un denso silencio, la joven miró a su madre que daba unos pasos hacia atrás respirando exaltada y a Inés, del otro lado, sentándose fatigada en un banquito. No lo pensó demasiado, lo decidió de golpe:

—Mamá, Inés y yo nos vamos de la casa —eso fue todo lo que dijo. La cocinera vislumbró su futuro en un segundo, y sin reflexionar aceptó irse con Soledad.

La chica con veintiún años e Inés con cincuenta y ocho se vieron en la calle con dos desvencijadas maletas, pues no hubo modo de que sus tías y primos lograran disuadirla; claro que lo que les dolía a ellos era que Soledad se llevara a la cocinera.

Tomaron el autobús al centro de ciudad y en cuanto llegaron se dirigieron al Monte Pío que estaba por cerrar. Empeñó Soledad alguna de las joyas que su padre le había regalado, con lo cual pudieron pasar la noche en un hotel nada despreciable y dar al día siguiente el primer alquiler de un minúsculo apartamento, aunque muy bien ubicado. En sólo cuatro días, Soledad consiguió un trabajo de cocinera en un restaurante de comida italiana, que si bien no era su fuerte, nada más ver el anuncio, fue a comprar un libro sobre el tema, memorizó lo básico, hizo una prueba y se quedó con el empleo.

Inés estaba desesperada. Acostumbrada a bregar desde el alba, no encontraba qué hacer con el tiempo que le sobraba; el apartamento se limpiaba en un santiamén y el resto del día la pasaba esperando a que volviera Soledad. Ésta le prohibió que buscara trabajo, quería que descansara, "es como si te jubilaras" le decía ufana de poder retribuirle todo lo que le había enseñado. Pero la mujer estaba cada vez más apagada, así que Soledad empeñó las joyas que le quedaban y buscó un local para montar un restaurante pequeño que contaría con una comida inmejorable. En cuanto Inés se vio ama y señora de su nueva cocina, volvió a la vida.

Durante varios años, el restaurante marchó estupendamente y el ánimo de las mujeres ya no era el de otros tiempos. Inés se había suavizado tanto que estaba irreconocible, y Soledad por primera vez fue capaz de relacionarse con otros. Se mudaron a un apartamento más amplio y luminoso. Aquel pequeño restaurante les dio para vivir y para soñar. Soledad empezaba por fin a abrirse al mundo y éste, por primera vez, no le resultaba tan hostil. Para su cumpleaños veinticinco Soledad se había enganchado ya en dos noviazgos bastante divertidos pero nada serios, e Inés rezaba para que la chica encontrara un hombre bueno con quien casarse.

Y así, una noche mientras pedía a Dios que Soledad se casara pronto, sintió un dolor lacerante en el estómago. En cuanto el diagnóstico fue definitivo, Soledad no dudó en traspasar el restaurante y dedicarse a Inés por completo durante los meses que le quedaban de vida. La cocinera se enteró de la venta del restaurante cuando ya ésta se había realizado y durante varios días no dejó de reprocharle a Soledad haberle ocultado su decisión.

Los médicos proponían con mucha convicción un tratamiento con quimioterapia, pero Inés se negó rotundamente pues no daban seguridad alguna de acabar con el cáncer de colon y sí de someterla a muchos sufrimientos. La mujer se obsesionó con la imagen de su propio cuerpo autodestruyéndose y de sus células devorándola por dentro. Ese pensamiento se filtraba en sus sueños y la despertaba agitadísima casi todas las noches.

La chica quería que su amiga pasase el tiempo que le restaba lo más cómoda y tranquila posible, así que hizo tirar la pared que separaba la cocina del salón e instaló un sofá que Inés utilizaba como cama, para así estar juntas mientras Soledad guisaba. Dejó de lado la cocina tradicional y empezó con gustos más sutiles de diversas culturas gastronómicas para conseguir comidas ligeras y al mismo tiempo excepcionalmente enigmáticas. Empezó a incursionar en la repostería; a Inés le encantaban los bombones y los pasteles y cada día la sorprendía con una nueva delicia. Soledad comprendía que cuanto más avanzada estuviera la enfermedad, menos apetito tendría Inés, por lo que había que incitarla cada vez más a comer. Tenía la ingenua ilusión de que con su comida y sus cuidados podría mantener a Inés un poco por encima de su mal.

El único problema de aquellos menús era que los ahorros iban menguando, aunque Soledad calculara juiciosamente los gastos. Salía una vez por semana a hacer las compras generales, entre ellas estaban los libros, pues en las tardes le leía a Inés al menos tres horas, y después de cenar otro tanto hasta que se dormía. Las obras de aventuras al estilo de Dumas eran las que más la entretenían. Nadie las visitaba; el timbre sólo sonaba cuando Soledad recibía los pedidos de legumbres frescas o pescado que le traía don Aurelio, el tendero.

En las primeras semanas de la enfermedad, Soledad descubrió un recurso inesperado para mantener entretenida a Inés. No podía leer y al mismo tiempo cocinar, así que puesto que siempre había sido un desastre para charlar por charlar, dio con el remedio al inventar un cuento todas las mañanas mientras llegaba la hora del almuerzo. No sabía de dónde salían las historias, pero en cuanto planteaba los personajes y sus circunstancias, lo demás iba saliendo sin ningún esfuerzo, como quien relata un pasaje de su propia vida.

Conforme Inés iba perdiendo fuerza, Soledad hacía los platillos y los argumentos más y más complicados y cautivantes; pero el dolor crecía en la misma medida en que caía el vigor de Inés. Con muchos kilos menos y muchas canas más, la mujer hacía un esfuerzo enorme por complacer a la joven comiendo todo lo que podía y poniendo atención a sus cuentos, pero durante las últimas dos semanas se aferró a la vida únicamente por el deseo de no dejar sola a Soledad.

Salir de compras al mercado y a las librerías de viejo le había dado a Soledad la oportunidad de desahogarse; pero ya no podía salir de casa ni un momento y lo pedía todo por teléfono. Además, tenía otra preocupación que no podía compartir con Inés: entre los calmantes, los libros y la comida, casi no quedaba dinero del traspaso del restaurante ni de sus ahorros. Sin embargo, como cosa providencial, se había hecho amiga de don Aurelio, un hombre muy educado de unos setenta años. Para Soledad representaba una pequeña alegría servirle un café con leche y un pedazo de pastel cuando paraba por ahí a dejar algún pedido. Don Aurelio la reconfortaba con su optimismo y la tranquilizó cuando sospechó que iban acabándose los ingresos de Soledad.

—No te preocupes nunca por los alimentos. Siempre tendrás comida para Inés y para ti.

Pero los últimos días ninguna de las dos comió casi nada. Soledad se pasaba las horas junto a la cama de Inés calentando sus manos frías. La chica intuía que mientras ella no se lo pidiera, Inés se aferraría a la vida. Pasaron los días hasta que Soledad acumuló el valor para dejarla morir.

El domingo por la tarde, Soledad, más serena que nunca, entró al cuarto donde yacía Inés, se sentó a su lado y le besó la frente muy suavemente. La mujer abrió los ojos y la contempló con todo su cariño. Soledad se aferró a esa mirada profunda y, después de un largo aliento, Inés entendió que podía morir. Soledad cerró los ojos soltando los de Inés; cuando volvió a abrirlos, había muerto. Recostó su cabeza en el pecho inmóvil y se quedó ahí toda la noche.

Por la mañana muy temprano la despertó el timbre. Era don Aurelio que temía que Inés hubiera muerto ya. El hombre se encargó de los gastos del entierro y no aceptó el dinero que le quedaba a Soledad. La joven ni siquiera esperó a que terminaran de cubrir la tumba; su amiga nada tenía que ver con esa parcela fúnebre. Llegó a su casa y se metió en la cama fría de Inés y se tapó hasta la cabeza evitando que su olor saliera de entre las sábanas. Sólo se levantaba para comer algunos restos de alimento; días después, ni eso, únicamente dormía. En varias ocasiones se oyeron timbrazos en la puerta; no hizo caso. Durante varios días don Aurelio fue a buscarla, hasta que finalmente se convenció de que se había marchado con su madre y dejó de insistir.

La que decidió entrar después de dos semanas fue la casera, que estaba furiosa por no haber podido cobrar el alquiler. Abrió con su llave y percibió un extraño olor a especias y encierro. Encontró a Soledad en la cama cubierta con varias mantas, sucia y somnolienta. La mujer amenazaba a gritos a la joven para que pagara; ésta, sin atender a sus reclamos, hizo una pequeña maleta con las pocas cosas que la unían a su pasado. La mujer seguía vociferando. Soledad cerró la maleta y sacó de su monedero el dinero que le quedaba, lo puso sobre la mesa de la cocina y salió dejando atrás el que había sido por varios años su hogar.

Soledad vagó por las calles hasta que se hizo de noche. Encontró abrigo junto a la fogata de unos indigentes que, al verla, la invitaron a acercarse. La pequeña maleta les había llamado la atención, pero el semblante desolado de Soledad les hizo desistir. Ella no respondió a ninguna de sus preguntas, sólo se arrodilló frente al barril incandescente y después de un rato les dio las gracias y siguió caminando. Si bien abrumada por la tristeza y la debilidad, estaba plenamente consciente de su situación y lo único que quería era no pensar hasta agotar su duelo. Estar en un rincón del puente tapada con varias prendas de su maleta como una vagabunda cualquiera le hizo sentir consuelo. Cuanto más limitaba su mundo, mejor se sentía. Abrazaba el chal de Inés y acariciaba la pipa de su padre en un acto autocompasivo que no le daba ya ningún pudor. Esa austeridad, esa frugalidad, la hacían sentir en paz. Consagrada a su dolor, no le importaba que la razón le dijera que tenía que buscar un sitio donde vivir y un trabajo para alimentarse. Sus instintos vitales estaban dormidos.

El rincón tras la entrada de la vieja fábrica de textiles con su olor a polvo y a herrumbres, pero no a suciedad, la alentó a quedarse. Cubrió el piso con una larga falda color cereza y muy cuidadosamente delimitó su espacio. Un gran cartón que provenía de una caja desarmada de botellas de vino la circundaba como muralla protectora. Lo más importante era que no hacía frío y sólo oía a lo lejos el ruido apagado de los autos.

Había logrado permanecer sola varios días comiendo lo poco que todavía le quedaba en la maletita, manteniéndose viva de milagro. Hubiera querido quedarse ahí para siempre; pero al cuarto día, dos borrachines llegaron atraídos por lo acogedor del lugar y decidieron unirse a ella. Soledad, sin decir palabra, se marchó.

El golpe de viento que recibió en la cara al salir de su guarida le pegó con violencia y percibió con estupor cómo *la Nada* se había apoderado de ella. Había dejado de sentir dolor. Los recuerdos se iban extinguiendo. Las lágrimas no fluían más. Había agotado su sentir. Algo se había desconectado entre su mente y sus sentimientos: *la Nada* iba ascendiendo entre ambos, como una hernia que crecía destruyendo las últimas paredes de vida.

Aprovechando el agua de la fuente de la plazoleta al final de la avenida, se lavó la cara y las manos. El líquido le cayó por el cuello y mojó el chal con el que había muerto Inés y del que Soledad no se había separado. Lo vio mojado, mancillado por el agua sucia y le invadió un desconsuelo tan inmenso que la devolvió al dolor y al llanto: a la vida. Era preferible esa tristeza que el vacío, y se aferró a las lágrimas como quien intenta con una tabla mantenerse vivo en un naufragio. Al principio fue un llanto desgarrado y poco a poco se transformó en un tenue sollozo. Le horrorizaba que las lágrimas se agotaran, encontrarse otra vez invadida por el vacío, y forzó el sueño temerosa de dejar de sentir de nuevo. Durmió profundamente sobre uno de los bancos de la plazoleta.

Cuando se despertó en la madrugada se encontró sin maleta y sin chal. Pero lo más terrible: sin dolor. En los bolsillos de su abrigo guardaba la pipa de su padre y el reloj que ella le había regalado a Inés hacía tres años y que había mantenido oculto entre su ropa; era todo lo que quedaba de su pasado. El presente parecía existir sólo en lo que veía frente a sus ojos, como el paisaje por la ventanilla del tren. Pero el futuro era impensable.

De golpe recordó cómo el agua le había hecho volver a sentir. Tenía que regresar al agua, dejarse ir en ella antes que fundirse con *la Nada*. Vio a lo lejos el puente del río con su farola centelleante en el centro. Caminó hasta él y respiró su olor a algas y a combustible. Recargada en la destemplada baranda de hierro miró, reflejando la rojiza luz de la aurora, el agua viva que corría fiel a su naturaleza. Un cálido deseo de ser parte de ese río le hizo pasar las piernas por encima de la baranda y ponerse de pie en el bordillo sujetándose con los brazos al puente. Ya nada más que el aire la separaba del agua. Sólo tenía que soltarse, dejarse ir sin contención dentro del agua, donde no habría más opción que el dolor o la muerte, nunca más *la Nada*. Recibió la brisa dulce de aquel río que tanto prometía; sintió tan puro el aire que la separaba del agua y con él se fueron las pocas dudas que le restaban. Abrió los dedos de la mano izquierda al tiempo que con la derecha palpaba la pipa de su padre en el bolsillo. Tras un vuelo que duró un instante eterno se sumergió en el agua fría y vital. No tenía que hacer ya ningún esfuerzo, el agua guiaba su destino, se ocupaba de todo. Una enérgica corriente la tiró hacia abajo y el aire desapareció: sólo quedaron el agua y su paz.

Había pasado un par de minutos cuando su cuerpo fue lanzado violentamente a la orilla junto al pequeño muelle de pescadores. Era la hora de más afluencia y al menos tres hombres se aprestaron a sacarla del río.

—¡Rápido! ¡Cúbranla!

Ella despertó muchas horas después en una cama de hospital. Lo primero que recobró fue el oído, escuchaba el ir y venir de las enfermeras y comprendió dónde se encontraba; sintió la desolación más absoluta. ¡Todo hubiera sido tan sencillo y tan perfecto! Se negaba a abrir los ojos y comprobar lo que ya sabía. Sentía cómo manipulaban su cuerpo y le decían palabras tranquilizadoras que le crispaban los nervios.

Se despertó del todo en casa de su madre. Hortensia, que la había buscado desde que supo del traspaso del restaurante, había encontrado su apartamento después de que ella se fuera. La reportó como extraviada y a los pocos días le avisaron de su aparición en el sanatorio. La madre había liquidado el alquiler vencido, había empacado las pertenencias de su hija y cuando le dieron el alta la llevó a su casa en el barrio de San Isidro.

Cuando Soledad se dio cuenta de que estaba en casa de su madre se derrumbó por entero. Después de estar dos semanas sin pronunciar palabra, encerrada en su cuarto, una noche se levantó, fue a la cocina y con lo que encontró hizo un pan de nuez que dejó en la mesa del comedor. Siguió bajando a la cocina de noche para no toparse con su madre y porque anhelaba el silencio que como bálsamo siempre la había aliviado.

Se aferró a ciertas rutinas que no la llevaran a grandes decisiones. Si quería mantenerse viva sólo tenía que ajustarse a las pequeñas cosas, a la catarsis de su cocina y a la delgada felicidad que todavía le producía la lectura. Lo único que la sosegaba era ver cómo podía transformar unos pocos ingredientes en una fuente de manjares. Así que solía tomar una siesta en la tarde y como a eso de las diez de la noche bajaba a la cocina. Soledad llegó a un acuerdo ventajoso con el dueño del restaurante Le Partisien y empezó a ganar el dinero suficiente para hacerse cargo de los gastos de la casa. Hortensia había aceptado el dinero porque le ayudaba en su limitada economía, pero también como un gesto de humildad ante su hija.

—Hemos podido sobrellevar la situación casi sin hablarnos; sin embargo, le confieso Jan que aunque la sienta aún tan lejana, nada me importa más que tener a mi hija cerca de mí —dice esto Hortensia con una sinceridad dolorosa y al mismo tiempo esperanzada—. Ahora conoce nuestra historia y parte de las razones por las que mi hija lleva esta vida casi de reclusión. Hacía tanto tiempo que no hablaba de todo esto. Siento que me ha hecho bien, pero estoy exhausta —termina diciendo casi en un suspiro. Se pone de pie y al mismo tiempo lo hace Jan, que tomando la mano de la mujer le hace un cariño en señal de agradecimiento por la confianza.

Jan guarda con celo las piezas de aquel rompecabezas. Cada pasaje de la historia de Soledad y de Hortensia le ha ido calando en el cuerpo. De vuelta en el taller no puede dejar de reconstruir en su mente el rostro de esa chica a quien ahora comprende un poco más, y sonríe con un dejo de añoranza.

# VII

Frente a la contundencia, en su mente, de la recién dictaminada sentencia de muerte contra su homólogo sureño y el consecuente estado de excepción que lo llevara a prolongar su mandato, el presidente Orihuela no se da mucha prisa esta mañana; vuelve a su meticuloso y delicado acicalamiento de siempre con la tranquilidad reforzada de que por ahora es Rangel quien lleva gran parte del peso de sus preocupaciones.

Demetrio alcanza a desayunar con Mariana que está aún en bata tomando su primera taza de té; hace días que no la ve. Desde hace semanas tampoco sabe nada de Félix, el único hijo del matrimonio.

Mariana supo desde el comienzo de su noviazgo que uno de los objetivos de Demetrio para casarse era conformar una aparente familia nuclear que despejara cualquier sospecha sobre sus tendencias homosexuales —de las que ella siempre estuvo al tanto—, y sostener su imagen de hombre formal y responsable. Para ello, era indispensable engendrar cuando menos al primogénito. Así, Félix fue concebido en el cuarto mes de matrimonio, después de que Mariana hiciera concienzudamente todas las mediciones de fertilidad para no fallar en su intento, pues a pesar de que Demetrio había logrado consumar el matrimonio sin tropiezos la misma noche de bodas, ella no estaba dispuesta a repetir el acto hasta los días fértiles más seguros, meses después.

Mariana quiso sacar de su vida la intimidad con Demetrio cuanto antes para de ese modo poder llegar a un muy conveniente acuerdo para ambos y ocupar así habitaciones independientes, lo que les ha permitido una considerable autonomía.

Mariana ha acompañado a Demetrio todos estos años. Le costó decidirse a aceptar a un abogado recién egresado, de clase media rasa, sin nada en común con ella ni con su pudiente familia, pero la hermosa Mariana había visto enseguida el potencial en ese ambicioso muchacho que además estaba dispuesto a cualquier cosa por hacerla su esposa. Pero sobre todo, las cosas se concretaron entre ellos porque hay acontecimientos que suceden más que por mérito propio, por el tiempo en que se dan, y Mariana accedió a casarse con Demetrio por el momento en el que éste apareció en su vida: Daniel Rivas había dado por terminado el corto noviazgo entre ellos y Mariana llevaba rumiando su despecho varios meses cuando conoció a Demetrio.

Daniel la había mandado a paseo después de hacerle creer que eran novios formales y con "futuro". Había empleado las tácticas más burdas y evidentes para meter a Mariana a su cama; de hecho, no pudo creer lo fácil que había sido lograrlo. Sin embargo, para ella su virginidad no significaba nada y había hecho el amor con él como un medio más para crear un lazo entre ambos. No hubo consecuencias que resolver, ni embarazo ni escándalo, y nadie lo supo nunca, pero Mariana no podía soportar la rabia que sentía por haber sido desechada de un modo tan "popular". Vamos, la historia más ordinaria repetida en la princesa de la familia Ponce. Pero no concebía que Daniel hubiera resultado tan pueril y que su interés en ella hubiera sido puramente sexual. De hecho sabía que no lo era y que si la había despachado había sido sólo porque no convenía a sus intereses en aquella época. (Años más tarde, Mariana hizo que Daniel se arrepintiera.)

La joven nunca quiso reconocer ni ante sí misma que se había enamorado de Daniel. Si bien el tipo era guapo e inteligente, había algo muy peculiar en él que le provocaba una exaltación desconocida, y esto en Mariana era absolutamente excepcional, pues a ella nada le provocaba placer o, al menos, ese tipo de contento natural que se experimenta con una caricia, un atardecer o una buena noticia.

Ella había sido así desde pequeña. Su madre recordaba cómo aquella niñita de facciones dulces, intensos ojos verdes y cuerpo menudo no se contentaba con nada. Podía hacer sacar del ropero juguete tras juguete y botarlos al minuto para pedir otro y otro más. Lloraba sin parar hasta que conseguía de su madre o su nana lo que se le había metido en la cabeza, misma cosa de la que se olvidaba en cuanto la tenía. Sus padres se inclinaron por no prohibirle nada y al mismo tiempo poner a su disposición toda clase de distracciones, costaran lo que costaran. Pero todo le era indiferente. Racionalmente, ella sabía que debería tener deseos de sentir eso que los demás sentían, que debía envidiar sus pasiones, pero en realidad las consideraba inútiles. Durante su adolescencia Mariana había tratado de llenar su vacío de muchas maneras, pues necesitaba desesperadamente vencer el aburrimiento.

La primera vez que sintió un gozo común, digamos humano, fue con Daniel. Lo conoció en casa de su amiga Carmen en una fiesta la noche de San Juan. Los presentó al vuelo el hermano de Carmen y a ambos les sobrevino una turbación deliciosa. Mariana estaba inmensamente sorprendida por esta inesperada reacción; ningún joven, ninguna persona en realidad, le había provocado algo semejante. Para Daniel fue sólo el entusiasmo natural al conocer a una chica que le gustó desde el principio. El ritual comenzó en seguida; la noche más corta del año era muy propicia para la seducción. El joven podría catalogarse como uno de los solteros más codiciados: era atractivo, sagaz, egocéntrico, vanidoso y lo más importante para Mariana, era atrevido, no, era más que eso, era temerario. No le tenía miedo a nada y estaba dispuesto a probarlo todo el tiempo.

A las pocas horas de conocerse habían logrado ya tal conexión que empezaron a lanzarse propuestas de aventuras arriesgadísimas para ponerse uno al otro a prueba. Mariana salió con la más audaz para esa noche: lo retaba a confesarle a la chica más fea de la fiesta, la cursi y rechonchita Dulce Escandón, en un lugar apartado y en penumbras, que estaba loco por ella y lo más importante: debía terminar con un gran beso en el escote abierto dejando al descubierto uno de sus grandes senos, y la mano bien adentro en la entrepierna. Un minuto después, en un falso arranque de caballerosidad debía decirle, arrebatado, que lo perdonara, que había sido un canalla por lo que acababa de hacer, que nunca más se atrevería a verle a los ojos, y abandonar consternado y veloz el lugar. Mariana acecharía desde los setos.

La parodia empezó y Dulce Escandón se dejó llevar dócilmente al fondo del jardín por Daniel. Ya ahí esperaba Mariana acomodada como en la primera fila del mejor teatro, con un echarpe en los hombros y la vista afinada para no perder detalle. Daniel recargó a la chica contra la pared de piedra en un gesto casi violento y por demás excitante. La miró como quien mira un preciado objeto, moviendo los ojos suavemente en todas direcciones para recorrer su rostro. Mientras ponía cara de enamorado, pensaba lo feíta que era la muchacha, con la piel un poco cacariza, los ojos pequeños y la boca delgada, pero eso nada importaba, pues tenía que impresionar a Mariana.

—No puedo callar más, Dulce. Desde hace mucho tiempo no logro dejar de pensar en ti y esta noche no puedo callarlo más.

El corazón de la chica latía de tal modo que casi podía oírse, la respiración literalmente le fallaba. El hombre más apuesto estaba declarándole su amor. Era el instante más dichoso y emocionante de su vida.

—Mi adorado Daniel.

Las palabras mágicas estaban dichas: la chica no opondría resistencia alguna, así que el joven con una adiestrada mano desabotonó los tres broches que detenían los grandes senos de la tímida Dulce y sin más, dejó uno al descubierto, lo acarició y lo apretó, y debió admitir, para su sorpresa, que esa teta era realmente soberbia. Mariana percibió que el jugueteo se prolongaba más de lo previsto y una intensa ansiedad le subió por el cuello. Mientras tanto, Daniel lengüeteaba ya ambos pechos y la mano izquierda estaba casi en el pubis. Cuando por fin llegó hasta éste y sintió los chorros de humedad del sexo de la chica, ésta rompió el inesperado encanto.

—¡Daniel, te amo! ¡Hazme tuya!

Toda la excitación en el joven se desplomó de golpe y porrazo: había que empezar la retirada. Mariana, que ya estaba en extremo rabiosa, se tranquilizó cuando empezó a ver el cambio de situación. Daniel siguió linealmente el guión y dejó a la pobre chica sofocada, atolondrada y terriblemente excitada, parada contra la rasposa barda de piedra. El acontecimiento fue de lo más traumático para la pobre Dulce; pasaron años antes de que lo superara. Pero al menos, pensaban Daniel y Mariana, había tenido la probadita de una pasión que nunca despertaría en nadie. Debía estar agradecida.

Mariana salió de su escondite y se encontró con Daniel en una de las entradas al salón principal. Nada más verse, rompieron en una carcajada incontenible y no pararon de reírse hasta que Carmen los interrumpió para llevarlos al comedor a servirse los manjares del buffet que había cocinado la mejor de las cocineras de la familia Reséndiz.

Después del rompimiento con Daniel, buscó repetir las sensaciones que éste le había provocado, pero sólo una vez Mariana experimentó algo aún más intenso que aquello.

Sabía que su casamiento con Demetrio Orihuela tampoco le atenuaría la abulia que casi todo le producía, pero Mariana había calculado ya su futuro con él. Para su familia y sus conocidos había sido toda una sorpresa que el hombre que la elegante señorita Ponce había tomado por esposo hubiera llegado al pináculo y fuese ya por segundo periodo el presidente de la nación.

Félix Orihuela, a sus treinta y tres años se ha convertido en un abogado muy destacado. Frecuenta a Mariana, pero a su padre lo visita muy rara vez. Félix posee una inteligencia fina como la de su padre y, como su madre, una falta casi absoluta de empatía para su prójimo; así, muy pocas cosas le perturban, por lo que nunca pierde el aplomo y el encantador descaro que lo caracterizan.

Siempre ávido de satisfactores fuertes y fugaces, Félix, siendo más joven, consumió todo tipo de drogas y llevó una vida sexual promiscua y extrema; su padre nada pudo hacer para impedirlo, Félix lo dejó cuando se aburrió. Ganar los difíciles casos que acepta en su bufete es ahora lo que le produce un efecto embriagador. Félix le ha encontrado el gusto al influjo de su autoridad; le divierte manipular los destinos de sus clientes, las opiniones de los jueces y los jurados, las decisiones de sus socios en la firma y hacer explotar en arrebatos a sus amantes. Sin embargo, la carrera de abogado le está quedando estrecha; le hacen falta nuevos alcances y desde hace ya algún tiempo ronda en su mente la posibilidad de tantear otros escenarios. De esto su madre se ha dado cuenta, y ha empezado a mover los hilos a su alrededor para encaminar a su hijo.

Mientras Demetrio toma su segundo café, una nota en el periódico le hace recordar aquello que le viene a la cabeza siempre que piensa en Félix y su generación: a los jóvenes de hoy los domina el aburrimiento. Si bien él entiende que el pez más grande se come al chico para sobrevivir, con asombro constata cómo ahora lo hace sólo por diversión, con el propósito de encontrar sensaciones nuevas y más intensas. Todos los días ocurren abusos y crímenes canallescos de jóvenes pudientes en contra de personas incapaces de defenderse, únicamente en busca de diversiones fuertes. (Nunca ha querido imaginar Demetrio en cuántas de esas incursiones habrá participado su hijo.) Pero también ha detectado cómo su contraparte, los jóvenes marginales alcanzados por la más decisiva desesperanza, han reaccionado con una saña descomunal. En años anteriores, este mismo sector arremetía contra su propia gente; pero en los últimos tiempos se ha dado un viraje importante: sin que medie explicación alguna, de manera espontánea, los ataques se han vuelto contra los jóvenes poderosos e influyentes. Periódicamente le reportan a Demetrio sobre decenas de cadáveres de hijos de las familias acaudaladas, torturados y abandonados en los linderos de la ciudad. Esto se ha convertido en un fenómeno mundial que avanza inexorable y para el que ningún gobierno parece tener respuesta.

Demetrio abandona sus disquisiciones pensando que no está él para hacerle psicoanálisis a la juventud actual; pero finalmente esa apatía lo complace porque gracias a ella los jóvenes no le han causado casi conflictos políticos durante su mandato. La represión que en su tiempo se enfocaba en gran medida contra los jóvenes, ahora la ejerce casi exclusivamente contra los viejos militantes que han encontrado un nuevo activismo, más abierto y al mismo tiempo más inofensivo, mucho más controlable.

El matrimonio Orihuela desayuna con el sonido del pasar de las hojas del periódico y el tintineo de los cucharillas en las tazas. La servidumbre siempre discreta, pisa suave y susurra monosílabos. Demetrio apura el tercer exprés bien endulzado y al levantarse de la mesa besa en la mejilla a su mujer:

—Que tengas un buen día —dice Mariana sin alzar la vista de la sección internacional del periódico.

Por su lado, Octavio se ha acostado casi a la misma hora en la que su jefe se levantó. Había sido una juerga de antología. Con el ego tan alto como lo llevaba cuando llegó a casa de Penélope, no necesitó por muchas horas ni una sola raya de cocaína. Bebió champán y hasta invitó a cuatro de sus favoritas a beber con él. Se sentía grandioso; más que eso, genial. Se decía a sí mismo que sólo alguien tan agudo era capaz de un plan tan perfecto. A eso de las dos de la mañana se metió con dos morenas y una pastilla de viagra en la habitación principal. Más que fornicar, quiso contemplar y masturbarse. El viagra lo usó alrededor de las cinco, cuando se quedó sólo con Adriana. Era su adoración y se había ganado el puesto de preferida a base de lisonjear cualidades inexistentes en Octavio. Nada le gustaba más que oír los falaces halagos de Adri; él sabía que lo eran, pero aun así se deleitaba escuchándolos. La recompensa por ser una puta modelo era sustanciosa; a pesar de su inefable tacañería, con ella Octavio se extralimitaba y llegaba a ser hasta generoso.

Octavio entró a su habitación y se tumbó sin desvestirse en la cama matrimonial que nunca ha compartido con nadie.

Oliendo a trasnochado, se despierta molesto y va quitándose la ropa mientras camina hacia el baño. Uno de los atributos más notables en Octavio es su esmerada pulcritud; se lo ve siempre perfectamente aseado y perfumado. La puerta del botiquín sobre el lavamanos permanece siempre abierta con el espejo hacia la pared, pues le molesta mirarse en él; se ha acostumbrado a afeitarse con máquina eléctrica para evitar su imagen. Él se engaña diciendo que es cosa de maricones eso de estarse viendo al espejo.

Se baña tratando de recobrar la energía; han sido unos días agotadores. Sonríe al pensar lo bien que lo ha pasado y olvida por un instante la resaca y el bajón de la cocaína, que compensa al salir de la ducha con una nueva dosis. Es viernes y se va a tomar la jornada para completar los días de asueto. En realidad, le quedan sólo tres para organizar sus ideas y presentar una resolución digna de la trama original.

Octavio ha diseñado su despacho en casa como el de un potentado. Una estancia inmensa con ventanales que dan a un patio interior de estilo japonés, construido por el jardinero que solía trabajar en la embajada nipona. Los muebles los había mandado fabricar de caoba para que nadie dudara de la calidad. Dos sillones de dos plazas en un aparte, con una mesita entre ambos; libreros de pared a pared con clásicos que no conoce, pues él sólo lee los libros que se ponen de moda; y lo más imponente, su escritorio, de caoba de vetas encontradas, inmenso y con el más fino juego de oficina que existe. Su sillón, de delicada piel marrón, está un poco elevado con respecto a las dos sillas que tiene enfrente, con el propósito de sentir él preeminencia sobre los otros. Para su tristeza, excepto los sirvientes de la casa, nadie se ha sentado nunca en esas sillas frente a su escritorio. Suele sentar al servicio ahí para reprenderlos por cualquier cosa y así darle uso a su despacho.

Se sienta con un café cargadísimo, saca unas hojas blancas y su pluma fuente, con la cual piensa dibujar sus reflexiones para el atentado. Divaga durante largo rato, diciéndose que la inspiración le llegará en cualquier minuto. "Sólo tengo que relajar la mente y un cúmulo de ideas se irán colocando en su lugar. La intuición es mi tesoro más preciado. ¿No es cierto? Aflójate, deja la mente en blanco…" Conforme se dice esto, van ocupando su cerebro las imágenes de Adri y de las otras chicas de la noche anterior. Se permite ese descanso: "¡A ver! Está bien. Un rato de reposo para recordar tan buena velada y en seguida a trabajar. ¡Claro que te mereces un pequeño incentivo para resolver los problemas de la nación!" Va y viene en su mente sin concretar nada y acaba frente a unos dibujos obscenos que ha garabateado mientras revive la noche de ayer. Como si despertara de un sueño, registra los dibujos y se enoja consigo mismo muy duramente: "¡No es posible que no pueda concentrarme ni un minuto tratándose de un asunto tan importante!... Debe ser, claro, que es casi hora de comer y la cabeza no funciona sin combustible". Toca un timbre que tiene bajo el escritorio y a los pocos segundos llega el ama de llaves y le pide que sirva en seguida la comida en el jardín. "El aire fresco me va a ayudar a concretar las cosas." Y así pasa el sábado.

Finalmente el domingo en la noche encuentra una salida: "¡Ya está! En realidad tengo las soluciones en el último momento porque durante estos dos días mi subconsciente ha estado trabajando a todo tren. No en balde estaba tan cansado estos días". Realmente, la idea final se la ha dado una vieja película que vio en la televisión la misma tarde del domingo, en otro de sus descansos.

Octavio se siente como en un juego, más que en una conspiración. Y piensa que justo así es como hay que tomarlo; de otro modo sería abrumador.

# VIII

Son las tres de la madrugada y está extenuada. Se prepara un café ligero y toma un descanso mientras piensa en los extraños caminos que su vida ha tomado. Imaginar, hace unos años, que terminaría en casa de su madre, en una especie de encierro voluntario, cocinando de noche en busca del silencio y la soledad. ¿Cómo entender lo que ha pasado hasta ahora y cómo asumir como propia esta existencia a medias?

Atada por su invalidez emocional a esa casa ajena, empezó por tratar de estructurar lo que le quedaba de vida. Desde un principio, tuvo muy claro que no volvería a intentar el suicidio; la experiencia había sido devastadora desde el momento de decidirlo, y peor aún, la frustración al no haberlo logrado. Desde entonces ha procurado aferrarse a la vida con cosas muy pequeñas, conformando ciertas rutinas que le impidan escapar; éstas le dan, si no sentido, sí un orden a esa vida siempre como a punto de romperse irremisiblemente.

Utiliza esas manos que ha cultivado durante años resistiendo el cansancio, el calor y el tedio de la costumbre, como el instrumento del trabajo que le da la armonía que necesita. La disciplina de la cocina le ordena la mente: cada paso tiene su lugar y no se puede adelantar o apresurar ningún procedimiento. Soledad se entristece cuando un plato le resulta aburrido, cuando no puede mejorarlo en nada o simplemente cuando ya no le impone reto alguno. Está segura de que con los siglos las recetas han ido simplicándose y que en el camino se han perdido componentes y pasos. Cuando le asalta esa idea, comienza a ensayar la salsa o el guiso en cuestión, hasta arrancarle los secretos escondidos por el tiempo.

Termina las tartas a eso de las cinco y llega a la cama molida; sin embargo, no puede dormir. Da vueltas enrollándose entre las sábanas y comienza a cuestionarse pensando qué sentido tiene todo; para qué o para quién se levanta cada día. Trata de ahuyentar esas ideas, pues sabe que no puede dejarse llevar por ellas. El sueño ha sido siempre su aliado, pero no logra conciliarlo, así que prefiere levantarse de una vez.

Se pone a ordenar sus cosas como un vagabundo meticuloso que le da a cada objeto una connotación precisa. Tiene muy pocas pertenencias: sólo un objeto de su padre y otro de Inés; la pipa que sobrevivió al naufragio la guarda en el cajón de su mesita de noche, y junto a ésta, el reloj de su amiga. Su ropa está acomodada muy cuidadosamente, a pesar del buen sitio en los armarios, todo está dispuesto en sólo dos cajones y en un espacio pequeño utiliza unos pocos colgadores, como quien se hospeda en un hotel sólo por un par de días, por lo que no vale la pena explayarse. Sus libros y la foto de su padre los tiene en un estante del librero junto a su cama. Sus cuadernos con memorias y reflexiones los guarda bajo llave en un cajón del amplio escritorio, los demás permanecen vacíos.

Ha logrado que las azaleas del balcón florezcan copiosamente esta primavera. Es el punto más alegre de la habitación. Tiene toda clase de plantas aromáticas que utiliza en su cocina y que convierten el balcón en una diminuta selva con olores pegajosos y con todos los tonos de verdes y marrones.

Soledad ocupa la habitación más amplia de la planta alta de la casa. Su madre se mudó de ahí y la acondicionó para su hija cuando todavía estaba en el hospital. Sabía que la chica necesitaría espacio y un balcón a la calle para no sentirse demasiado presa de su situación.

Está acostumbrada a no estar al tanto de lo que pasa en la casa hasta la tarde; estar tan alerta a esas horas le resulta inusual. Después de darse un baño, toma el libro que tiene en turno y se tumba en la butaca cerca de la ventana. Al poco rato oye abrirse el portón de la calle, piensa que es Margarita que va al mercado y que será mejor recordarle la cantidad exacta de chuletas de cordero que va a necesitar esta noche. Abre la ventana, se inclina sobre la baranda del balcón y grita:

—¡Margarita! —pero al dirigir la vista se da cuenta de que es Jan el que entra. No es tan temprano como ella había pensado.

Hace varias semanas que no se han encontrado. Jan voltea hacia la ventana en cuanto oye la voz y le sonríe. Soledad no puede responder, se queda unos segundos muda como una tonta.

—Perdone. Estaba buscando a Margarita —dice finalmente Soledad entrecortada.

En ese momento entra de la calle doña Hortensia, que mira a Jan y a Soledad en conversación iniciada y aprovecha para decirles a ambos:

—Qué bueno que los veo, pues quería comentarles a los dos que me he enterado de que el viernes es el cumpleaños de Jan y quiero invitarlo a tomar el té por la tarde, si no tiene nada mejor que hacer.

Jan va a responder cuando Soledad se adelanta diciendo:

—Les propongo que la invitación sea a mediodía, les ofrezco encargarme del menú.

Hortensia quiere disimular su sorpresa, pero no puede contener una abierta sonrisa:

—¡Es maravilloso! ¿Qué opina, Jan? ¿Tiene ya compromiso para esa hora?

—No. Estaré encantado. Yo me encargo de los vinos y

de lo que haga falta —y mirando de nuevo hacia arriba, dice—: ¿No prefiere que yo traiga algo de fuera para que usted pueda acompañarnos tranquila?

—Me hace ilusión hacer un banquete en forma —dice ella con voz huidiza y recapacita en que hace ya días que no cruza palabra con nadie.

A Soledad en verdad le da placer hacer un festín de cumpleaños, lo único que la inquieta es lidiar con su madre; no imagina cómo conjugar las cosas para no tener que coincidir con ella durante el día.

Quedan en reunirse en el comedor el viernes a las dos y media y Soledad se apresura a cerrar la ventana al percatarse de que está en bata de baño a esas horas asomada al balcón.


La chica manda avisar a su madre con Margarita que también ocupará la cocina por las mañanas durante tres días, y que no podrá hacer la acostumbrada comida de mediodía para no distraerse de sus preparativos para el viernes y cumplir con sus entregas al restaurante. Doña Hortensia le ha mandado decir a Jan que traiga a quien quiera a su festejo y éste le ha respondido que sólo invitará a uno de sus amigos, a Manuel, y le ha pedido autorización para que la sirvienta sea también su invitada, a lo que la dueña de casa accede.

La cocinera ha decidido preparar varios platos para formar un menú de degustación: tres entradas, dos segundos y dos postres.

Hortensia respeta escrupulosa el espacio de su hija. Le encantaría poder sentarse frente a ella en un banquito y charlar de cosas sin importancia, probar una salsa o picar de algún guiso. Pero nada de esto es posible. Además, la cocina ha sido siempre el lugar reservado a Inés y ahora a su memoria.

Durante esos tres días la casa se ha plagado de olores. Se mezclan la canela, la hierbabuena y los humos de carnes jugosas en un todo imposible de separar. El horno no se ha apagado en dos días y los vapores de las legumbres blanqueadas dan un efecto a caserón viejo o a cocina real antes de una reunión memorable. Hace mucho tiempo que Soledad no se entretenía tanto, ese trasiego divierte sus sentidos y la hace olvidarse de todo, y de todo se acuerda al mismo tiempo, en una vorágine de nostalgia producida por los sabores de la raspadura de naranjas o de lima y las cebollitas glaseadas. Los aromas de su infancia y de su juventud se van alimentando unos a otros en su memoria.

En un momento en el que Hortensia oye salir a su hija de la cocina, se escabulle disimulada a ver aquello que huele tan bien y que no acaba de distinguir. Mientras su hija se ducha, la madre admira la preparación a medias de casi todos los platos, unos en refrigeración, otros en el horno y otros más reposando en la mesa de mármol. Ahora sí puede darle nombre a lo que ha percibido esos días. Encuentra unos restos de chocolate en el fondo de una olla aún sin lavar y no puede privarse de rebañarlo con el dedo. En ese mismo instante sucede lo que habían estado evitando: Soledad entra de golpe y mira a su madre raspando la olla golosamente. Hortensia se percata de la chica y se lleva un susto de infarto, luego enrojece como un tomate por haber sido descubierta en una posición tan *in fraganti*. Se quedan mirando unos segundos. Soledad no puede interpretar claramente la turbación de su madre, pero la atribuye a que se siente avergonzada, así que opta por sonreír para distender las cosas. La madre se alegra de que su hija no se haya sentido invadida o molesta y decide que tiene que salir de ahí lo antes posible, pero la salida está bloqueada por Soledad y la puerta del patio demasiado lejos. Ante esta situación tan embarazosa como boba, piensa que debe ser Soledad quien defina el tono, pues finalmente ha sido ella la que ha rechazado siempre todo intento de acercamiento.

Soledad baja la guardia y simplemente le dice:

—¿Quieres un café con unas galletas?

Hortensia, asombradísima, sólo alcanza a asentir con la cabeza y como niña obediente se sienta en el banco alto frente a la barrita que usa para desayunar. Sin decir nada, Soledad sirve café en una taza, agrega un poco de leche, coloca tres galletas de jengibre en un plato haciendo juego y, estirando un inmaculado mantelito, lo pone todo sobre una charolita de plata muy brillante. Se lo lleva a su madre y vuelve a sus quehaceres. Doña Hortensia, a su vez, se toma todo el tiempo que puede junto a su hija, observándola en esa labor que tanto bien le ha hecho en la vida. Cuando termina, lleva el plato y la taza al fregadero y los lava silenciosamente. Antes de marcharse, mira a su hija y ésta le sonríe. Hortensia siente un vuelco en el corazón, como si un enamorado le hiciera un guiño por primera vez. La sonrisa de Soledad no quiere decir nada; ella lo ha hecho simplemente para romper la incomodidad de la escena; aunque entiende que eso para su madre es una rendija abierta muy deseada y, al mismo tiempo, temida. Ya Soledad no piensa más en su madre con resentimiento, sin embargo, no sabría de qué hablar con ella.

El gesto permisivo de Soledad tiene como consecuencia que su madre repita la visita al día siguiente. Y como si fuera un antiguo ritual, Soledad, sin decir nada, le sirve el café y un bizcocho de almendras.

Le espera una tarde movida, sólo faltan unas horas para el festejo; la cocina rebosa de utensilios y recipientes por todas partes. Margarita ha salido por los últimos ingredientes —los que deben estar más frescos— y no ha terminado de lavar la pila de trastos que colman el fregadero. Al terminar su ritual de café de ese día, Hortensia se percata de esto y se pone a fregarlo todo. Soledad gira y ve que no son sólo su plato y su taza lo que su madre lava y no sabe qué hacer o qué decirle. Así que no dice nada y sigue como si tal cosa.

Cuando llega Margarita, todavía está en faena su patrona, y boquiabierta mira cómo ésta tiene puesto un delantal y que ambas, madre e hija, comparten parsimoniosamente el mismo espacio.

En cuanto doña Hortensia advierte la presencia de la sirvienta se quita el delantal y dice:

—Bueno, ya te ayudé un poco. Estaré en mi cuarto por si me necesitan.


Se despierta Jan reconociéndose en sus treinta y ocho años. Todavía entre las sábanas, a su mente vuelve, sin buscarla, la imagen de Renata, su esposa, de la que había tenido que separarse por razones tan dolorosas como inevitables.

Tumbado mirando el techo, sus ojos se enfocan en la discreta lámpara de delgados hilos vidriados que Renata y él habían comprado en el mercado de pulgas, un día en el que la chica estaba casi tan radiante y feliz como cuando la había visto Jan por primera vez en el parque. Atesora tanto ese recuerdo pues aquél había sido su último paseo; semanas después Renata se negó a volver a salir de casa y poco después se marchó para siempre. Ahora, solo en su cama, con sus recién estrenados treinta y ocho, le viene a la memoria ese gusto a nada que cubrió sus horas y sus días por el dolor desgarrador de su partida. La imposibilidad de volver a ser "ellos" fue quebrantando hasta su disposición al trabajo. Los pequeños juguetes ya le eran insulsos, simplones; ninguno le provocaba el menor interés. Salía a dar largos paseos para agotarse y poder dormir unas horas, pues sabía que se despertaría al alba para no conciliar más el sueño.

Por esa época había dejado de asistir a las tertulias con sus compatriotas. Cuando Renata se fue de forma definitiva, los amigos buscaron la manera de hacer más llevadero el infortunio para Jan, pero fue tarea infructuosa. Así que respetaron su alejamiento y se mantuvieron solícitos y pendientes de él. Pavel, el más animado de los amigos era también el más perceptivo y al ver que Jan no levantaba cabeza, intentó encontrar el modo de ayudarlo. A Jan le empezó a rondar una idea en la cabeza: irse de la ciudad, quizá del país, por un tiempo. Ansiaba salir del encierro de la capital, curtirse al sol y sudar su dolor sin minucias de juguetes. Jan le expuso a Pavel sus propósitos y en un primer momento éste opinó que era una idea descabellada que lo dejara todo, pero al final lo ayudó a organizar su partida. Jan se marchó dejando su apartamento cerrado y sus juguetes dentro, esperando su regreso. Pavel estaría pendiente de Renata y él lo llamaría periódicamente para saber de ella. Se despidió de su padre, que estaba muy apesadumbrado por lo que le había pasado su hijo y pospuso la decisión de regresar a su patria para cuando Jan volviera de su travesía.

Compró un coche viejo que todavía daba batalla y con él se fue hacia la cordillera del Sur, pasando la frontera. Pocas veces había salido del país y todo lo que descubría iba devolviéndole los arrestos. Los pueblos de campesinos donde paraba a comer y pernoctar lo fueron llevando de la mano hacia una actitud cada vez más reparadora.

Cuando se encontró casi sin dinero, recordó que doscientos kilómetros atrás había visto el despliegue de la construcción de las vías del ferrocarril. Desde que lo vio, algo dentro le había movido a acercarse, pero desoyó aquello y siguió pensando en alcanzar ese mismo día la próxima frontera.

Volvió al lugar, paró el auto frente al puesto de mando de la construcción y preguntó por el encargado. Un hombre gordo y colorado de más de cincuenta años lo miró y sonrió ante la petición de empleo de aquel hombre que, aunque de apariencia fuerte, no era ya demasiado joven y evidentemente venía de la ciudad y de un tipo de labores menos exigentes. Jan insistió ofreciéndose a hacer cualquier trabajo y el hombre, casi por comprobar que claudicaría ese mismo día, le dio el empleo.

Comenzó cargando y llevando los materiales de un lugar a otro, recibiendo órdenes de casi todos los demás trabajadores. Halló que ese agotamiento le embotaba la cabeza; en las noches llegaba a la barraca y como un autómata se tiraba en el suelo sobre una manta de lana, que era todo lo que le habían proporcionado en ese hospedaje, y dormía sin parar hasta el toque de madrugada.

Con el paso de las semanas, Jan se fue habituando a la rutina y el cansancio se hizo más llevadero. Sus músculos habían respondido al esfuerzo y ahora podía pasar horas charlando con los compañeros después de la jornada, o mirando el cielo, que en esos parajes era estrellado como nunca volvió a ver otro. El recuerdo de Renata se iba haciendo difuso; el exuberante paisaje llenaba sus sentidos. Su mente flotaba suave como si su diálogo interno se hubiera tornado en susurros entrecortados, ya no en palabras completas. El calor agobiante de un principio fue haciéndose su aliado y en las tardes se dejaba abanicar por las corrientes que viajan entre los cerros. Jan fue sumando para él, uno a uno, el golpe de martillo, el empuje de la pala y el hincar del pico. Sus herramientas, nuevamente, como aquellas de sus juguetes, se hicieron parte consustancial a él.

En cada nuevo pueblo al que llegaban, salía de parranda con los compañeros con los que aprendió a compartir un espacio vital y una jornada rasposa. No dejaba pasar más de una semana sin llamar a Pavel para saber sobre Renata, y ese día, por lo general, se tiraba una borrachera más fuerte que las de los días de asueto. Hasta que llegó el día en que las noticias de su mujer no le alteraron tanto. Y más adelante, pudo llamar él mismo a los padres de Renata sin intermedio de Pavel; para por último, enviar cada semana una carta a la que había sido su esposa, aun cuando sabía que ella no la leería.

En medio de aquellas montañas escarpadas que —gracias a estos hombres— el ferrocarril conquistaba día tras día, Jan fue saldando su desconsuelo. Un Jan diferente a aquel que había salido de la ciudad hacía más de un año fue haciendo acopio de un formón, un cincel, un pequeño martillo y, para pasar el tiempo, fue recuperando su oficio. Sin embargo, fueron las circunstancias, o quizá el destino, lo que no le dejó otro camino que volver al país.

Una noche de viernes, después de su jornada, recargado en la ceiba, Jan terminaba a ciegas de lijar una pieza de madera que pretendía convertir en ciervo cuando escuchó voces bajas que fueron haciéndose más audibles conforme él afinaba el oído. Pudo distinguir que hablaban del Gordo, como le llamaban al capataz que lo había contratado y con el que, después de un tiempo, se habían caído bien, a pesar de su mal carácter. No prestó demasiada atención hasta que oyó con claridad que atacarían al hombre para robar el dinero de la paga de esa semana. Jan dejó a un lado su tarea y atisbó para saber quiénes eran los que hablaban. El dinero llegaba los viernes para repartirlo el sábado entre los trabajadores; el Gordo estaría en ese momento formando los sobres para la paga. Tomó su formón y lo puso en el cinturón junto al cuchillo que guardaba en el bolsillo del pantalón. Estudió sus posibilidades frente a los dos hombres fornidos y jóvenes, y pensó que sólo la sorpresa podría con ellos. Efectivamente, se dirigían a la oficina del Gordo que tenía la luz encendida. No daba tiempo de ponerlo sobre aviso. Jan necesitaba abordarlos antes de que ellos sacaran las armas para el atraco, así que, con el miedo en la garganta, cortó por los almacenes y les dio alcance antes de que llegaran a la oficina. Con el formón en una mano y el cuchillo en la otra los sorprendió aún desarmados.

—¡Dejen las cosas como están y vuelvan al dormitorio!

Uno de los hombres, antes de que Jan terminara de hablar, había ya había sacado su navaja y lo enfrentaba. Jan lo encaró y el otro aprovechó para armarse. Veía Jan la imposibilidad de hacerles frente a ambos y lo absurdo de aquel impulso, pero no tenía más salida que defenderse. Fue cosa de segundos para que el más delgado lograra herirlo en un costado. Fue el calor de la sangre mojándole la camisa lo que enfureció a Jan y lo hizo asestar un corte en la cara de su agresor. Éste se llevó las manos a la herida y quedó fuera de combate, Jan siguió tirando al otro cuchilladas sin control. El Gordo llegó dando voces y le bastó un disparo al aire para terminar con la gresca.

El capataz entendía lo que había sucedido, pero aun así debió despedirlos a los tres. En privado agradeció a Jan y le ofreció recomendarlo en otra zona, pero Jan sabía que su tiempo ahí había concluido.

Sin embargo, le entristecía dejar esa libertad casi total que había conquistado, esa vida cruda y plena a la vez, que no atribulaba sus sueños; abandonar el trueno monótono del martillo contra el acero; la charla monosilábica con los compañeros en el almuerzo; el murmullo de las barracas; el olor a sudores mezclados en un mismo esfuerzo; las fantasías infinitas, sin contención por imposibles. Debía volver porque aquélla era su historia, y sobre todo porque podía ya habitarla de nuevo.

El viento matinal por la ventana hizo oscilar la lámpara vidriada y el tintineo regresó a Jan de las imágenes de aquella época que tanto bien le había hecho.

Se levantó de la cama y en el espejo del baño, su sonrisa inconsciente le reveló un urgente deseo de adelantarse con el pensamiento a la hora del festejo.


Soledad no ha dormido casi, pero el trote del banquete la mantiene perfectamente espabilada. Sólo le preocupa el tiempo que tendrá que emplear en acicalarse. Lo hará en el último minuto, cuando todo esté listo.

Verifica la disposición de la mesa y felicita a Margarita, pues todo está en su sitio y primorosamente acomodado; hasta se ha ocupado de poner un delicado arreglo de flores amarillas.

Soledad está cocinando para Jan y piensa que nada conoce sobre él, más allá de lo formal y prudente que ha demostrado ser durante varios meses. Le gusta la gente así, tranquila, sin afectaciones ni fatuidades, pero en realidad no tiene la menor idea de quién es ese hombre. Cuando miró por primera vez a Jan, por un instante sintió un hormigueo, pero nunca más volvió a considerarlo. Si bien no ha cancelado la idea de un compañero, ve terriblemente cuesta arriba afrontar el flirteo y la seducción. Sin embargo, está un tanto desconcertada por todo el cuidado que ha puesto en este banquete. Se dice que no es diferente de su trabajo de todas las noches, pero en el fondo sabe que eso no es verdad.

Son ya las dos y únicamente falta la salsa holandesa que debe preparar unos minutos antes de sentarse a la mesa. Tiene que darse prisa para tomar un baño y arreglarse un poco. Se mete a la ducha y empieza a aflojar su cansancio. Acaricia su cuerpo con el jabón de jazmín que tanto le gusta y siente en la piel el tiempo que ha pasado sin que otras manos lo toquen. Le invade la tristeza de sólo pensarlo. Es mejor dispersar esos pensamientos, así que apresura la tarea. Cuando cierra el grifo y abre la cortina se da cuenta de que ha olvidado las toallas sobre la cama. Empapada como está, sale de la ducha y no encuentra con qué secarse. Pisa el tapetito del baño y sin poder evitarlo, su pie lo desliza y cae al suelo metiendo las manos para amortiguar la caída. Permanece unos momentos un tanto conmocionada por el golpe y siente un dolor muy intenso en la mano izquierda. No puede levantarse de inmediato. Pasan unos minutos, se pone de pie despacio y comprueba que las piernas están ilesas. No así la mano izquierda, que sigue doliéndole con obstinación. Coge las toallas con la mano derecha y termina de secarse. Toma un fuerte analgésico que tiene en la mesita de noche y sin demasiado esmero se viste y se peina. Sin embargo, al mirarse al espejo antes de salir hacia el comedor, mira con coquetería que tiene un brillo hermoso en la piel.

Llega al salón donde ya están todos los invitados sentados tomando una copa del jerez que ha traído Jan. Éste se levanta de su asiento en cuanto ve entrar a Soledad, al igual que Manuel. Jan va hasta ella y le ofrece una copa, ella sonríe, saluda a Manuel y se sienta a esperar el jerez. Hortensia brinda a la salud del homenajeado. Terminado el brindis, Soledad se levanta y les anuncia que en quince minutos estará lista la comida y Margarita la sigue para ayudarla.

Soledad está realmente preocupada por la salsa, pues debe batirla enérgicamente durante unos minutos y el dolor de la mano no ha amainado; por el contrario, aun con el calmante es ahora más fuerte. Pide a Margarita que sujete el recipiente para que ella pueda batir con la mano derecha.

—Me lastimé la mano. Te pido que no se lo digas a nadie.

Margarita se queda muy angustiada. A pesar de todo, la salsa holandesa no se corta y Soledad respira aliviada.

La comida está siendo todo un éxito: los platillos perfectos, la conversación dirigida por una Hortensia deliciosa y elocuente, y el humor involuntario de Margarita que no hace más que elogiar exageradamente los manjares y festejar todo lo que dice Manuel, contribuyen a crear un ambiente relajado. Se sirve el vino que ha traído Jan y ya para el café todos están bastante chispeantes. Soledad está contenta con el resultado, hace mucho que no se sentía así; pero sabe que pronto tendrá que inventar algo para salir y atenderse la mano. Aun cuando trata de disimular, Margarita no ha dejado de mirarla inquisitiva; Soledad le hace gestos para que no se preocupe, y como la mujer de verdad no quiere perderse de nada, asiente alegrada con la noticia. La que no ha podido ocultar su felicidad es Hortensia; su hija es lo que más quiere en el mundo, pero también a la persona que menos entiende, y esta primera comida juntas después de casi dos años de vivir bajo el mismo techo está transcurriendo felizmente sin incidentes. De vez en cuando Hortensia festeja algún plato y mira a los ojos de su hija para decírselo. Ella sonríe con esa sonrisa suya tan enigmática, que esta vez no hace más que ocultar el dolor de la mano.

Manuel es muy simpático a su manera. A pesar de ser una especie de joven viejo gruñón, se transparenta un hombre bueno y sin vericuetos. Jan, también como Soledad, ha permanecido muy callado tratando de no perder detalle de la comida y de la conversación. Ve todo como en reflejo; no se detiene en las palabras, sólo percibe el rumor de las voces y las risas. Está muy sorprendido de cómo estas mujeres lo han hecho sentir bienvenido y, más aún, de que Soledad haya hecho un banquete para él. Cae en la cuenta de qué tan entusiasmado debe estar cuando inconscientemente ha tuteado a Soledad durante toda la comida.

Llegan los postres, por supuesto suculentos; especialmente para la sirvienta son todo un acontecimiento, pues nunca ha comido algo como una *crème brulée*. Servido el café, Soledad siente que hay que dejar el estoicismo y se excusa diciendo:

—Voy a la cocina un rato, quizá me retrase. No se preocupen —se levanta y entra a la cocina. Jan, que ha querido encontrar una oportunidad para agradecerle a Soledad, entra justo cuando más adolorida se siente.

—¿Qué le pasa?

Ella duda, pero finalmente responde:

—Me caí hace un rato saliendo de ducharme y creo que me he roto algún hueso de la mano… Pero quiero pedirle un favor. Prométame que no dirá nada hasta más tarde, cuando estén por irse.

—¡De ninguna manera, eso es una locura! Ahora mismo te llevo a un hospital —dice Jan con un tono claramente inapelable.

Es la segunda vez que Soledad constata el carácter firme de Jan. Si bien suele ser un hombre ecuánime en casi todo momento, en cuanto se presenta una situación en la que hay que tomar decisiones, a Jan le aflora un temple enérgico ante el cual todo el mundo se cuadra.

Soledad no discute y sube a su habitación por el bolso. Mientras tanto, Jan explica la situación y se despide muy calurosamente de Margarita y de doña Hortensia, que está muy consternada de que su hija no haya dicho nada en toda la comida. Al bajar Soledad, su madre la aborda al pie de la escalera.

—¿Te duele mucho?

Ella asiente sonriendo con un gesto de resignación.

—Me pongo una chaqueta y nos vamos —dice la madre.

Soledad un poco agobiada dice:

—De verdad que no tienen que ir todos. Estaré de regreso en un rato.

Se hace un *impasse* de indecisión por parte de la madre e interviene Jan.

—Doña Hortensia, en un par de horas estaremos de vuelta. No se inquiete.

Jan va a la esquina a parar un taxi y Manuel se queda junto a Soledad en el portón de la casa. No pasan ni tres minutos cuando Jan se monta en el auto y lo dirige hacia donde ellos están. Se baja y ayuda a subir a Soledad a la parte de atrás. Manuel cierra a su vez la puerta de adelante tras Jan.

—Me llamas en cuanto sepan qué tiene Soledad.

Jan va dándole indicaciones al chofer para evitar en lo posible el tráfico de esas horas. Aunque se concentra en el camino, de tanto en tanto gira a mirar a la chica, no para preguntarle cómo está sino sólo para constatarlo, pues él sabe que ella no le dirá realmente cuánto le duele.

Soledad, con la mano derecha sujetándose la izquierda, mira intrigada a aquel hombre que la observa con una preocupación enternecedora, con un pequeño rictus en el entrecejo, como si intentara quitarle un poco de dolor a ella para llevarlo él.

Se percata de que a pesar del malestar, no tiene prisa por llegar al hospital; aquel paseo en coche, con la luz rosada de esa hora de la tarde entre los edificios y el movimiento de tanta gente caminando presurosa para llegar a casa y otros deambulando tranquilos, es un tanto hipnótico.

El bullicio de la ciudad es como la proyección de una película muda, divertida y febril, pero tan lejana a su vida. Y sin embargo, el hombre que está frente a ella le resulta cada vez más cercano.

# IX

Rangel se pone a trabajar en el asunto el lunes a primera hora. "La prensa hace la historia y nosotros hacemos la prensa", piensa. Así que lo primero es esparcir discreta y certeramente la pólvora para que la noticia de la intención de Vargas de privatizar el agua de su país llegue fuera de las fronteras. Llama a Raquel Donceles citándola en su oficina ese mismo día a las cinco de la tarde. Esta distinguida periodista ha logrado manejar con mucha sagacidad los entretelones del poder político y económico con una sólida posición progresista siempre al límite de la imparcialidad.

Raquel llega siete elegantes minutos tarde y Octavio la hace esperar otros diez de jerarquía, para después ir hasta la recepción a recibirla con la mejor de sus sonrisas.

—Mi querida Raquelita —dice mientras le extiende la diestra para con la izquierda cubrir la mano de ella afectuosamente.

—Octavio, ¿cómo estás?

Pronuncian pocas palabras más en el corto camino al despacho. Octavio lleva a su invitada hasta la butaca frente a su escritorio separándola caballerosamente. Después de escasos minutos de cháchara política y un té, Octavio entra en materia.

—Raquelita, te he llamado con imperdonable premura para comunicarte que el señor presidente te ha promovido como la periodista del año —y hace una pausa para que la destinataria asimile la noticia—. A ustedes los periodistas no se les puede ocultar nada, así que es mejor que lo sepas de una vez y te prepares para recibir el premio y también las puñaladas de envidia de tus colegas.

Raquel dice estar muy sorprendida mientras piensa que se habían tardado ya en otorgarle el único premio del gremio que vale la pena en el país. Estaba convencida de no haberlo obtenido antes por su postura política; pero nada ha tenido esto que ver, la verdad es, simplemente, que Raquel no le había sido de utilidad a Orihuela hasta ahora.

Con la presa suavizada y confiada, Octavio profundiza en varios temas, metiendo como por casualidad datos picantes para que Raquel anote mentalmente. La periodista cae en el juego de Octavio y en su propio pecado de vanidad al comentar a su vez ciertos detalles de los que dice que sólo ella está al tanto. Octavio se ríe por dentro pensando la cantidad de veces que él mismo ha sido secretamente el origen de tal o cual escándalo, sembrado sólo para alimentar la insaciable sed de los medios .

Como secretario y asesor del presidente, es la persona con la que los periodistas deben estar en buenos términos si quieren hablar con Orihuela. No hay periodista que no le mande un precioso regalo a fin de año, esperando que el próximo siga siendo su eslabón con "El Supremo", como entre ellos llaman a Orihuela. Esto es para Octavio el jugo de la vida: ver cómo algunos se arrastran lastimeros, y otros, más discretamente, pero al final, todos pasan por él para tener acceso al presidente.

Raquel se percibe rendida al juego de la intriga palaciega y repara en que ha hablado de más; aunque esto le tiene sin cuidado a Octavio, que casi ni la escucha.

Ya cerca de la despedida, le dice éste a Raquel como si tal cosa:

—Raquelita, quería preguntarte, ¿qué has oído tú de algo que se está diciendo a muy altos niveles, en relación con que el presidente Vargas pretende nacionalizar el agua de su país? —esto último lo dice muy pausado para que no haya duda alguna sobre la pregunta—. Me ha sorprendido muchísimo.

Raquel tarda en reaccionar unos segundos después de oír semejante bombazo y responde:

—Algo he escuchado, pero no tengo ningún detalle todavía. Si quieres te lo investigo.

—Ni te preocupes Raquelita, no tiene importancia. Tú ocúpate de los preparativos para recibir tu premio. Quizá todo esto no sean más que rumores.

En sólo cuatro días, a ocho columnas, los periódicos rotulan: "VARGAS NIEGA TENER LA INTENCIÓN DE PRIVATIZAR EL AGUA". Todo se había precipitado en una recepción oficial en donde a voz en cuello uno de los periodistas (amigo de la buena Raquelita) le preguntó al presidente sobre "el rumor". Vargas, que caminaba junto a la ministra de Cultura, se quedó de una pieza, se detuvo en seco y tras unos instantes, dijo:

—¡Eso es una completa mentira! —y no existe una frase más incriminatoria que ésta. A partir de ese momento las cosas para Vargas han empezado a complicarse; lleva días recibiendo cables internacionales haciéndole la misma pregunta.

Orihuela ha seguido las noticias con entusiasmo. Como Rangel lo había previsto, el desmentido ha recorrido las páginas de los diarios por todo el mundo. Lo único que en el fondo le molesta a Demetrio es que este finísimo toque del "proyecto" no se le hubiera ocurrido a él, sino a Rangel.

Transcurren los días y no llegan noticias de los del Norte. Es viernes y tiene los nervios de punta, pues si pasa más tiempo la noticia se va a enfriar y entonces sí que se convertirá sólo en un rumor. Además, no está seguro de que Vargas y Smithson, el secretario de Estado del Norte, hayan hablado ellos mismos aclarando la cuestión, lo que sería desastroso para él.

A una semana del desmentido, el presidente Cook manda con su embajador un recado para el presidente Orihuela en el cual le pide una audiencia privada aprovechando la estancia de ambos en la cumbre intercontinental que se llevará a cabo en Isla Rota. La empresa es delicada, pues ellos no pueden reunirse sin que varios sectores del país le reclamen a Demetrio una solución sobre el problema pesquero. Éste le responde, por el mismo conducto, que con todo gusto se reunirán para tratar el conflicto bilateral que los aqueja y que le ruega llevar a dicha reunión algún adelanto de resolución. Toda esta palabrería es sólo para cubrir las formas delante del embajador, pero también para que Cook recuerde que tarde o temprano tendrán que llegar a un acuerdo público y que Demetrio no puede salir con las manos completamente vacías de la reunión, por informal y a puerta cerrada que ésta sea.

Muy tranquilizado después de la visita del embajador, Demetrio decide pasar el fin de semana analizando sesudamente "el proyecto". Al llegar esa tarde a la residencia presidencial, va directo a la habitación de su esposa y la encuentra vestida de coctel a punto de salir.

—Voy al brindis de clausura del festival de cine, diré que les mandas tus parabienes —le dice a su esposo.

—Sí, por favor, felicítalos de mi parte… —dice por compromiso—. Te buscaba para informarte que después de la cumbre en Isla Rota tendremos que quedarnos un día más dado que voy a entrevistarme con Cook —dice Demetrio, que ve cómo Mariana deja las prisas y se sienta al borde de la cama.

—Qué raro… Ustedes ya tienen muy arreglado el asuntito del camarón. ¿Qué es lo que quiere ahora?

Demetrio no se imaginaba que Mariana pudiera sospechar de sus arreglos con los del Norte. Está consciente de que siempre se entera de todo, o al final él mismo se lo dice, pero esto le avergüenza y se lo ha callado.

Viendo su cara de sorpresa, Mariana le explica en voz muy baja:

—Te conozco demasiado bien, y sé que no permitirías tan tranquilamente el abuso de la pesca si no estuviera ya negociado. Además, aquella noche después de la reunión, vi en qué tono hablabas con los de Neptune y el tiempo que te tomaste con el director en su despacho. Tranquilo. Haz tus enjuagues, pero quiero estar al tanto de lo que quieren ahora, para que nada me tome desprevenida —dice fingiendo indiferencia, mas ha tirado ya del anzuelo.

—Yo creo que están interesados en lo que yo pueda saber sobre las intenciones de Vargas en el asunto de la nacionalización del agua. Así que si sale el tema con las mujeres, lo mejor será que des la vuelta al asunto por completo hasta no conocer cómo están las cosas —Demetrio sale de la habitación de su esposa dejándola aún más intrigada de lo que ya estaba.

Para los últimos detalles de su arreglo, Mariana saca el viejo joyero del armario. Su atuendo, con reminiscencias victorianas, requiere de alguna joya antigua de la familia Ponce. Revolviendo entre collares y camafeos, Mariana encuentra su primer anillo de compromiso, con el que Demetrio le pidiera matrimonio. (Años más tarde lo cambiaría por el que ahora lleva puesto, de mucho mayor quilataje.) Toma el viejo anillo en sus manos, como esperando a que éste le revele algo de un pasado casi olvidado. Recuerda que con ese anillo en el dedo se hizo el propósito de acompañar siempre al que sería su marido en el ascenso de su carrera política. En los tiempos difíciles para Demetrio, ella permaneció firme a su lado. Conforme avanzaba su matrimonio, marchaba paralelo su ascenso en la política, y Mariana, que se había prometido nunca defraudarlo, ni jamás escandalizarse, logró ganarse la confianza de su marido y convertirse en su confidente y, más tarde, hasta en su cómplice.

En la exclusiva comunidad política mundial, Mariana encontró un espacio más interesante que cualquier ámbito nacional —teñido éste de provinciana ambigüedad entre la cursilería y los excesos—. Por esto, en cuanto a los asuntos con el exterior, ella ha sido decisiva para el éxito de Demetrio. Las únicas ocasiones en las que la pareja comparte habitación es en viajes oficiales, y Mariana aprovecha para que su marido le haga un recuento detallado de todo lo que se dice tras bambalinas. Mariana sufre al departir con las mujeres de los otros jefes de estado, mientras los grandes acuerdos se toman justo en el salón contiguo, a dos pasos de distancia. Ahora está al corriente de que su marido ha perdido injerencia en el plano mundial y recuerda lo mucho que le ha costado a ella construir la sólida imagen que se tiene de la pareja presidencial, de su gobierno y del país, el que, antes de que ellos gobernaran, era considerado como de salvajes.

Esta mancuerna presidencial es algo desconocido para el pueblo, que supone que la señora de Orihuela, si bien es inteligente, también es frívola y sin demasiado interés en lo público. Por supuesto, eso es lo que ella quiere que se crea. Pero su astucia, reforzada por su carencia de conmiseración, le ofrecen a Demetrio una visión de tal frialdad que él, muchas veces preocupado por su necesidad de aprobación, es incapaz de apreciar.

Sobre los cimientos de una franqueza rayana en lo brutal, Mariana se alegra de haber construido una complicidad casi absoluta con su marido. Ambos lograron descifrar y conciliar con claridad sus intereses en el contrato matrimonial. Tienen muy claro que el éxito está en no traicionarse y, mientras sigan necesitando el uno del otro, el tácito acuerdo entre ellos seguirá en pie (al menos hasta que ella logre que su hijo Félix alcance lo que tiene previsto para él).

Con esa satisfacción en mente, Mariana guarda el viejo joyero, pero prefiere tener el recuperado anillo de compromiso más cerca, para no olvidar, y lo pone junto a la foto de la única persona que aprecia de verdad: su hijo Félix. Al mirar el retrato recuerda con ironía cómo cuando miró por vez primera a su hijo, vio sólo un amasijo de carne que lloraba mucho y succionaba ansioso de su pecho. La gestación fue molesta el primer trimestre, el resto lo pasó relativamente cómoda. Le preocupaba el trastorno que implicaría un niño pequeño en su vida, pero pensaba que era mejor hacerlo cuanto antes, para después estar libre de esclavitudes. La cesárea fue programada y no hubo ninguna complicación. Tanto ella como Demetrio se sintieron reconfortados en que fuera un varón: no tendrían que pasar por esto otra vez. A la semana quiso destetarlo, pues tenía los pezones al rojo vivo. El niño lloró de tal manera y se negó tan rotundamente a tomar otra leche, que no tuvo más remedio que volver a darle de mamar. Félix tenía tres semanas cuando abrió completamente los ojos en los brazos de su madre. De golpe, Mariana se vio a sí misma en esos ojos. Fue en ese instante cuando por primera vez en su vida sintió amor por otro ser. Ese hijo era parte de ella y entendió que lo que a él le sucediera, le sucedería a ella; comprendió que ese cariño sería para siempre. Era como una extensión de sí misma; una extensión nueva, llena de posibilidades, llena de vida y de similitud con ella. Ese niño la hacía vivir dos vidas, unidas y separadas a la vez; ya no era ella sola, ahora ella eran dos y ellos eran uno. Lo tocaba con la yema de sus dedos y sentía como si éstos se fundieran en la piel suave de su hijo, dándose calor el uno al otro, dándose vida.

Félix era el retrato vivo de su madre; todos alrededor lo apreciaban y lo comentaban. Demetrio fue sintiéndose cada vez más lejos de la estrecha pareja que formaban su esposa y su hijo; era como si él nada hubiera tenido que ver en esa gestación. Eso lo hizo concentrarse más todavía en su carrera política, pues sentía lo poco que importaba su presencia en casa. Hubiera querido tener otro hijo que fuera más suyo, pero por obvias razones, eso nunca sucedió.

Mariana intuía que Félix era inteligente, pero se decía que quizá fuese sólo su deseo y la deformación que toda madre hace de la imagen de su hijo. Pero conforme el niño crecía, daba señas de ser sobresaliente. Mariana era astuta y calculadora, algo que su hijo había heredado, pero además era realmente inteligente, superior a su padre. Varios detalles hacían claro que Félix era inmensamente perceptivo y desde muy pequeño llegaba a niveles de abstracción sorprendentes.

Durante la educación primaria, Félix estuvo muy por encima de sus compañeros, lo que le hacía pasar la mayor parte de las horas de clase distraído, jugando con cualquier cosa o interpelando a sus maestros. A los diez años, el director del colegio decidió adelantarlo de golpe dos grados. Esto en el fondo fue perjudicial para Félix, ya que lo hizo vivir una adolescencia adelantada y por lo tanto confusa. Se fue tornando más y más caprichoso e indisciplinado.

Mariana y el niño pasaban todas las tardes juntos; como los deberes no eran un problema, tenían todas esas horas para hacer lo que les placía. Iban al club deportivo o simplemente a pasear. La relación entre ellos era simbiótica a niveles anormales. El niño nunca vio a su madre como un adulto correctivo, sino como una compañera de juegos y de ideas. Por más que su madre hubiese pretendido tratarlo como un niño, hubiera sido inoperante; Félix entendía tan rápidamente cualquier asunto, que Mariana tenía que estar constantemente descubriendo cosas nuevas para entretenerlo.

Para entrar al primer año de facultad, Félix tenía dieciséis años recién cumplidos y sus padres decidieron enviarlo a la universidad en París, para lo cual hizo el *bac* requerido por Francia, sin esfuerzo alguno. Debido a esto, Mariana vio una excelente oportunidad para vivir fuera del país por un tiempo. Madre e hijo montaron un elegante apartamento en el diecisiete *arrondissement,* en la calle Pereire, cerca de la Place Etoile.

Fueron dos años inolvidables para ambos. Compartían el gusto por la arquitectura y las largas caminatas parando en el Musée d'Orsay o del Louvre. El teatro, sin embargo, era algo que sólo le concernía a Félix; su madre se aburría terriblemente todo ese tiempo sentada en la oscuridad, por lo que el joven iba con los compañeros de la facultad, que por supuesto eran todos mayores que él. Se había acostumbrado a vivir entre adultos y ya muy joven comprendía perfectamente ese ambiente.

A pesar de su edad, Félix físicamente era ya todo un hombre cuando llegaron a París, y la relación entre madre e hijo se matizaba de un rasgo peculiar: quien los veía, podía pensar que eran una pareja de enamorados, pues Mariana poseía una rara cualidad: desde los veinticinco años había permanecido casi inalterada; en esa época tenía treinta y siete y lo único que había cambiado en ella era el corte de pelo. Conservaba intacta esa mata de color castaño que en ese momento le llegaba hasta el hombro, cuando antes lo había tenido largo casi hasta la cintura. Y los ojos verde esmeralda, tan hermosos como fríos, seguían siendo su gran atractivo. Mariana tenía la altivez que da la alcurnia, pero también la que da la absoluta indiferencia por lo que pudiera sucederle a cualquier ser humano que no fuera su hijo Félix.

Mariana empezó a sufrir terriblemente el último año que pasó con su hijo en París. A sus diecisiete años, con su guapura y su inteligencia, Félix había ya descubierto un arma tan efectiva como placentera: la atracción magnética que ejercía en las mujeres. Eternamente difícil de disciplinar, el chico era ya imposible de controlar. Aunque no suspendía ninguna materia, la inasistencia a clases se estaba volviendo un problema, y la ausencia de casa era una angustia para Mariana; pero, sobre todo, muy desconcertante. Descubrió que sentía celos de todas las mujeres que asediaban a su hijo y que no era la preocupación común de madre la que le aquejaba, sino algo más complejo: una mezcla de celos y de rabia que no comprendía. Siempre había tenido a su hijo para ella sola y ahora se le estaba escapando por una puerta que ella no podía cruzar y que la desarmaba. Se descubrió a sí misma arreglándose para ver a su hijo llegar de la facultad; procuraba entallar más sus ropas y disfrutaba viendo de reojo a Félix cuando la miraba por detrás. Ella se decía que sólo lo hacía para no estar fuera de la moda y para que su hijo estuviera orgulloso de ir con ella por la calle, pero en el fondo, sabía que se estaba engañando y que éste era un juego demasiado peligroso.

Mariana contaba los días para el cumpleaños de su hijo. Cuando él cumpliera los dieciocho ella podría regresar a casa. Empezaba a ser una tortura verlo sin camisa echado en el sofá leyendo un libro, así como oír el agua de la ducha resbalando por su cuerpo.

Mariana salía cada vez más a dar largos paseos por la ciudad. Era capaz de caminar sin rumbo durante horas y volver a casa en taxi, subir al apartamento y mentirle a su hijo diciéndole que ya había cenado y que se iría a dormir, que estaba muy cansada. Esta actitud, inesperadamente, agravó las cosas. Félix empezó a creer que su madre tenía un amante y que ésa era la razón de sus ausencias. Por más que Mariana le juraba que no existía nadie, el joven estaba cada día más exaltado por la idea. Le desquiciaba imaginar a su madre en brazos de un hombre. Siempre había sido únicamente suya; ni siquiera su padre la tocaba.

Las cosas estaban cada día más tirantes entre ambos; Félix esperaba a su madre por las noches en el sillón del salón con la luz apagada y cuando ella entraba, prendía la lámpara que tenía en la mesita junto a él y comenzaba una escena. No había ocasión en que no le echara en cara la existencia de un hombre que nunca existió. Mariana estuvo a punto de inventarse un amante, aunque pensó que eso empeoraría aún más la situación. Pero en el fondo de su alma estaba feliz. Empezaba a recuperar a su hijo, aunque fuese de esta manera enfermiza, o por eso mismo.

Se acercaba la mayoría de edad de Félix y su madre tenía comprado el pasaje para irse al día siguiente del cumpleaños. Le ofreció a su hijo hacer una gran fiesta e invitar a todos sus compañeros, y también, por qué no, a sus conquistas. Pero el hijo no quiso; había estado muy triste toda esa semana sabiendo que su madre se iría y le pidió que cenaran tranquilos en casa, para celebrar la ocasión y despedirse de ella.

Mariana pasó tres días organizando una cena estupenda y buscando el mejor regalo para su hijo. En la mañana de ese día lo despertó con un beso y una pequeña caja en las manos. Le había comprado un reloj finísimo que había hecho inscribir con su nombre y la fecha de su nacimiento. Félix la abrazó muy fuerte y por unos largos segundos estuvieron abrazados oyendo la respiración del otro. Félix se despidió de su madre prometiéndole que llegaría a las nueve en punto para cenar juntos.

Mariana estuvo muy nerviosa durante el día; entre los preparativos del viaje y los de la cena, no había dejado de dolerle la cabeza desde la mañana. Estaba todo dispuesto desde las ocho y media. Se sentó en el sofá fatigada de tanto ir y venir. Ni siquiera tomó un libro, pues sabía que de un minuto a otro llegaría su hijo. Pero Félix no llegaba y eran ya las nueve y cuarto. Pensó Mariana que no era nada extraño que se retrasara, pues seguramente sus compañeros, que estarían festejándolo, no lo dejaban partir. A las nueve y media empezó a molestarse: todo lo que ella había hecho para esa noche y el chico simplemente no llegaba. Minutos después entró Félix con más de dos copas encima, hablando muy fuerte.

—¿Dónde está la madre más guapa de todas?

Ella estaba dolida de verlo así, pero logró tranquilizarse pensando que ésa sería la última noche que lo vería en muchos meses. Pasaron al comedor y rieron y charlaron animados. A mitad de la cena Mariana estaba feliz y había olvidado su enojo. A pesar de que ella no bebía, ese día hizo una excepción y brindaron con champán una y otra vez, recordando todo lo que habían vivido juntos en esa ciudad. A medianoche ambos estaban bastante eufóricos y siguieron bebiendo sentados en el salón. A Mariana no se le había pasado del todo el dolor de cabeza.

—Me duele aquí detrás, desde esta mañana, y no se me pasa.

Félix se levantó del sofá y se esmeró en darle a su madre un masaje delicado y a la vez profundo, en la cabeza y en el cuello. Había aprendido a ser suave y fuerte con las manos y conocía los lugares más adoloridos por la tensión. Su madre comenzó a relajarse y a perder ese peso que había cargado todo el día. Entre el alcohol y las manos de su hijo, se sentía tan relajada como hacía mucho no había estado. Admiraba a su hijo, sus habilidades, su inteligencia, su belleza.

Félix también la admiraba como a nadie en el mundo; no había nada que no pudiera decirle a su madre, nada que no pudiera compartir con ella. Nada. Y en ese instante besó su cuello y no encontró resistencia. Besó el principio de su espalda y sus manos llegaron más lejos que nunca antes. Pasó la mano por debajo de su blusa desde el hombro y fue bajando lentamente hasta sentir el pecho acelerado de su madre. Hubo un momento, una pausa en la que ninguno de los dos se atrevió a respirar, hasta que Mariana tomó la mano de su hijo y la llevó aún más a su corazón. El hijo recorrió su pecho y su vientre con una ansiedad desenfrenada. Cada centímetro desconocido era tan suyo como de nadie más. Regresaba a su origen, a su infancia siendo ya un hombre. Su madre se dejó llevar hasta que su propio deseo empezó a desbordarse. Besó cada centímetro de piel, sin pensar; sólo pudo dejarse sentir algo inmenso y doloroso que sobrepasaba su razón. Era tan intenso, tan íntimo y tan sencillo al mismo tiempo. Ambos comprendían que sólo sería una vez en la vida, lo sabían como sabían lo que estaban sintiendo. Una sola vez y nunca más. Cada instante era precioso y así lo vivieron.

## X

La clínica está a reventar y llevan lo menos una hora esperando. Jan deja a Soledad en la antesala para preguntar de nuevo por su turno. Al sentirse sola, recibe ese olor antiséptico que le despierta el recuerdo de la última vez que estuvo en un hospital y aquel sentimiento se le agolpa en la boca del estómago.

—Nos van a atender ahora —dice Jan tomándola del brazo sano para ayudarla a incorporarse.

La burocracia del hospital había sacado de sus casillas a Jan y éste se hizo de palabras con un par de médicos que se negaban a revisar a Soledad a pesar de tener la mano cada vez más inflamada. Ceden finalmente a las exigencias de Jan y la revisan, confirmando lo que Soledad temía: la mano está fracturada, se ha roto el escafoides y estará enyesada entre seis y ocho semanas.

De regreso a casa, la mujer está tan cansada que se queda dormida con la cabeza recargada en el respaldo del asiento trasero del taxi. Anochece y los últimos destellos de sol le dan en el pelo. Jan la observa enternecido; no comprende por qué le ronda una cierta culpabilidad; es una tontería, pero se siente un poco responsable por lo que pueda pasarle.

El taxi frena bruscamente y Soledad despierta. Jan la lleva hasta la puerta de casa y vuelve a agradecerle por todo.

—No es nada, Jan. Me alegra que te haya gustado. Y no te preocupes, que voy a estar bien —dice Soledad cerrando la puerta tras sonreírle a Jan con suavidad, haciendo un gesto de resignación.

Cuando Hortensia ve el yeso, se pone a llorar con una mezcla de tristeza y nerviosismo frente a esta mujer que sigue viendo como a una niña para ella.

—Estoy bien, mamá. No llores —le dice Soledad un poco desconcertada por esas lágrimas.

—Es que ya estaba inquieta.

—No te preocupes… —dice casi sin fuerza—. Estoy agotada. Me voy a acostar.

Cuando la madre mira a su hija subir los primeros peldaños, se atreve a proponer:

—Déjame cuidarte, hija. Por favor. Al menos este fin de semana.

Soledad asiente y las dos suben a la habitación de la hija. Su madre le ayuda a desvestirse y a ponerse el camisón. Hace tanto tiempo que no ve la linda espalda de su hija, los brazos delgados y fuertes. Le conmueve constatar la falta de sol en sus piernas, siempre encerrada, metida en sus ideas. Soledad se deja hacer. Impedida temporalmente como está, se siente un tanto indefensa y tiene que confesarse que el hecho de que su madre la toque con tanto cariño, con tanto cuidado, le hace sentirse mejor.

—Gracias —le dice notando los hermosos ojos de Hortensia, tan chispeantes, todavía con un resto de lágrimas.

La madre, a pesar de estar un poco temerosa por la posible reacción de su hija, no puede contenerse y la besa en la mejilla como cuando era una niña tan dulce que daba miedo hacerle daño.

—Hasta mañana Sol. Que descanses.

La chica acepta el beso de su madre. Un beso que hace apenas unas horas parecía imposible.

Afortunadamente para Hortensia, ha sobrado comida para todo el fin de semana. Estarán las dos solas, pues Margarita tiene que hacerse cargo de sus nietos. Doña Hortensia se mete en la cama con un suave sentimiento de exaltación por todo lo sucedido. Viendo las sombras de la noche que entran por su ventana, piensa en que habrá que resolver el problema del trabajo de Soledad para el restaurante; ella tiene dos manos izquierdas y Margarita otro tanto, en casi nada podrán ayudarla; además, el dueño sale los fines de semana y hasta el lunes Soledad no podrá hablar con él. Prefiere dejar de lado esas ideas, pues no es tiempo más que de concentrarse en estos primeros días, piensa. Entonces Hortensia recuerda cómo le gustan a su hija los parques, las fuentes, los lugares donde la gente se reúne sin un fin determinado. El Bosque del Caracol, aunque un poco más lejos que el parque de San Ignacio, es ideal para un día de campo junto al lago.

Se duerme cavilando sobre ese tonto accidente que al menos le ha permitido darle un beso a su hija.


Hortensia se levanta temprano y pasadas las nueve decide preparar el desayuno de su hija: acomoda en una charola una vasija con flores pequeñas, una tacita de café, una tetera y una jarrita con la leche. Es una lástima que no sepa hacer los panes y los bizcochos como los hace Soledad. Es obvio que de mí no heredó ese talento, se dice. Exprime el jugo de naranja y prepara también una pequeña ensalada de frutas.

Mientras está listo el café, Hortensia se entretiene revisando cómo todos los enseres de la cocina están colocados de un modo sistemático y lógico. Los instrumentos más utilizados para la cocción, en la estufa, colgados de su mango en una burda y fuerte barra de metal; los coladores un poco más lejos, pero a la mano; las ollas perfectamente colocadas por tamaños, debajo de la primera mesa de trabajo junto a la estufa. Así, va recorriendo la disposición de esos instrumentos que tanto reflejan el temperamento de su hija.

Cuando suena el borboteo de la cafeterita italiana, Hortensia checa la hora calculando si será propicio ya entrar a la habitación de Soledad. Se tarda una eternidad en subir; no sabe cómo lograr que nada se derrame y arruine el trabajo. Con la punta del pie logra dar dos toquidos a la puerta, en seguida le abre Soledad, que ya está en bata.

—Iba a bajar ahora. No hacía falta que subieras con todo.

Hortensia deja la charola, sin que nada se haya derramado, y hace sentar a Soledad.

—Sólo espero que esté todo bien.

La chica le sonríe pensando en lo poco que su madre entra a la cocina y el esfuerzo que debe haber hecho para tenerlo todo listo esta mañana.

Hortensia le explica su idea del Bosque del Caracol y Soledad acepta. Entiende que si se queda en casa sin poder utilizar la mano ese primer día, va a estar un poco desesperada y hasta triste.

Su madre la ayuda a ducharse. Le quita el camisón y templa el agua. Soledad recibe el chorro caliente como un bálsamo.

—Dime cuando quieras que te lave el lado derecho.

Cuando su hija se lo pide, Hortensia toma la esponja y le restriega la espalda, el brazo y la axila. De pequeña, para Soledad la hora del baño era un momento de fiesta. Para hacerlo divertido, su madre le había montado todo un zoológico alrededor de la bañera. Durante un ratito la dejaba jugar sola y luego le inventaba personajes e historias con todos los muñequitos. Era la actividad en la que estaban juntas, aun en los periodos más difíciles entre ellas. La humedad del vapor hace a ambas revivir este ambivalente recuerdo. Soledad fantasea con lo divertido que sería volver a ser pequeña y poder jugar con su madre como entonces.

Salen un poco retrasadas, con todo lo necesario para el almuerzo. Toman un taxi y cuando llegan ya hay poco sitio junto al lago. Es sábado y no han sido las únicas con esa idea; no obstante, encuentran un espacio muy tranquilo y desmontan su cargamento.

—Deja que yo lo haga. Siéntate tranquila.

Hortensia suple su falta de habilidad culinaria con un delicado gusto en el arreglo de las flores, de las habitaciones y, por supuesto, de una mesa de día de campo. Coloca todo sobre el consabido mantel a cuadros rojos y blancos, mientras Soledad se relaja respirando el aire fragante del parque. Una brisa agradable templa el ambiente rompiendo la monotonía del calor del sol. En el lago se ven los habituales patos nadando con toda pompa junto a las otras aves. Le fascina el movimiento del agua, como le ha fascinado siempre el del fuego. Ensimismada en los anillos de agua que se forman con las piedritas que lanzan los niños, imagina los ciclos en los que la vida nos envuelve. Con la suavidad de una pequeña ola, sin sentirlo, entramos al nuevo círculo que produce involuntariamente el precedente. Cada piedra junto a nosotros puede hacer que otros círculos se eslabonen al nuestro sin posibilidad de escape. Hay círculos apacibles y hay círculos que nos pueden borrar por completo… Siente cómo el círculo de su madre va acercándose dulcemente a ella, sin demasiada agitación… Soledad está dejando que suceda.

Al volverse y reparar en el esmero que su madre ha puesto en el almuerzo, de golpe supone lo bien que les iría juntas en un restaurante. Se ríe de semejante idea; en una semana estarían rompiendo la sociedad. Reconoce que el buen gusto de su madre es algo que, de haberlo heredado, se habría complementado perfectamente con su talento en la cocina. Si bien hace unas lindas presentaciones de sus platos, es algo a lo que tiene que poner mucha atención y empeño, mientras que a su madre le es completamente natural.

Tan alegre como está, Hortensia habla hasta por los codos y cuenta una historia tras otra. De pronto intenta tranquilizarse, pues se percata de que es demasiado barullo para su hija, pero en seguida, comienza de nuevo a exaltarse. Soledad oye esa voz animada que descubre en las cosas más simples un giro divertido. Entiende que a su madre le gusta la vida; sencillamente es así, una mujer inmensamente vital; ve con ojos de simpatía la mayor parte de las cosas. ¡Qué diferencia tan abismal entre ambas! Es comprensible que a Hortensia le sea imposible entender los deseos de muerte de Soledad. Y por otro lado, a ella le parece inalcanzable el brío de su madre. ¿Cómo pueden ser tan distintas teniendo los mismos genes? Así de sorprendente es la naturaleza humana, que nos hace tan únicos, tan individuales, piensa.

Hortensia hace una pausa y el silencio lo invade todo; un silencio en el que, por un instante, incluso las aves participan. Así permanecen tumbadas, una junto a la otra, por mucho rato. El sol pega suave, como seda sobre la cara, y al cerrar los ojos se forman puntos y sombras naranjas y amarillas. Cómo ama Soledad el silencio, que cada vez es más escaso. Ruidos artificiales, sintéticos, dominan las calles. Ruidos que interrumpen una y otra vez la llegada tranquila de un atardecer. Ruidos discordantes, insidiosos, que distraen los pensamientos y los sueños. Aun el terco canto de un grillo o el lamento terrible de un cerdo son un poco parte de nosotros; no desgarran la armonía porque son parte de la misma. Las campanas de la iglesia ordenan nuestro tiempo y los sucesos, nos anuncian las alegrías y los peligros. El llanto de los niños advierte su presencia. El sonido de la grava al caminar; el viento entre los árboles; el agua en su caída. La armonía, el equilibrio que nos lleva de la mano. Los ruidos inhumanos no son nuestros; invaden, alteran, rompen. Es mejor huir de ellos. Eso hacen ella y su madre esta tarde fina, ligera, bajo el hechizo que crean el lago, el ladrido de un perro, la risa de un niño, el aire perfumado y la respiración acompasada de la otra. Ese microcosmos infinito que son las dos juntas recostadas sobre el mismo mantel, con tres manchas de salsa en un extremo; compartiendo la última manzana que queda en la canasta y sintiendo su firme textura. ¡Cuánto se puede soñar viendo volar las esporas de polen! ¡Cuánto se puede imaginar con sólo mirar un árbol! Árboles rojos y frondosos; pinos simétricos; ceibas que cobijan; olmos que se tuercen y se afanan; los robles siempre majestuosos; los limoneros discretos. Compartiendo el mismo espacio, bebiendo de la misma lluvia. Matices verdes resumidos en cada uno; esencia verde sin la que nuestra vida sería menos feliz. Esa corteza y esas hojas multiformes, asombrosas, perfectas.

Y las flores, insondable misterio efímero, que existen sólo para alegrar.

Al poco rato de la puesta de sol se marchan a casa a pie, tomando el camino más corto.

Y aunque todavía no anochece, Soledad le da las buenas noches a su madre mientras sube las escaleras.

—No te preocupes, que puedo quitarme esto sola. Hasta mañana, mamá —y su madre la ve subir, añorando poder abrigarla también esa noche.

El domingo Soledad prefiere no salir. La mañana transcurre tranquila. Después de un comida ligera y mientras Soledad regresa a su habitación, Hortensia ve acercarse esa temida hora de domingo cuando el cielo también se viste de nostalgia y no nos deja escapar. Hortensia piensa que será mejor entregarse y llegar hasta el fondo. Qué mejor que darle forma a ese espíritu con una música que lo merezca. Hace una nostálgica selección y echa a andar el aparato de sonido.

Con el ánimo embriagador de esa música negra acompasada y sensual, se balancea Hortensia de pie repasando los discos que ha escogido y pensando en lo sola que se encuentra. ¡Lo maravilloso que sería volver a tener veinticinco años y sonreír tímida a las miradas de unos ojos provocativos! Pero no hay espacio para eso a esta edad suya. ¡Qué pena!, porque no hay razón para que no sea posible. Pero así es. Ridículo, decadente, cualquiera que fuera el adjetivo, es implacable con las mujeres. A lo más que se puede aspirar es a una ternura casi casta y asexuada en una convivencia con un "señor de edad". La verdad es que a ella le gustan los hombres fuertes, hermosos y jóvenes. En absoluto se sueña con un señor respetable. Lo desearía nada respetuoso y lleno de la virilidad que poseen lo hombres jóvenes.

Le apena tanto pensar que su hija está alrededor de esa edad y que ha escogido una vida de clausura; realmente se asemeja a una monja cocinera, encerrada de día y en la cocina de noche. ¡Cómo es posible desperdiciar ese cuerpo joven metida en su tormentosa cabeza! ¡Con lo fácil que sería sacudirse la congoja y salir al mundo!

Soledad escucha desde su cuarto esa música negra dolorosa, cargada de siglos de sudor y de incomprensión, observando el cielo pálido con brochazos de nubes de mármol.

También a ella esa música y esa hora de la tarde de domingo la llevan a imaginarse una piel de hombre en la que sus dedos hagan dibujos invisibles y donde pueda recargar su mejilla reposando su cansancio y sus esperanzas. Hacía mucho tiempo que no le venían anhelos así.

Se levanta a esa hora un calor que se pega al cuerpo. Abre la ventana y la tarde entra por ella con olores de quietud y azaleas lejanas. ¿Dónde está Inés para contarle alguna historia? Su cabeza se colma de cuentos, de tramas, y no hay nadie que las oiga.

Su supervivencia empieza a doler de hastío, de miedo. Está harta de tener miedo. ¡Y pensar que por un lado, si hiciera falta, sería capaz de actos heroicos y descabellados, incitados precisamente por ese miedo!, pero, por el otro, no se atreve a salir de esas cuatro paredes ni para oír junto a su madre un disco de blues.


El lunes llega tarde para Soledad, que se despierta entrada la mañana después de una noche luchando con ese nuevo yeso. Tendrá que acercarse al restaurante para arreglar el problema de las entregas.

Hortensia toca la puerta de la habitación de Soledad para preguntarle si quiere ducharse.

—Sí, gracias. Tengo que ir a Le Partisien y más vale que me dé prisa.

Ya casi terminando de vestirse suena el teléfono y Hortensia va al pasillo a responder. Regresa a la habitación y le dice a su hija:

—Es Jan. Que quiere hablar contigo. ¿Qué le digo?

—Que tengo poco tiempo, pero que si está aquí en diez minutos, lo veo abajo.

Soledad encuentra a Jan en el salón e inesperadamente se despierta en su piel un sutil alborozo.

—Siéntate, por favor —dice Soledad mientras ella hace lo propio.

—Gracias… Verá Soledad —dice de nuevo hablándole de usted, marcando una distancia que sorprende un poco a la chica—, estuve dándole vueltas todo el fin de semana a su situación… Me doy cuenta de que ésta es muy complicada ahora. No podrá cocinar. No podrá trabajar… Así que le propongo lo siguiente… Hace mucho tiempo que no tomo un descanso —Soledad se incorpora como para objetar algo y Jan la contiene—, por favor, déjeme terminar.

Ella vuelve a recargarse en su asiento, concediendo.

—Quiero ayudarle a hacer sus pedidos para el restaurante. No quiero que arriesgue su trabajo. Usted me estaría dando un curso intensivo de cocina, que como programa tendría el conjunto de platos que debe entregar todos los días, y sobre la marcha me enseñaría algunos conocimientos básicos. Para mí sería un aprendizaje invaluable y además me haría sentir bien poder ayudarla. Lo único que le pido es que sea diurno, porque soy mal trasnochador.

Soledad realmente no atina a contestar. No es momento

de negarse sólo por una fórmula de cortesía, pues tiene que resolver su problema, y aunque puede recurrir a sus ahorros, le consterna no hacer nada por varias semanas y con esto alimentar una recaída de ánimo. Por otro lado, no cree del todo imposible hacer mancuerna con Jan. Duda por lo incómodo de las condiciones y, sobre todo, duda de sí misma. Soledad sufre esa especie de timidez unida a la consecuente introspección, lo que le hace muy difícil enfrentar la convivencia con alguien, y peor en una actividad tan laboriosa y demandante como la cocina. Además, finalmente es un favor, como quiera que Jan lo ponga, una gentileza de su parte, y eso la coloca en un plano muy delicado, pues el trabajo es duro y a veces lo perentorio hace que no se pueda ser amable para demandar tal o cual cosa.

No obstante, esta proposición le resolvería el problema y le gusta la compañía de Jan: es un hombre con aplomo y muy reservado. Tienen la intuición de que ambos comparten un temperamento retraído bastante similar. Lo ha visto trabajar en la terraza del taller, competente, muy atento a lo que hace; un hombre de oficio, como ella. Oficio para el que se necesita no tenerle miedo al silencio de horas frente a los elementos que se van a transformar. No tenerle miedo a la soledad. Entender la naturaleza propia de las cosas y que éstas tienen sus ritmos, sus particularidades y que requieren de la paciencia sabia o de la sabiduría paciente del artesano. Ellos, Soledad y Jan, tienen esto en común. Sin embargo, es un pacto muy forzado para ambos, que nace de una circunstancia imprevista.

—Realmente Jan, no sé qué decirle.

—Entiendo que tiene la inquietud de que lo suyo es un trabajo que cumplir y no un juego o un curso para principiantes. La entiendo. Pero siempre he creído que no hay mejor aprendizaje que aquel que se logra en el terreno de la propia faena. Vamos…, que podrá exigirme sin miramientos lo que sea necesario; eso es parte de mi entrenamiento. Sospecho el temple que necesita tener un chef para que salga todo como debe salir —Jan dice todo esto muy serio, pero a la vez entusiasmado, y Soledad no puede dejar de sonreír. Aprovechando esa sonrisa, Jan remata con una propuesta difícil de rechazar en ese contundente tono suyo que no deja mucho margen a la oposición.

—Démonos una semana de prueba. Le prometo que si no está contenta no insistiré más. El lunes próximo yo mismo le preguntaré si seguimos o no, y usted no tiene que darme ninguna explicación, sólo un sí o un no.

Soledad no responde nada, sólo sonríe de nuevo. Jan lo entiende como una aceptación, y lo es.

Inquiere muy adentro en el azul profundo de los ojos de Jan y en ellos no hay más que sinceridad y algo muy cautivador: interés, curiosidad. Soledad percibe que no lo mueve solamente una mezcla de piedad y remordimiento, sino que realmente está entusiasmado y ese ánimo tiñe la expresión de Jan de una centellante sensualidad que desconcierta a Soledad, pero... vuelve a lo práctico y se le ocurre que si reparten un tanto de las ganancias entonces sí sería realmente justo. Y así se lo dice. Jan acepta una cantidad equivalente a la mitad de lo que paga de alquiler.

Doña Hortensia se pone contentísima cuando se entera. Cuántas veces ha pensado que sería estupendo que su hija se relacionara amorosamente con Jan, y si bien esto no tiene esa connotación, no puede dejar de hacerse ilusiones. Trata de disimular su regocijo, pero tanto se le nota que los aludidos se ruborizan.

—¡Es fabuloso! Qué alegría... —aquí hace una pausa recomponiendo— ...que no pierda Soledad la continuidad del trabajo.

Margarita, que está por ahí oyéndolo todo, se olvida de su disimulo y sale de su escondite.

—Qué bien, hijita, que van a cocinar de día. A ver si yo también aprendo.

—Tú serás como siempre la responsable de todas las compras, pero te prometo enseñarte muchas cosas.

Ante el nuevo rumbo de los acontecimientos, hay que darse prisa. Soledad ya no irá al restaurante, así que dispone de todo para tener listo el pedido comprometido para el día siguiente, algo muy típico en Francia: la col rellena.

En la casa se impone un gran barullo. Mientras Margarita va por las compras, Soledad se lleva a Jan a la cocina para explicarle el lugar de almacenamiento y el uso de los utensilios indispensables.

Existe un terreno muy delicado: el estuche de cuchillos. Éstos son lo más personal de un cocinero. Se puede compartir el batidor, la espátula, hasta el delantal, pero los cuchillos son cosa aparte. Éstos constituyen el arma fundamental de cualquier cocinero, y sobre todo, son su orgullo. Pero ahora hay que compartirlos y, sin pensar, entregarse a la emergencia.

De los cuchillos con los que Soledad había abierto su restaurante, algunos los perdió y el resto los empeñó. Desde hace dos años ha ido armando un nuevo estuche, y en verdad, bastante mejor que el anterior.

Soledad ve complicadísimo que tantas mujeres puedan dar de comer a sus familias con tan pocos utensilios de cocina. Comidas que se producen día tras día con la ayuda de un pequeño cuchillo dentado con el que se corta toda la verdura y hasta la carne. Ya a estas alturas, Soledad es incapaz de hacer una *brunoisse* (dados de medio centímetro cuadrado) de zanahoria o cebolla sin su cuchillo de cocinero, ese que impresiona por su gran tamaño, y que sin embargo es indispensable justamente por grande, pues abarca toda la cebolla que hay que picar, por poner un ejemplo. No se imagina cortando una magnífica col con un cuchillo de oficio (para usos varios, de diez o doce centímetros), es casi imposible y cansadísimo. Para qué limitarse y trabajar de más, si se puede cortar con uno de veinte centímetros, pesado y ancho, que se enfrenta a la col *"tête a tête"*.

Le explica a Jan las rutinas del uso de los cuchillos. Lo primero que hay que hacer sistemáticamente antes de empezar el trabajo, es tomarse unos diez minutos para afilar, uno por uno, todos los cuchillos con una chaira. Jan se asombra del porqué del uso específico de cada cuchillo; por ejemplo, está maravillado al entender por qué los cuchillos de pescado son flexibles: esto es porque los pescados son tan delicados que al trabajarlos, al hacer filetes, hay que manipularlos lo menos posible, acoplando el cuchillo al pescado. El cuchillo de deshuesar permite que con su lámina firme, utilicemos la muñeca como palanca para levantar la carne del hueso con sólo un muñequeo. Soledad disfruta la encantadora expresión de Jan ante todas las explicaciones. Éste, después de un rato, va por papel y lápiz para tomar nota y no olvidarse de nada.

Doña Hortensia permanece todo este tiempo dando vueltas por la casa sin atreverse a entrar a la cocina. Espera la interrupción irremediable de Margarita para no molestar a los jóvenes antes de lo necesario, aunque le hubiera gustado unirse al curso de cuchillos.

Margarita llega echando chispas por los precios, como siempre.

—¡Están locos! Qué escándalo que les permitan cobrar por un kilo de col esta barbaridad.

Hace mucho tiempo que Soledad no cocina acompañada; recuerda nostálgicamente aquellas épocas de su restaurante y todo el alboroto de las horas pico. Piensa en cómo es capaz de adaptarse sin problema tanto a la soledad como al bullicio.

Jan sigue las órdenes de Soledad con una formalidad digna de un soldado y promete convertirse en un ayudante de tres estrellas. No obstante su buena disposición, sus cortes son lentos y a veces un poco torpes, pero hace mucho tiempo que Soledad no veía a alguien haciendo las cosas con tanta dedicación.

Cautelosa, Hortensia se aproxima a la cocina y se ofrece para cualquier tarea. Soledad piensa en lo abarrotado que ya está el lugar, pero también en lo curiosa y deseosa que está su madre de participar de la acción en la cocina. Soledad no duda en cuál deba ser su función: Hortensia decorará los platos cuando sea ocasión de montarlos. Para introducirla al tema, le pide que se acomode ahí mismo (para que no se sienta excluida) y estudie las fotografías de sus libros de cocina. A Hortensia le gusta muchísimo la idea y también ella se toma con suma seriedad su tarea, tanto, que va a su habitación por un cuaderno de dibujo, que no recuerda para qué había comprado, y diseña a lápiz varias opciones. Además, va al jardín a verificar de qué flores y ramas dispone para la decoración de los platos.

Margarita ha sido una gran ayuda. No pone ningún reparo en ir lavando todo lo que va saliendo. En fin, una sinfonía bastante entonada para ser el primer día, piensa Soledad.

La col rellena queda deliciosa y muy bien presentada, y las guarniciones en buen punto. Cubren los platones y los meten al frío. Están tan cansados como admirados de lo bien que ha salido todo.

—Señoras, me voy a descansar y nos vemos mañana a las diez —dice Jan, dando por terminada la jornada.

Soledad lo ve partir y siente cómo el equipo se desintegra. En ese momento le cae de golpe todo el cansancio acumulado.

—Estoy molida. Me voy a mi cuarto —y se despide de su madre y de Margarita.

Se mete en la cama y se desliza en las sábanas frescas que la envuelven en un abrazo bueno, conocido. Pasan los minutos y no puede dormir, está sobreexcitada por todo ese día lleno de novedades; pero hay algo en especial que le toma tiempo comprender: se ha divertido con la agitación y con tener que ir solucionando uno tras otro los imprevistos. Se siente importante, valiosa. Hace tanto que no interactuaba con nadie que casi había olvidado esa percepción de verse en los otros, esa percepción que reafirma, que delata y que casi nunca engaña. Pero algo muy particular se impregna en ella como un perfume: la idea de Jan, la idea de ese hombre que, sin comprenderlo, no se aparta de su pensamiento.

Jan, no muy lejos de ahí, todavía vestido, se recuesta sobre la cama con un cansancio que no molesta, que de hecho le cobija con el recuerdo de su origen, y comienza a decantar todo lo que ha vivido ese día. Sonríe de sólo acordarse que se ha convertido en un pinche de cocina, así, por un juego del destino. Sin embargo, aunque todo esto represente algo un poco chusco, Soledad y él han trabajado como un equipo, con una cierta seriedad y al mismo tiempo con un desenfado muy placentero. Está realmente interesado en aprender, le parece fascinante la variedad de sabores, de olores, la metamorfosis de los alimentos cuando se combinan entre sí; pero sobre todo, se da cuenta de que le cautiva descubrir a Soledad, sus movimientos, sus manos delicadas, sus piernas fuertes que adivina cuando se encarama en el banquito para llegar a lo alto de la alacena; su aliento fresco a hierbabuena que delata su tibieza; su cintura marcada por el lazo del delantal, que más de una vez Jan sintió accidentalmente al tropezarse en ese pequeño espacio que se ha tornado en un mundo plagado de interrogantes y de misterios para él.

No puede contener un arrebato que crece conforme fantasea en cómo será aquella mujer en la intimidad; la imagina de mil maneras y siente como una promesa todas sus posibilidades. Entrevé que hay en ella una pasión latente que se desborda en sus palabras, en el roce de su cuerpo, en su mirada insondable.

Deja quietos sus deseos y espera a que llegue pronto el día de mañana.

## XI

Arribar a la cumbre económica representa para el matrimonio Orihuela dejar atrás por unos días la jerarquía más alta y pasar a formar parte del conjunto de parejas presidenciales que lucharán por mejorar o al menos conservar su posición en el concierto internacional. Unos y otros llevan buena cuenta de lo que en cada visita sucede, y las agendas, por lo tanto, deben estar muy bien diseñadas para lograr el máximo de aciertos y acuerdos. En esta ocasión, Demetrio viene con un solo punto en la suya, aunque por supuesto lleva algunos otros como divertimento. Se hace acompañar por Bernardo Terán, ministro de Economía, y por el viceministro Martín Loyola.

La cumbre será un suceso muy concurrido y de alto nivel, en el que se tocarán temas sobre desarrollo, los cuales ya se han discutido y consensuado de forma privada en las reuniones ministeriales. Es una formalidad gracias a la cual se puede sopesar una última vuelta de tuerca si fuera necesario.

La reunión extraoficial de Demetrio con el presidente Cook será anunciada en el último minuto; como una derivación de las citas de esos días. Con ésta, Orihuela dará la impresión de haber luchado por el acuerdo pesquero y Cook mostrará la cara amable de su país frente a sus vecinos.

Meses atrás el presidente Vargas había dispuesto asistir únicamente a la reunión del segundo día. No obstante, logró enmendar el calendario en el último minuto y así acudir al menos a la cena de gala de la noche de apertura para sondear el sentimiento de todos ante las mentiras propagadas por la prensa e influir y tratar de desacreditar los rumores, aunque sabe que éstos ya están fincados en el ánimo general.

Desde antes de que el avión presidencial tomara pista, Mariana nota a Demetrio sumamente concentrado y advierte que no ha tomado el medicamento que acostumbra para el mareo que presumiblemente le provoca el avión y que ella está segura de que usa por una inconfesable aprehensión a volar.

Al tomar altura, Demetrio se desabrocha el cinturón de seguridad y va hasta el asiento de su esposa.

—Vamos al despacho, por favor —antes de terminar la frase, su guardaespaldas más cercano, Artemio, está ya de pie junto a él preguntándole:

—¿Se le ofrece algo, señor presidente?

—Tranquilo. Sólo quiero que nos dejen un rato tranquilos a mi esposa y a mí en el privado. Te encargo que nadie nos moleste y que el capitán me avise media hora antes de llegar.

Mariana no se extraña, percibe que Demetrio le está dando vueltas a algo en la cabeza y sabe que sea lo que sea, acabará necesitándola.

Se acomodan en los sofás individuales y Demetrio le ofrece algo de beber.

—Agua mineral.

Vacía el líquido de la botella en una copa y él se sirve el quinto café del día.

—A ver si me dices lo que te traes entre manos —le espeta Mariana, aunque intuye que por alguna razón esta vez no será tan fácil hacerlo hablar.

—No es nada… Lo que quiero es pedirte tu apoyo para que estés muy pendiente de la esposa de Vargas. Es predecible que algunas primeras damas le hagan el vacío por resquemor a todo lo que se ha estado diciendo. Yo quiero que tomes justamente la actitud contraria. Vargas es nuestro amigo y nos necesita ahora más que nunca. Lo mismo que el vicepresidente Casasola, que seguro que te va a caer muy bien —dice esto último con toda intención, sabiendo que su esposa entenderá que es a este personaje al que hay que procurar, y no precisamente a la esposa de Vargas.

—Quieres proteger a Vargas ahora que está pasando por una de sus primeras pruebas de política cruda… Él creía sabérselas todas, pero no contó con que podían aparecerle amigos muy hábiles que le meterían una discreta zancadilla. Porque todo ese rumor de la estatización es una mentira muy bien sembrada.

Demetrio infiere que esto es una pregunta y se apresta a contestar, pero su mujer sigue hablando.

—Creo que es muy posible que hayas sido tú, pero eso no importa; quien haya sido, ha logrado poner en entredicho su buena salud en el ámbito internacional. Eso a nosotros nos viene muy bien, ¿no? Por supuesto que jugaré el papel que me pides. Solamente piensa que tarde o temprano voy a enterarme de todo y para ti es mejor que yo lo sepa cuanto antes para ayudarte. Piénsalo. Yo no tengo prisa. ¿Era eso lo que querías?

—Sí, es lo que quería comunicarte —dice Demetrio sin poder contener una mueca de azoro—. Necesito de tus buenos oficios para saber cómo están los ánimos.

Demetrio tiene cierta inquietud por la reacción de los demás presidentes del continente. No es que tema a ninguno en particular —él tiene más presencia en el plano mundial que todos juntos—, sin embargo, está muy habituado a no confiarse y a considerar que no hay enemigo pequeño.

Llegan a Isla Rota a la hora prevista y sin contratiempos. La inauguración oficial de la cumbre está programada para mañana por la noche y de rigurosa etiqueta; esta noche la cena será relativamente informal y es en estos encuentros en los que se puede calibrar más a fondo a los presentes. Cuando Mariana tiene ese interés, cabildea mejor que nadie. Es tan hermosa que los hombres se desviven por atenderla y las señoras se aprestan a alabar lo obvio antes que a tratar de competir inútilmente. Muchas veces Mariana se comporta como una adorable hermana menor, aunque a algunas de ellas casi les doble la edad; otras veces finge ser una fiel escucha y confidente. Mariana sabe lo sobreestimada que está la influencia de la mujer detrás del trono; casi todas son exclusivamente objetos decorativos necesarios, pues los viudos o divorciados son un problema para sentarlos a la mesa en los eventos de etiqueta.

Demetrio atiende al banquete bastante relajado, pues a éste no se presentarán ni Cook ni Vargas. Se puede decir que Orihuela será el primero en jerarquía, y eso le da seguridad; por esto, es el último en llegar al comedor, junto con Mariana que está radiante, como de costumbre. Durante la cena nadie se atreve siquiera a mencionar a Vargas, sin embargo, unos y otros intentan jalar de la lengua a Orihuela para conocer su postura. Éste, divertido, los capotea durante toda la noche. Los Orihuela son los primeros en retirarse, dando virtualmente por terminada la velada.

Durante los dos días previos a la reunión privada, la prensa estará muy pendiente de Cook y de Orihuela, observando atentamente cómo se saludan, qué se dicen y hasta sus miradas. La que tendrá más manga ancha para moverse será Mariana, que estará menos marcada.

La estancia de Vargas será muy corta y Demetrio deberá aprovecharla al máximo. Para entonces la reunión bilateral a puerta cerrada con Cook tendrá que haber sido anunciada. La prensa no debe hacer la ecuación: entrevista con Vargas, igual a anuncio de entrevista con Cook. Ambas deberán entenderse como cosas bien diferenciadas.

El anfitrión, Isaac Raqueda, no es la primera vez que funge como tal y su comportamiento es impecable. Su pequeño país, que se mantiene casi exclusivamente del turismo, da la bienvenida gustoso a cualquier convocante que necesite los servicios de la isla como lugar bien acondicionado para organizar reuniones de elevado rango.

El Palacio de Congresos es un espacio luminoso y exquisitamente decorado que semeja un gran invernadero, con las más estupendas flores tropicales. Dispone de múltiples salones con posibilidad de ampliarse y varios espacios descansados y alejados de los anfiteatros principales.

Temprano en la mañana, arriba Cook con toda su comitiva.

El acto de apertura se hace en un polígono de cristal rodeado de jardines exteriores, que da la sensación de estar dentro de una pecera. Cuando ya todos los asistentes están en sus lugares, incluso Demetrio, aparece Cook escudado por su secretario de Estado, dos de sus ministros y un consejero.

Los participantes se congratulan de que en esta ocasión los discursos de bienvenida sean breves. El momento que la prensa espera, el de la fotografía de la confluencia de los dos presidentes en el atrio del Palacio de Congresos, está por llegar. Por jerarquía, Demetrio está obligado a ser él quien se acerque a saludar al presidente Cook terminada la ceremonia. Tras los aplausos finales, Demetrio se toma su tiempo saludando a unos y a otros, mientras de reojo registra la posición de Cook y de Smithson, quien tendrá que servir de eslabón entre él y su jefe. Así, el secretario de Estado se adelanta sonriente a dar la mano a Orihuela y besa la de Mariana, quien departe con Raqueda:

—Gusto de verlo, David —después de decir esto, Mariana gira hacia el anfitrión para dar espacio a Demetrio. Éste aprovecha para hacer un aparte discreto con Smithson, quien con la mejor de sus sonrisas le dice:

—Esta tarde podemos hacer pública la reunión con el presidente Cook. ¿Está usted de acuerdo?

—Completamente de acuerdo, David.

—Magnífico. Por favor, señor presidente, le ruego me acompañe, el presidente Cook lo espera.

Pendientes como todos están hasta de la mímica misma del saludo, Orihuela y Cook, viejos lobos de mar, se dan un buen apretón de manos y lo contienen unos cuatro segundos mientras dicen las palabras de rigor y las cuantiosas cámaras fotográficas toman sus placas (quizá de primeras planas, cuando más tarde se enteren de la reunión extraoficial de pasado mañana).

Ya de regreso en su habitación, Demetrio calcula que no habrá demasiado tiempo entre la sesión de apertura y la primera reunión a la que asistirá Bernardo Terán representando al país, para organizar la difusión de la noticia de la reunión con Cook. Así que manda un mensaje a Loyola para que pase a verlo de inmediato.

El salón de la suite de los Orihuela tiene una hermosa vista al mar. Demetrio sale a la terraza y llama a Artemio para que en cuanto Loyola llegue lo pase allí. Se recuesta en la poltrona divisando la bahía y recibe la brisa tibia que se le pega a los poros. La tensión irá creciendo conforme se acerque la cita con Cook; tiene que disfrutar este espacio de relativa tranquilidad. Respira profundo, deja caer los brazos a los lados y, como aprendió hace algunos años, empieza a relajarse tratando de vaciar la mente que está abarrotada por decenas de eventualidades y por los giros que habrá que tomar en cada caso. Siente cómo, mientras su respiración se serena, sus latidos se espacian y la temperatura de su cuerpo sube.

Artemio lo interrumpe para hacer pasar a Loyola.

—Señor presidente, a sus órdenes —dice el viceministro, más serio que un enterrador.

—Siéntese Martín. ¿Quiere beber algo?

—No muchas gracias, señor presidente.

—Lo llamé para encomendarle una tarea muy delicada. Verá usted, el presidente Cook me ha pedido una reunión extraoficial a puerta cerrada en la mañana después de la clausura de la cumbre —Loyola trata de disimular su asombro sin lograrlo, Demetrio lo registra y sigue diciendo—: Necesito que los periodistas que vienen cubriendo con nosotros el evento empiecen a circular la noticia como no confirmada, pero casi como un hecho. La agenda será reservada. Hay que definirlo como un encuentro amistoso donde se hablará de temas de interés general. Esta noche, antes de la cena de gala, usted mismo confirmará la noticia, después de que haya circulado por varias horas.

Loyola hubiera querido enterarse de algo más, pero nada puede preguntar, Orihuela está ya de pie, tendiéndole la mano para despedirlo.

Durante el resto del día, Demetrio tendrá que asistir a una sesión para definir los resolutivos del día siguiente y a la cena de gala. No asistirá al almuerzo, para dejar los rumores caminando sin necesidad de contestar preguntas al respecto y para distanciarse un poco del resto de los asistentes. Empleará las horas libres para poner a punto su mente. Ya no hay más que analizar; como se decía en sus épocas de estudiante: lo que no se estudia con antelación, no puede entrarnos minutos antes del examen. Lo imprescindible ahora es afinar los reflejos y la percepción. Esperará a que Mariana le traiga información valiosa. Además, esta noche, previo a la cena, necesitará los reportes del viaje de Vargas y enterarse de si se ha suscitado alguna noticia.

Se muda de ropa por algo más fresco y menos formal. Piensa que sería importante encontrarse con Mariana a alguna hora de la tarde y le deja una nota en el tocador, pues es seguro que pasará por ahí a cambiarse para el almuerzo, al que ella sí asistirá. Indica a Artemio que volverá de la reunión a las dos y media y le pide que tenga listo un almuerzo ligero: ensalada verde, atún a la plancha con espárragos y fruta, y en un pedido diferente, un pastel de chocolate. Artemio es el único —además de Mariana y Octavio— que conoce la secreta afición de Demetrio por las golosinas, y es el encargado de suministrárselas. De hecho, Artemio siempre lleva con él algo dulce para ofrecerle a su jefe. No puede resistirse a los chocolates, los pasteles y los bombones. Se desprecia por esto, pero, aunque trata de contenerse, se consuela diciendo que son pocas las cosas inofensivas que le compensan los tiempos duros. Al verlo comer tan frugalmente en los almuerzos, parece imposible que tenga ese eterno ligero sobrepeso. Él da una explicación bastante convincente y documentada sobre un supuesto trastorno de tiroides.

No sucede nada extraordinario en la reunión de trabajo, pues realmente está programada para dar a conocer los acuerdos a los países que no han participado en ellos. Aunque ya se les ha notificado lo que deben suscribir, esta reunión es una cortesía para disimular la descortesía de fondo. Regularmente, representantes de estos países manifiestan su desacuerdo con el sistema de toma de decisiones. Año con año se nombra una comisión para que analice el problema, que sigue sin resolverse, puesto que para los otros países no es un problema, sino el objetivo mismo. La dependencia económica y financiera de las naciones afectadas (las que no son tomadas en cuenta sino para firmar) es inmensa, igual de grande que la negligencia y corrupción de sus políticos, los que a su vez son controlados por la elite económica, tan unida a la política que en muchos casos la conforman los mismos protagonistas.

Demetrio vuelve a su suite procurando evitar lo más posible a los aduladores de costumbre.

Vargas llegará como a las siete de la tarde a Isla Rota. Se encontrarán en la cena de gala, a la cual el presidente Cook declinó con antelación, por coincidir la fecha con la muerte de su padre. Esa noche Orihuela dejará patente el cobijo paternal y comprensivo que, aparentemente, está dispuesto a proporcionar a Rolando Vargas. Terminada la cena, Demetrio piensa invitarlo a dar un paseo por los jardines bajo la mirada insidiosa de los asistentes. Después de la valoración del ánimo de Vargas, tendrá que enfocarse por entero a la conversación con Cook.

Demetrio se queda pensando que sería de mucha ayuda un tropezón más de su buen amigo Rolando; daría más peso a la idea de su eliminación. Tiene algunas horas para meditar sobre el particular. Reconoce que echa de menos a Rangel.

Después de ver las noticias por televisión y comprobar que las aguas están apacibles, que la cobertura de la cumbre no remarca nada extraordinario y que no hay ningún programa entretenido, Demetrio, aburrido, empieza a hojear los expedientes para el día siguiente. Nunca lee los reportes completos, cuando mucho un extracto. Por curiosidad toma el apartado de Pestrana, el país de Vargas. Pasa las hojas dando un vistazo por encima. En la segunda parte, se detiene en un comentario que le llama la atención y en el que se lee que un tal Tomás Casasola había adquirido una inmensa extensión de terreno boscoso en el sur de Pestrana; y que su explotación indiscriminada, en poco tiempo, había creado un descontento muy generalizado en la zona. Hasta ahí, éste semeja un caso sin importancia, pero, aunque no se menciona, Demetrio cae en la cuenta de que Tomás es posiblemente el nombre de uno de los hermanos de Raúl Casasola, vicepresidente de Pestrana. Necesita averiguar si está en lo cierto, pues de ser así, él le encontrará mucha utilidad a la noticia.

Llama a Rangel pidiéndole que investigue el dato enseguida. Media hora después llega la confirmación: hermanos de padre y madre, Tomás y Raúl Casasola. En los asuntos internos del país el escándalo había sido grande, no sólo para los hermanos, sino para el propio Vargas, pues se presumía que podía estar involucrado, aunque una y otra vez se había demostrado que estas acusaciones eran infundadas. Sin embargo, para los enemigos de Rolando sigue siendo una carta en su contra y la emplean intermitentemente para sembrar la duda. Lo cierto es que Vargas no había aplicado mano dura contra Tomás y se decía que el bosque únicamente se había reescriturado en favor de un prestanombres.

Demetrio pide entonces a Octavio que averigüe qué ríos pasan por la susodicha propiedad. Éste, que ya había captado por dónde iba su jefe, tiene todos los datos a la mano. El río con mayor caudal de Pestrana nace a no más de veinte kilómetros de dichas tierras, y el octavo río en importancia riega el contorno poniente de estos bosques. "Muy interesante", piensa mientras cuelga el auricular.

Se siente más animado, así que se echa a hacer una siesta de "sólo veinte minutos", en lo que llega Mariana. Una hora y media más tarde, Artemio lo despierta avisándole que su esposa está ya de regreso y que lo espera en el saloncito. La encuentra tomando un té de esos que lleva con ella a todos lados. Su asistente, la eficiente y fea Esther, le trae unas toallitas desmaquillantes para retocarse para la noche; un arreglo casi tan discreto como el de la mañana. Demetrio despacha a Esther, que siempre pone cara de circunstancia a todo cuanto se le dice.

—Cuéntame cómo estuvo tu día.

—Mi día, bien. Acerca de lo que te interesa, te cuento que no se dice nada más que lo apuesto que te veías al lado de la foca de Cook.

Demetrio sonríe complacido. Reconoce que con el tiempo y el cargo, su presencia ha ganado en distinción y refinamiento, en buena medida gracias a los sabios consejos de su esposa.

—Voy a tener que moverme un poco más en el círculo masculino, pues verdaderamente con estas mujeres no se habla más que de los escándalos de las monarquías, a las que todas quisieran pertenecer, o de su desinteresada participación en las campañas altruistas contra la desnutrición, pasando a los pormenores de las dietas de moda. Así que esta noche voy a cambiar de esfera, a la de los señores, en la que soy muy bien recibida pues están hartos de sus insulsas y feísimas acompañantes. Ya perdonarás mi nula modestia.

—Muy bien. Espero que percibas el clima general. Además, te cuento que hace un rato descubrí una información bien interesante.

Demetrio le explica lo de los bosques madereros y ella toma buena nota de ello. Está al corriente de que el aludido asistirá esta noche a la cena de gala, y ella tiene conocimiento de algo de mucha utilidad que su marido ignora: el vicepresidente Casasola además de ser un corrupto irredento, es también un mujeriego de libro.

Con este incentivo suplementario, Mariana depura aún más su ya de sí cuidada *toilette*.

Cuando Demetrio la ve salir lista para ir a la recepción, piensa, muy para sus adentros, que es una lástima que no le apetezca en lo más mínimo ninguna mujer, ni siquiera la suya.


La de esa noche en Isla Rota será la cena más importante de la cumbre; todos, excepto Cook, estarán presentes.

La designación de invitados es todo un rompedero de cabeza para el anfitrión. Las reglas de etiqueta no miden las decenas de variables que significa una mesa de políticos y hombres prominentes. Aun cuando se haga lo más cuidadosamente posible, siempre hay alguien que se siente desairado.

Los Raqueda ofrecen una soberbia comida haciendo una síntesis de varios de los países presentes; un menú de degustación exquisito, con el que todos se sienten identificados. Consta de cuatro entradas y dos platos principales en

porciones de degustación. La variedad de culturas gastronómicas se convierte en parte de la charla y suscita virajes
temáticos muy interesantes. El colorido de las jarras de
agua de frutas, sangrías y vinos escanciados junto a los tropicales arreglos florales conforman un ambiente verdaderamente alegre que contagia a los comensales. La banda
de música hace exaltar los ánimos con canciones regionales de
todos los países presentes. A pesar de lo festivo de la velada,
están obligados a guardar las formas de etiqueta. Terminado el convivio, algunos, los de menor rango, suelen acudir
a los centros nocturnos y tugurios fuera del área resguarda-
da para la cumbre.

A la hora de los postres, Mariana ubica a Casasola y hace
de lejos un rápido diagnóstico. Moreno aceitunado, que al
rebasar la estatura promedio entra en la categoría de "posiblemente guapo", aunque habrá que verlo de cerca, piensa.
Sus movimientos desparpajados, más exactamente exagera-
dos, denuncian a un hombre que pretende hacerse pasar
por extrovertido, pero que al rebasar los decibeles de la cortesía, delata su ordinaria esencia. Al tenerlo más cerca, observa que tiene toscas facciones, lo que lo hace pasar por hombre recio; esto, hasta que aparezcan la papada y el vientre
abultado, imposibles de evitar en hombres como él, que dis-
frutan de todos los placeres corrientes de la vida. Contrario
a lo que pudiera pensarse, a Mariana esa vulgaridad le será
de mucha utilidad. Este tipo de hombres son tan vanidosos
que resultan manipulables en la misma proporción. A su
paso dejan una estela de penetrante perfume de moda y al
estrechar la mano un poco de dolor en la del otro. Se ufana
de tener una sonrisa irresistible; dientes blanquísimos y
bien alineados por uno de los mejores ortodoncistas de
Pestrana. A pesar de todo, no se puede negar que Casasola
tiene algo sinuoso que lo hace un hombre intrigante.

Mariana no tiene más que sugerir una caída de ojos para
tener a Raúl Casasola en el asiento junto a ella.

—Señora Orihuela, es usted más hermosa aún de lo que reza su fama. Raúl Casasola, a sus pies —dice Raúl con su más seductora entonación.

—Encantada señor Casasola —contesta Mariana, que está entretenidísima con este espécimen masculino que tanto se esfuerza por ser irresistible. Como no hay tiempo que perder en rodeos, prefiere entrarle al toro por los cuernos.

—Cuénteme sobre usted, Raúl. Siéntese —palabras mágicas de las que Casasola sacará el máximo provecho.

Como buen anfitrión, el hijo de Raqueda cede su lugar al vicepresidente junto a Mariana, y ésta no tiene más que seguir la prehistórica táctica de poner cara de admiración y sorpresa a todo cuanto Raúl dice.

La escena está puesta, Mariana envolviendo a Casasola y Demetrio acompañado de Vargas dando un paseo por el jardín. La situación fuera del comedor es mucho más delicada; Orihuela sabe que los puntos flacos de Vargas no son algo tan predecible como la fatuidad de su vicepresidente. El joven mandatario posee una inteligencia fina y una candorosa pasión por la política. La debilidad de carácter de la cual piensa echar mano Demetrio es su falta de experiencia y, por lo tanto, de malicia.

Cuando llevan ya un rato hablando de todo y de nada, Vargas, finalmente, se anima a abrirse.

—Tenía mucho interés en hablar con usted, Demetrio… Por supuesto, sabe todo lo que ha pasado en el último mes con respecto a los infundadísimos rumores de una supuesta estatización de nuestras reservas hidráulicas. Ante todo, quiero aclararle a usted que ese rumor es absolutamente falso. Conozco bien los alcances y la importancia del agua dulce para el futuro inmediato. Por tratarse de un recurso estratégico, para el bienestar de mi pueblo y de la humanidad, sé muy bien que lo que debemos hacer es asegurar a nuestros ciudadanos que se explotará según lo dicta nuestra Constitución, cuidando de que todo se haga de la mejor manera… Intuyo que hay gobiernos y empresarios que deben estar muy intranquilos por lo que se está diciendo.

—Pues con toda sinceridad, sí creo que hay personas que están preocupadas. Pero, vamos a ver. Usted me asegura que todo es una noticia infundada, y eso es lo importante. Es necesario dejar asentado esto y usted lo ha aclarado en más de una ocasión… —hace Demetrio una pausa dramática y retoma diciendo—: Lo que necesitamos es verificar si el mensaje ha llegado claramente. Verá Rolando, usted es alguien a quien aprecio muchísimo, además, nuestros países son hermanos. Yo estoy a sus órdenes para lo que necesite.

—Le agradezco infinito, pero sobre todo quisiera conocer su parecer.

Demetrio fuerza otra pausa y la llena bien con una gestualidad que se interpreta: "me apena lo que le voy a informarle", ante lo cual Vargas se apresura a decir:

—Sea lo que sea le ruego que me lo diga. Estoy bien dispuesto a enfrentar completamente las consecuencias de este malintencionado rumor —dice Vargas tan ansioso como sincero.

Demetrio tiene ya la presa en su telaraña: un Rolando dispuesto a todo para demostrar su inocencia.

—Amigo mío, es cierto que hay inquietud en algunas esferas. Pero no se preocupe…, es lógico, solamente hay que moverse con cuidado durante un tiempo y, por otro lado, dejar bien clara la cuestión. El problema… es que, junto a esto hay, digamos… un asunto que complica un poco más las cosas —aquí Orihuela se detiene para admirar el efecto devastador que estas palabras empiezan a ejercer en Vargas y hace una larga pausa que éste rompe con impaciencia.

—No entiendo de qué asunto habla. ¡Por favor dígamelo usted!

—Me han llegado noticias de que hay personas de mucha importancia que han conocido, junto al rumor de la estatización, algo más, de lo que estoy seguro usted es absolutamente inocente... —goza viendo la mirada anhelante de Vargas y sigue—: Ya le explico. Es sobre el asunto de la pertenencia de unas hectáreas de bosques ubicadas en un lugar estratégico...

Antes de que Demetrio pueda terminar, salta Vargas desencajado.

—¡¿Quiere decir que sospechan que yo pueda tener la intención de estatizar el agua persiguiendo un beneficio personal con los bosques?! No lo puedo creer. Esto es peor de lo que imaginaba. ¡Ese asunto ha sido repetidamente esclarecido!

—Estoy seguro de que sí. Yo no tengo duda alguna de su entera rectitud.

—Gracias Demetrio, no se figura usted cuánto me tranquiliza su confianza —hace un silencio muy empalagoso. Es evidente que su mente trata de encontrar el hilo de la madeja que se le ha vuelto a escapar.

Demetrio busca orillarlo a pedir su intermediación con Cook. Sin embargo, el pobre hombre está tan sumido en el estupor y Demetrio tiene que aligerar el ambiente.

—Pero, hombre de Dios, no se ponga así. No hay de qué preocuparse. Todo se va a arreglar. Por ejemplo, ya ve usted mi problema con los pescadores que no dejan de violentar las millas náuticas nacionales. Pues figúrese que esta mañana me ha pedido el presidente Cook una reunión extraoficial para discutir sobre el asunto. No sospecha siquiera la tranquilidad que eso me da, pues en mi país la gente está muy agitada por esto. Así que ya verá que también usted va a poder aclarar este malentendido.

—Me alegra por usted. Y no sabe cuánto aprecio su apoyo —aquí el ingenuo Rolando intenta hacerle decir a Orihuela lo que él debe implorar. Se hace una pausa en la que

Demetrio puede claramente oír la respiración agitada de su colega y los pasos de ambos sobre el césped húmedo y mullido.

Orihuela intensificará la agonía sólo por diversión.

—Es mejor que volvamos. Deben de estar echándonos en falta —y diciendo esto, se enfila hacia el acceso al salón y durante varios segundos se hace un desafiante silencio. A unos metros de la puerta, Vargas cae.

—Quisiera pedirle un favor, abusando de su amistad, Demetrio.

—Usted dirá, estoy a sus órdenes —dice con toda formalidad, pero con un tono sutilmente afectuoso.

—Le ruego interceder por mí frente al presidente Cook. Sé que es mucho pedir, teniendo usted tanto de qué ocuparse, pero...

Demetrio interrumpe; no vale la pena estirar más la agonía:

—Con todo gusto Rolando. Con todo gusto. Mañana en nuestra plática con seguridad tendré oportunidad para tocar su asunto. Ya verá como todo saldrá perfectamente.

—Gracias. Es usted un gran amigo —dice esto sin creerlo, pues sabe que todo político se deleita con la función de mediador que representa la información privilegiada y la intermediación entre dos bandos.

Demetrio decide ir más allá. ¿Por qué no concretar un poco las cosas de una vez?, piensa.

—Bueno, bueno. Hagamos algo más por un buen amigo —dice con una magnánima sonrisa—. ¿Qué le parece si visitan usted y su esposa nuestro país oficialmente en el corto plazo?

—Sería un gran honor, Demetrio. Un gran honor. Usted me indicará cuándo le viene bien.

Orihuela y su, ahora más relajado, homólogo se separan al entrar al comedor. El asunto ya está echado a andar, piensan ambos; pero por motivos bien diferentes.

Mariana ha dejado que Raúl se pavonee a sus anchas contándole aventuras y proyectos. En una pausa musical, Mariana dice:

—Creo que lo he monopolizado excesivamente.

—De ninguna manera. ¡Lo que yo daría por estar más tiempo con usted!

—Lo mismo digo —dispara Mariana para rematar a la presa.

—Eso sería para mí un honor —y los ojos azabache le brillan más que una candela.

—Entonces… ya le notificaré cuando sea oportuno —dice con su voz más sugerente y extiende la mano—. Le deseo que pase usted buenas noches.

Tras esta prometedora frase se levanta Casasola para besarle la mano.

Mariana se divierte pensando en la pasmosa facilidad con la que algunos hombres regalan a las mujeres un arma tan infalible: su lascivia. Por lo general caen en las redes sin vacilación, y con mucho más entusiasmo si la dama es casada. El premio que obtiene esa clase de hombres suele consistir, más que la satisfacción sexual, en sentirse deseados.

Con toda galantería, Demetrio se dirige hasta Mariana y la lleva del brazo hasta la entrada del ascensor privado que se detiene solamente en tres suites.

La terraza vuelve a ser el lugar más seguro para hacer el recuento de los avances de cada uno. Demetrio admira el temple de Mariana, y está seguro que de haber sido hombre, hubiese llegado ella a la presidencia.

Empiezan por hacer cada uno su resumen de lo sucedido durante la cena. Mariana le propone a bocajarro a Demetrio seducir a Casasola —esto con la intención de detectar los alcances que tiene el asunto que su marido no quiere confiarle. Demetrio, a sabiendas de las implicaciones que esto conlleva, acepta, lo que para Mariana es un signo inequívoco de que la cuestión es mucho más seria de lo que admite su esposo.

—Demetrio, llevamos juntos muchos años y somos un equipo que funciona bien. Y funciona, ya que hemos procurado hacer coincidir nuestros intereses y esta vez no sé si esto que estás tramando forma parte de los míos. Así que si no me informas exactamente qué es lo que quieres alcanzar y cómo lo estás pensando hacer, yo te dejo solo en esto y tampoco te apoyaré si vienes a último minuto a pedir mi ayuda.

Demetrio no suele mirar a los ojos de su esposa, son demasiado incisivos, vertiginosos. Se amilana ante ellos y generalmente los evita. En esta ocasión, él mismo los busca. Necesita comprender hasta dónde puede llegar la sangre fría de su mujer. Lo que ve es ese gélido verdor que no parpadea y que lo adivina todo con sólo verlo a los ojos.

Entonces, ¿qué lo detiene a decírselo? Quizá el temor a que no esté de acuerdo, o a lastimarla por los riesgos que conlleva. Pero no, no es nada de eso. Él sabe en el fondo, que lo que realmente le pasa es que le avergüenza que su mujer sepa lo necesitado que está de reconocimiento, y de que conozca la inseguridad y el miedo que lo gobiernan.

Se ríe al pensarlo, ella lo sabe mejor que nadie. Y aunque sería mejor esperar a entrevistarse con Cook y obtener su aprobación, realmente no hay nada que le impida hablar.

Se mueve para quedar muy cerca de ella en la baranda de la terraza que a esas horas mira una playa iluminada sólo por la luna. Casi al oído, le confiesa a Mariana sus despiadados planes para el futuro.

## XII

"¡Y pensar que estoy tan agotado por sólo un día de trabajo en la cocina! Fue mucho más arduo de lo que había imaginado y más riguroso, casi científico. Cómo con unos cuantos elementos pueden hacerse combinaciones que al reaccionar químicamente se transforman en manjares o en algo incomible. Por supuesto que hay que tener talento, pero sobre todo hay que saber, y Soledad sabe, así como yo sé trabajar la madera, el latón, el plomo, los clavos, las telas y las pinturas."

Le vienen a la mente las manos de Soledad, tan delicadas y tan firmes al mismo tiempo. Pensar que ahora él se ha convertido en sus manos.

Remolón, se levanta para ducharse, llega al baño y desde el espejo del lavabo ve su cama revuelta y desdibujada. ¡Casi siete años separado de Renata y ni una sola relación sólida! Algunos encuentros casuales que rara vez han durado más de unas cuantas semanas, muchas veces sólo una noche.

Mira su rostro maduro en el que aún se filtran vestigios de sus veintiséis, cuando pidió a Renata en matrimonio. La conoció en la fuente de la Plaza de la Venta cuando la vio devorando un inmenso helado en una calurosa tarde de agosto. Él regresaba de la biblioteca central de consultar unos datos sobre el uniforme militar ruso del siglo XVII, y la descubrió golosa y divertida. Se enamoró de ella en ese mismo instante y se propuso no dejarla partir del parque sin conocerla. Ella tardó cerca de quince días en aceptar el primer beso, y siete meses después estaban ante el altar.

Ya para entonces hacía tiempo que vivía por su cuenta y además se hacía cargo casi por completo del sustento de su padre que, por problemas de la vista había dejado su empleo en la mueblería.

Jan se casó con una ilusión poco común. Renata era muy joven, sólo tenía diecinueve años cuando se casaron; era tan hermosa y delicada que Jan no se cansaba de contemplarla. Perteneciente a una familia muy tradicional, él aceptó todos los requisitos que los padres exigieron para dejarlos casar.

Los primeros meses fue todo nuevo y excitante, y siempre embelesados, lo único que les importaba era estar juntos. Renata, por su juventud, pensaba Jan, era, para casi todo, en extremo dependiente de él. Sin embargo, él pasaba todo por alto, tenía una paciencia infinita frente a la dificultad de su esposa para atender tareas cotidianas, aun cuando cada vez era más difícil complacerla.

Después de casi dos años de matrimonio, comenzaron a suceder cosas inexplicables. Renata reaccionaba de forma impredecible: había periodos en los que, por algo intrascendente, se ponía tan furiosa que su personalidad se trastocaba por completo, y otros en los que permanecía horas enteras observando la calle por la ventana, y sus ojos color miel dejaban de mirar; era como la mirada perdida de un ciego. Cuando hablaba, más bien preguntaba, preguntaba todo: cuándo, dónde, cómo, pero era como si nunca acabara de entender. Y de pronto podía enredarse, sólo porque sí, en un largo soliloquio.

Había periodos buenos que esperanzaban a Jan. Durante un tiempo, éste pensó que si no se separaba de su lado, si la acariciaba día y noche, la incipiente locura no se desarrollaría; imploraba por una cura milagrosa en la que en el fondo no creía.

Renata entraba y salía de su pequeño mundo movedizo que no correspondía al mundo de los demás. Después de seis meses de ese infierno, Jan tuvo que aceptar que en su mujer se estaba gestando una enfermedad muy seria.

Durante mucho tiempo bregaron entre un médico y otro hasta que dejó de existir duda en el diagnóstico: padecía esquizofrenia. Los medicamentos empezaron a surtir efecto y su mejoría era notable; no obstante, Renata estaba desesperada: por lapsos tenía cruel conciencia de lo incurable y grave de su enfermedad, y los efectos secundarios de la medicación, aun cuando ésta le procuraba una relativa salud mental, le ocasionaban unos temblores tan evidentes y constantes que eran casi más degradantes que el padecimiento mismo.

Lo más doloroso para Jan era ver cómo Renata le rehuía; su presencia la alteraba. Nada había que él pudiese hacer para confortarla. Una mezcla de ternura y rechazo se fue incubando en Jan; trataba angustiosamente de atender y de comprender a su esposa, pero había ocasiones en las que necesitaba escapar, y lo hacía por horas. Toda su ilusión de formar una familia se había roto, sólo quedaba esa impotencia demoledora al constatar cómo la mujer que amaba iba desfigurándose.

Finalmente, los padres de Renata la llevaron junto al mar, donde la familia tenía una casa en la que decidieron que sería preferible que viviera.

Por años, Jan fue a visitarla dos veces al mes y cada vez la encontraba más lejana; sus ausencias y delirios se hicieron más hondos y más prolongados. Después de tres años de iniciado su mal, un juez decretó el divorcio para que los padres de Renata pudieran tomar las decisiones médicas por entero.

Jan está al corriente de que su ex esposa está mejor gracias a la nueva generación de medicamentos; pero aun así, ella prefiere no verlo. Jan le manda flores todos los años por su cumpleaños y ella le envía una tarjeta en la que pone siempre lo mismo: "Gracias, querido".

En estos siete años se ha ido diluyendo su amor por Renata. Y aunque ha iniciado relaciones amorosas con todo tipo de mujeres, Jan no ha sido capaz de volver a amar.

Aunque sin saber por qué, esta mañana cuida más minuciosamente que de costumbre su arreglo y al menos dos veces revisa que su pelo negro y abundante esté bien peinado. Ve el reloj y se apresura para tener tiempo de tomar un café con Manuel, que no está enterado del nuevo entrenamiento de su amigo. Manuel se ríe descaradamente cuando Jan le platica sus peripecias en la cocina de Soledad. Claro que además le hace prometer que lo va a invitar a alguna degustación.

Caminando por San Isidro siente como si fuera la primera vez que hiciese el recorrido del café al taller: las casas, las aceras, las gordas palomas de la plaza, todo está más presente, más brillante. Se da cuenta de que está contento, simple y llanamente. Esas picantes ganas de estar donde estamos y seguir así. Ese sentimiento que no levanta demasiadas tolvaneras, pero que llena de un sabor dulce el presente, con el que vemos todo con mejor color sin razón alguna, y por el que nos preocupa todo un poco menos.

Cuando se ve delante del portón de hierro, no puede creer que haya llegado tan pronto. Entra con su propia llave y le es insólito ir directo a la cocina en vez de ir al taller. Saluda a Margarita, que da un gritito ahogado fingiendo que se ha asustado, aunque en realidad lo ha oído entrar por la reja. La mujer inicia una exaltada perorata contándole a Jan lo agotada que está esta mañana y lo mal que ha dormido. Al bajar, Soledad descubre a Margarita que se encuentra de espaldas, la escucha en su letanía y se detiene en el marco de la puerta atisbando la escena y sonriéndose con Jan.

—¡Basta de tanta cháchara! —esta vez Margarita se sobresalta sin fingimientos y ellos ríen abiertamente del semblante de la mujer.

Soledad le palmea la espalda en son de disculpa y va directo a la alacena con el fin de decidir parte de las compras para los pedidos del día siguiente. Ve que hacen falta varias cosas y Margarita sale al mercado con muy pocas ganas, ahora que hay tanto que aprender en casa.

Cuando se quedan solos, Soledad le dice al juguetero:

—No he desayunado, ¿me acompañaría con algo?

—Ya desayuné, pero no puedo resistirme a su café y a sus galletas.

Soledad lo sondea y le dice divertida:

—Jan, usted tiene la libertad total de tomar lo que le apetezca, cuando le apetezca. No hay nada más absurdo que un cocinero con antojos. Y me alegra que le gusten mis galletas. En nada de tiempo las va a aprender usted a hacer.

—Soledad, algo que también sinceramente es un poco absurdo, es hablarnos de usted. No soy tan viejo como parezco y usted sí es tan joven como parece. ¿Le molestaría que dejáramos el usted?

—Sí, claro —contesta Soledad levantando los hombros, como diciendo que es algo tan evidente que no entiende por qué no lo han hecho antes.

Para Jan, la joven es todavía un misterio. Se cuestiona cómo una vida tan compleja ha producido a una persona tan transparente, tan fácil de tratar. Nada le resulta muy grave. Tiene un sentido del humor a flor de piel algo curioso: como si la mayor parte de las cosas le produjeran una sonrisa, pero sin ningún dejo de burla (quizá sí, de sutil melancolía). En repetidas ocasiones se han descubierto el uno al otro sobreentendiendo detalles que otros no advertirían. Lo que sin embargo se les dificulta es empezar una conversación. Aun cuando Soledad dice siempre lo que piensa, es como si para ella hubiera muy pocas cosas dignas de ser habladas. Y por lo demás, él tampoco es un gran conversador.

Empiezan la mañana haciendo la masa de mil hojas que

tantas veces Jan se ha preguntado cómo adquiere esa consistencia de pergaminos pegados. Aprende entonces que sólo es cuestión de hacer la masa y, con un buen trozo de mantequilla, estirarla y doblarla en tres cada veinte minutos, seis veces. Para Jan trabajar la masa es excepcional y divertidísimo, pues en su trabajo muy pocos materiales son tan maleables.

Doña Hortensia pasa por la cocina y saluda a Jan cariñosa y muerta de risa al verlo con el delantal de Margarita, que es de un tono anaranjado encendido con dibujos de frutas tropicales. Soledad también se sonríe; por alguna razón no había visto lo simpático que se ve Jan. Éste, vencido por el ridículo, hace un paseíllo por la cocina como si fuera una modelo en pasarela y hace reír a doña Hortensia a carcajadas.

A ratos, Soledad se desmoraliza por no poder usar la mano izquierda, pues ciertas explicaciones necesitan demostración. Sin embargo, Jan es un gran alumno. Sólo queda la masa mil hojas por terminar, y Soledad por lo tanto no puede cooperar en nada. Jan percibe que esto la hace sentirse inútil. Habían hecho varias tandas para que cada cinco minutos hubiera que sacar una, doblarla, refrigerarla y sacar la siguiente. Para la segunda vuelta es un trabajo rutinario y eso tiene muy relajado a Jan, pero Soledad no está en el mismo estado de ánimo y él lo presiente. Piensa qué hacer mientras estira la masa con el rodillo, en un silencio que les pesa un poco a ambos.

—Soledad, yo sé que cuando Inés estaba enferma, tú le contabas historias mientras cocinabas, ¿no es cierto?

—Sí. Era la única manera de tenerla entretenida… Por lo visto sabes muchas cosas de mí.

—Menos de las que quisiera —es el primer desliz que se le escapa a Jan y le sube un hormigueo por el cuerpo—. De verdad que me gusta mucho cuando cuentas alguna cosa, cuando me explicas algo… —se vuelve a hacer un silencio que va llenándose de un calor casi inmaterial—. ¿Sabes?, la que está un poco inquieta eres tú por no poder hacer nada. ¿Por qué no hacemos una cosa para que a los dos nos sea más ligero el trabajo? Cuéntame una historia, la que sea. Mientras tú me platicas, yo sigo con la masa. El tiempo se nos hará más provechoso a los dos. Yo te voy conociendo y tú te calmas un poco con tus propias historias.

Soledad se desconcierta en un principio, pero la propuesta le hace bullir un gustillo en la cabeza de sólo pensar en enhebrar de nuevo un relato.

—Bueno… Sólo voy a revisar que no falte nada para más tarde y mientras tanto pienso en algo.

Durante unos minutos Soledad ordena y verifica todos los ingredientes. Y quizá se tarda más de la cuenta para vencer la timidez, hasta que sale de la alacena con una sonrisa-mueca, como diciendo que está resignada a hacer lo que se le pide. Jan acerca una de las sillas de la mesa y con cierta teatralidad la abre para que se siente. Ella se acomoda, mira sin mirar, extasiada en un punto al infinito, y suavemente empieza a liar las imágenes emborronadas que bracean en su mente.


"Siempre pensaba en la belleza de las cosas, por lo tanto, en la armonía que la produce. Un perro, una flor, un rostro, un anciano, un cuerpo, una fuente. Quería pintarlo todo, dejarlo plasmado de la manera más simple que conocía. Porque él no podía explicar la belleza con palabras; no podía hacerla sentir con notas; pero sí podía retratarla tal y como era. Pero, cómo dibujar el efímero vuelo de un pájaro, el contoneo sensual de un gato o la sonrisa de un niño. 'Pues si finalmente todos lo vemos, ¿para qué necesito pintarlo? ¡Qué gran tontería dibujar lo que está delante de nuestras narices para que los que están junto a mí lo miren de nuevo!' Podía ser una necedad, pero no importaba.

"¿Será para que no se olvide? Quizá. '¡Ah! Y qué tal el frío, o el calor, o el viento, eso peor todavía'. Pero lo intentaría de todos modos.

"Se encerró en su casa victoriana, con toda su madera tallada y sus gobelinos lustrosos. La luz de la última habitación del tercer piso era perfecta. Se encerró ahí una, dos, tres semanas. Dibujó y pintó decenas de bodegones, de marinas, de retratos. Exhausto, al terminar las llevó todas al gran salón para admirar su obra. Recorrió con la vista cada uno de los lienzos y no pudo ver caer el agua del chorro de la fuente, ni sentir el olor de las flores o la tersura de una mirada. Lo embargó un inmenso desconsuelo. Lloró por horas enteras hasta que, cansado de todo aquello, salió a la calle a olvidar su pena.

"Había querido demasiado, había creído en lo casi imposible. El sonido de los ríos, el aire perfumado, la alegría, la tristeza, el miedo sólo se pueden pintar con los ojos cerrados y quizá, sólo quizá, alguien pueda percibirlos al mirar ese lienzo que pintamos con los ojos cerrados y acaso sin darnos cuenta."

Jan, con la masa entre los dedos, observa a esta mujer a la que no hace más que descubrir un poco cada día. Varias veces le ha cruzado Soledad por la mente y por la piel como mujer, como alguien a quien amar. Pero cada vez que esto le sucede, recuerda el dolor en el que ella vive detrás de su apariencia sosegada: recuerda sus deseos de muerte. Tiene muy claro que no estaría dispuesto a convivir con una tristeza como la que, a pesar de todo, carga Soledad. Esa carencia de apego a la existencia, esa asfixia, simplemente por no entender que así es la vida, nada más ni nada menos que un montón de sinsentidos que hay que maquillar para que algo, por pequeño que sea, nos llegue a importar y haga la diferencia entre la vida y la muerte.

Entiende que son cosas bien distintas lo que Renata y Soledad padecen; pero cuando la idea de Soledad le invade, Jan no puede evitar sentir el vértigo de revivir la oquedad de la locura.

Contempla a esa mujer a la que cada vez ve más hermosa y también más lejana. Cuanto más se asombra de sus talentos, de sus delicadezas, más grande hace él la distancia entre ambos. Es como si su instinto de supervivencia lo protegiese sin tregua de sus propios deseos. Así lo ha entendido ya, y así va a ser. Sin embargo, quiere estar con ella sin dar paso al romance; se esfuerza por verla y sentirla como a una amiga, como a una hermana. Eso es de lo único que se considera capaz junto a ella.

—¿Cuándo aprendiste a contar historias?

—Eso no se aprende, supongo. Sólo lo hice porque necesitaba distraer a Inés… —y dice divagando en su pasado—: Antes de vivir en la finca de mi abuelos maternos, viví en la casa familiar de mi padre y allí no había niños; yo creo que por eso me entretenía sola imaginándome aventuras, amigos, amores y esas cosas. La verdad es que nunca me aburría. Siempre tenía una aventura… Mientras soñaba despierta, realmente vivía aquellas historias. Era mi mundo y en él sucedían cosas fantásticas que ahora me llevan a remembranzas de las que todavía logro percibir sensaciones, olores, ambientes, caras —hace una pausa que convierte en desenlace de esa época de su infancia.

—Desde que murió Inés e intenté matarme (cosa de la que seguro estás enterado), no he vuelto a contar o a escribir ninguna historia.

—¿Por qué?

—Realmente no lo sé. No niego que lo he intentado, pero… Es que… me da miedo.

—¿De qué?

—No lo sé… Miedo de mí misma, quizá… Pero no…, es quizá miedo a que si sigo soñando, no voy a poder detenerme. Cuando podía contarle a Inés mis relatos, éstos los vivían los personajes, no yo; y era distinto, porque alguien, Inés, era cómplice, testigo de que sólo eran cuentos, ficciones… Las vivía…, pero tenía una coartada, una distancia… Soñarlas otra vez…, no. Me da miedo quedarme en ese mundo de sueños. Además, es ridículo soñar y al mismo tiempo querer morirme, ¿no?

—¿Todavía te quieres morir?

—…Me da igual… Sí… Digamos que no me importaría morir. Aunque me prometí a mí misma que mientras viviera mi madre, jamás lo volvería a intentar. Quizá ni siquiera cuando ella muera. Fue demasiado doloroso. Por eso trato simplemente de estar en paz… Debo habitar en la realidad. No puedo refugiarme más en mi mente… Pero la realidad a veces no me gusta mucho y lo peor es que no la puedo cambiar.

—A mí tampoco me gusta demasiado la realidad, pero nunca he deseado morirme. Ni siquiera lo puedo entender. Cada día para mí está en blanco y hay mucho con qué llenarlo. El sólo hecho de estar vivo me gusta. Me gusta sentir mis latidos, mi sangre fluyendo. La verdad es que lo pienso ahora que te lo digo, pero ni siquiera me doy cuenta. Mi vida no ha sido fácil si sumo las pérdidas o las carencias, pero estoy vivo y no me pesa. Quiero cambiar tantas cosas; sin embargo, para vivir me conformo con unas pocas y pequeñas.

—Eres muy afortunado.

—Tú tienes la misma fortuna. Sólo que no lo sabes.

—Si no lo sé, es como si no la tuviera.

Jan percibe esa compuerta que el momento les había abierto y la cierra con una reflexión de esos sueños a los que de niño él mismo había sucumbido.

—¿Sabes?, a mí me sucedía algo similar, sólo que mis sueños eran viajes al futuro: por ejemplo, me imaginaba siendo un músico importante que daba conciertos con su violín por el mundo entero, o un soldado heroico, de cuando un soldado podía ser heroico, pues defendía causas nobles. También llegué a imaginarme (por favor no te rías), como un padre rico con muchos hijos y una mujer preciosa y cariñosa. Yo no tengo hermanos y mi única familia es mi padre, que hace algunos años volvió a nuestro país y vive en el apartamento que heredó de su hermano, en la capital, y del cual no quiere salir por nada del mundo. Aquí no tengo parientes y a los que viven allá casi no los conozco. Nos escribimos siempre para felicitarnos por las fiestas, pero nada más. Así que figúrate, de mis sueños a lo que soy. Terminé haciendo juguetes, sin gloria, ni fortuna —hace una pausa como para mirarse a sí mismo—. Me río cuando pienso todo lo que soñamos de niños y en lo que finalmente nos convertimos… Y no sueño más porque el futuro ya llegó, ya soy lo que soy, y no me atrevo a desear más una gran familia, no pienso más en eso.

—Había querido preguntarte si eras viudo o divorciado, ya que nunca mencionas a nadie.

—Me divorcié hace más de siete años.

—Algún día me contarás. Cuando tú quieras… No es que sea condescendiente contigo, pero ser juguetero, o como se diga, me parece estupendo. Puede ser que no te aclamen, pero es un oficio entretenidísimo, ¿no?

—Sí. Pero, ¡te das cuenta lo raro que en estos tiempos es ser juguetero!… —y se ríe con una risa que no viene de la sorna, sino casi de la sorpresa—. Sin embargo, puedo vivir como me da la gana; trabajar cuando quiero (y quiero todos los días), no depender de nadie y, sobre todo, utilizar una habilidad con la que nací y que desarrollé a mi modo. Podía haber sido forjador de metales o fabricante de sombreros, no sé, es sólo que tengo destreza con las manos y paciencia —curiosea por la ventana hacia el patio y al girarse se topa con los ojos de Soledad—. ¿Me cuentas otra historia? No sé qué me gusta más, si tu comida o tus cuentos —termina diciendo con un dejo de involuntaria galantería.

Recargada sobre el respaldo de la silla, comienza Soledad una fábula de fantasmas que dura hasta la última vuelta de la masa. ¡Cómo le gustaría a Jan que ella le contara sus cuentos mientras trabaja en sus juguetes! Las horas adquieren así otro significado y en ellas cambian las vidas y los tiempos; podemos ir y volver sin movernos del mismo sitio. Al terminar de oírla, es difícil pensar que esos seres son producto de su imaginación. Hasta los fantasmas de su última historia son casi de carne y hueso. Han vivido, existen y no pueden desaparecer. Soledad está llena de otros seres, puede convertirse en todos y entenderlos a todos. Le da rabia que a ella, que puede vivir tantas vidas, no le importe morir.

Hoy ha sido para Jan menos fatigante que el día de ayer. Está francamente animado, todo ha salido muy bien; los *vol-au-vents* fueron muy divertidos de hacer, y después de la segunda tanda, salieron derechitos y bien levantados.

El atardecer está por caer y Margarita se encarga de lavar las últimas ollas. Jan piensa que sería un buen final de día invitar a Soledad a ver la puesta de sol desde su terraza. Ella acepta, pero cuando suben Soledad está más interesada en los juguetes que en el horizonte, aunque accede, ya que está a punto de oscurecer, y sale a la terraza a mirar las nubes que se tropiezan con un sol rojizo opacando su brillo; ese filtro que cambia sempiterno como el viento. No pronuncian palabra hasta que la oscuridad los hace sentirse demasiado cerca.

—Voy a encender una luz —rompe Jan.

La lámpara de mesa junto a la ventana ilumina amablemente la terraza.

—¿Te puedo ofrecer algo de tomar?

—Nada, gracias.

Jan entra por un suéter que guarda en el taller. Se acerca a Soledad y por detrás de la silla pasa la prenda para cubrirle los hombros. Se sienta de nuevo a su lado, con un desasosiego que no comprende.

Tras el último fulgor del día, Soledad se levanta y dirigiéndose a la mesa de trabajo dice:

—Quiero ver lo que haces.

Jan la sigue y le enseña los ejemplares que tiene terminados. Ella se entusiasma particularmente con el mecano; el más simple de sus juguetes, no requiere mayor destreza para fabricarlo: cubos y prismas de varios tamaños y colores. Usando sólo la mano derecha, construye una torre tonta y frágil. Se ríe a carcajadas cuando por el sobrepeso se cae desordenadamente. Jan nunca ha oído la risa de Soledad. No quiere que pare. Es una risa que le desgarra la resistencia, que lo deja en la indefensión. Es una risa que le exhibe la entelequia de sus más intrincados deseos. Esa risa que irradia lo que tanto teme: la esperanza renacida de poder ser con otro. Esa risa que la transmuta en mujer, y a él en un hombre que ha dejado de pensar para claudicar al instinto que le arde en el vientre.

Soledad se encuentra con la mirada de Jan, quien no puede disfrazar lo que siente, y no desvía la suya; el azul de los ojos de él es suyo por primera vez. Nunca se habían visto uno dentro del otro.

Soledad quiere tocarlo. Hace tanto que no toca una piel. Como quien toma una manzana madura porque tiene hambre, así toca el rostro de Jan. Sus yemas, acostumbradas al fuego, al hielo, a lo suave, a las espinas, sienten ese calor que sólo da la vida y que irradia su sangre, que al sonrojarse corre más deprisa lamiendo sus dedos. ¡Qué bueno es tocar ese pelo, esos labios, esos ojos que miran cálidos e intrigados! Se acerca aún más y su mejilla roza la barba incipiente y áspera. Ella quiere oler lo que ha adivinado cuando pasa a su lado: ese aroma tibio y viril. Él se deja tocar por sus manos sabias de tacto y torpes de cariño que aprenden al hacerlo. Se rinde a Soledad, que se restriega como un gato, lenta, sinuosa. Ella no puede contener una lágrima que se precipita sin anuncio. Es un llanto viejo y dulce que no hace daño, sino que cura. Acerca sus labios a los de él y roza con su lengua el principio de un beso. Cuando él nota aquella lágrima, no comprende esa humedad alegre y buena que no hace más que limpiar el paso de ese nuevo sentimiento en ella y se separa confuso; todo su miedo lo embiste de golpe. Soledad se despierta al advertir ese miedo que la hace volver a donde nada había empezado. Se aparta al tiempo que suspira guardando sus lágrimas, observa un momento a Jan, le sonríe y se marcha.

Jan guarda el tacto de esos dedos en el más tierno de sus recuerdos y en lo más angustioso de sus pensamientos.

# XIII

Ve el reflejo de su madre en el cristal que da al mar. La imagina sentada en el sillón que más le gustaba, tomando su té de tila, con el pelo bien sujeto en la nuca y tirante por delante y con la arruga del entrecejo marcada más de lo habitual. Siente tranquilidad al pensar que ya no está más en este mundo; si algo sale mal, no tendrá que sostener su mirada. El resto del mundo le ha importado siempre menos que un solo gesto de desaprobación de ella. Es como tener eternamente ocho años; nunca lo ha abandonado ese mal sentimiento, sólo que ahora él es su propio juez implacable.

Vuelve a la realidad de su lujosa suite, destinada a los más prominentes visitantes de la isla, y recobra sus cincuenta y ocho años. "La mejor edad en experiencia y todavía con energía en el cuerpo", se anima y asocia su conservada vitalidad con su amante de tantos años. ¡Qué estará haciendo Miguel! Hace casi tres meses que no lo ve. Ha mantenido esa relación por más de diecinueve años. Lo más discreto de su existencia y el único lugar en el mundo donde no tiene que fingir.

Se conocieron en unas vacaciones en la playa. Miguel había ido con su madre a que ésta convaleciera de una imaginaria dolencia. Demetrio estaba con Mariana, en unas, varias veces aplazadas, vacaciones de verano. Se vieron por primera vez en el bar de la piscina y para los dos fue como una corriente eléctrica: de inmediato comprendieron que se gustaban. Quizá fue la expresión un poco descarada de Miguel la que no había dejado lugar a duda en Demetrio y por lo que éste siguió con el juego. Ya para entonces, su nombre sonaba mucho en el medio político, pero su imagen aún no era demasiado reconocida; podía seguir frecuentando lugares públicos casi sin complicaciones.

Nunca entendió por qué Miguel en ese primera aproximación se había descarado de tal manera, pero eso había simplificado las cosas. Entrar en conversación fue fácil, pues ni Mariana ni la madre de Miguel estaban casi nunca con ellos. Después de tres días de sondeos, Demetrio se sintió confiado para avanzar. Hacía mucho que había cancelado cualquier incursión homosexual; su futuro político estaba en juego, pero con Miguel era distinto, él no tenía nada que ver con su medio, no se aprovecharía de su posición, pues parecía ser bastante adinerado —y lo era— y su inesperada fascinación por Demetrio no tenía límites; comprendía perfectamente su situación y estaba dispuesto a aceptar lo que Demetrio pudiera ofrecerle. Al principio ambos tenían menos de cuarenta años y Demetrio vivió intensamente su primer gran amor y el que sería el único verdadero en su vida. Además, Miguel hizo realidad todas las fantasías eróticas de su amante, y no las limitaba a su persona, pues reunía para Demetrio, de la manera más anónima, a jóvenes hermosos y sin escrúpulos.

Miguel le profesa una inquebrantable admiración a su amante. Con el paso de los años han construido una relación sólida, de cariño y distensión para Orihuela. El inmenso y señorial apartamento que recientemente heredó Miguel de su madre, que murió de vieja en su propia cama, ha sido por años el refugio donde Demetrio se ha desahogado de todo lo que apuntala en el cargo y en su vida familiar. Pero Miguel quiere más que esporádicas visitas, pide pasión, locura, y Demetrio no está ya casi nunca para eso. A pesar de que Miguel ha sido la única persona a la que realmente Demetrio ha amado en su vida, cada vez le es más difícil frecuentarlo. Miguel lo tienta en estas últimas épocas con muchachos cada vez más jóvenes y atrevidos, pero es imposible, pues por más oscuridad que procura Miguel, la voz de Demetrio es inconfundible.

Muchas veces evoca lo que sería vivir plenamente ese amor que lo une a Miguel, y al final, todo concluye en una ironía: cuanto más poder acumula, menos libre es. Y sin embargo, se deleita soñando que por unos días nadie lo reconoce y pasea despreocupado por las calles con Miguel; que seduce a un muchachito; que toma café en las terrazas, y que hace lo que le da la real gana. Nada de eso es posible, ya que paradójicamente, lo que más ha procurado en la vida es lo que lo constriñe: la facultad de constatar que hay muy pocos arriba de él en el mundo (y decir en el mundo no es una exageración). Un placer lúbrico lo invade al comprobar cómo los que lo rodean se doblegan ante él; cómo la gente se reúne durante horas a lo largo de las vallas para verlo pasar, con esas caras de auténtica fascinación al tocarlo, a veces sólo con vislumbrarlo. Sí, sacrifica cualquier liberación terrenal por no perder esto que lo embriaga y que es capaz de anestesiar su inflexible introspección.

Sin embargo, en estas circunstancias en Isla Rota, Demetrio necesita a su amante más que nunca y no se puede permitir ni siquiera una indiscreción telefónica.

Se espabila; debe concentrarse pues hay mucho en juego y no puede permitirse divagar de esa manera, que es algo que le sucede frecuentemente, aunque parezca que siempre está en estado de reflexión. En ocasiones, sus subordinados ven en la actitud de su jefe el reflejo de un pensamiento profundo y asertivo, pero la mayoría de las veces Demetrio está pensando en cualquier tontería; lo que sucede es que ha aprendido a simular ese gesto bondadoso de alta espiritualidad, mezclado con una aparente sabiduría de gran estadista. Pero cuando se dice "cualquier tontería", es así literalmente: puede estar pensando en lo mal que le combinan los calcetines al viceministro o lo bien que huele

167

la nueva colonia que se puso esa mañana. Una de sus tácticas es hablar muy poco, dedicarse a oír con mirada escrutadora y sólo al final soltar, como bendición o maldición sobre todos, una frase (en tono bajo para forzar el silencio de los demás), que de vez en cuando nadie comprende, pero que todos reverencian porque es el señor presidente.

El ruido de la puerta lo hace girar con brusquedad. Es Artemio, que ha dado un portazo por descuido. Faltan pocas horas para la clausura del evento y tiene una pequeña reunión con Loyola para revisar las palabras de agradecimiento. Entre la clausura y la reunión con Cook dispone de menos de dieciocho horas.

Se siente muy relajado después de habérselo dicho todo a Mariana. Ya no tendrá que disimular frente a ella, ni dar explicaciones idiotas para cubrir su actitud nerviosa. Puede enfocarse por entero a afilar su lucidez para la reunión del día siguiente.

Pero aunque Mariana está al tanto ya de todo, su silencio al terminar de hablar Demetrio había sido más que elocuente: acepta tácitamente la complicidad, pero eso también la hace adquirir derecho a ciertas opiniones. Conociéndola, Orihuela está consciente de que Mariana le dará muchas vueltas al asunto antes de pronunciarse. Está también seguro de que esta complicidad no será gratuita; ya calibrará Mariana su ganancia exacta en todo esto.


Terminada la clausura, Orihuela se disculpa por no asistir a la cena, y tanto Mariana como él están dormidos a las diez de la noche; él con ayuda de somníferos.

El encuentro está marcado para las once y media. Demetrio desayuna temprano y fuerte, para no llegar con la digestión a medio hacer, y sí con energía. No ha pronunciado casi palabra durante toda la mañana. Mariana le sugiere un atuendo muy adecuado para la ocasión: traje de lino color arena, camisa blanca inmaculada y una corbata delgada y discreta; simplemente deja todo listo encima de la cama, para cuando su marido salga del baño. Es un signo de apoyo y de cuidado que para Demetrio significa mucho.

Pide a Artemio que le avise cuando sean las once, para tratar de relajarse lo más posible sin estar pendiente del reloj. Se recuesta en el sofá con los ojos cerrados después de hojear superficialmente los periódicos que han llegado ya a la isla. Por fax recibe el resumen de prensa que le envía Rangel. Procura dejar de pensar en su idioma, ya que en eso tendrá que ceder, Cook no habla otra lengua más que la propia.

A las once entra Artemio a la suite para avisarle que ya es la hora. Demetrio se viste con calma, se acomoda cuidadosamente la grabadora y el micrófono y sale camino a la reunión con el espíritu muy alto y con las ideas lo más nítidas posibles en su estado.

Su comitiva lo espera a la salida del elevador y un enjambre de reporteros y fotógrafos va siguiéndolo, empujándose, gritando las preguntas obligadas —que Orihuela ni siquiera escucha— y disparando un flash tras otro. Imagina que lo mismo estará sucediendo, y hasta con más cobertura, del otro lado, en la torre oeste, con el presidente Cook. La entrevista se fijó en "terreno neutral", a mitad de camino de sus habitaciones en un austero salón, para facilitar la inspección de los equipos de seguridad de ambos presidentes. Artemio le reporta a Demetrio que el registro se ha hecho hace sólo un minuto e indica que todo está limpio de micrófonos o cámaras. Por supuesto, tanto Orihuela como Cook llevan encima pequeñas y sofisticadas grabadoras de alto registro, con cintas que usualmente guardan en cajas de seguridad absolutamente personales.

Llega Orihuela con la adrenalina alta por la caminata, los destellos de las cámaras y la excitación al comprender el momento que vive.

Artemio es el último en ver al presidente entrando en el salón, ahí lo espera Smithson, quien con diplomacia cubrirá el vacío en lo que arriba su jefe. El murmullo que se percibe fuera del recinto va creciendo, anticipando que el presidente está por entrar.

Un hombre como él, entrevistándose con el hombre quizá más influyente del mundo, en condiciones casi de igualdad. Es maravilloso lo que ha conseguido con paciencia y manteniendo siempre muy arriba su objetivo. Los segundos se alargan para Orihuela en espera de Cook al que siempre ha envidiado. Le irrita pensar lo fácil que ha sido todo para este hombre nacido en una prominente familia. Su única pena fue perder a su padre siendo un joven recién egresado de la universidad. No deja de reconocer que Donald sacó inteligente provecho a su importante herencia y al halo de orfandad que con cuidado alimentó. Los contemporáneos de su padre le dieron buenos consejos para invertir su dinero y una amiga de su madre le procuró una impecable esposa que puso a parir desde el primer año de matrimonio, hasta procrear seis hijos. Le gusta la buena vida y lo demuestra la complexión rolliza que procura disimular con trajes magníficamente cortados. Cada vez que Demetrio comprueba que él está en mejor forma que su colega, algo de su condición de inferioridad se siente compensada. ¡Tanto peso como ha ganado desde que venció su dependencia al alcohol! Hace veinte años que no prueba una gota, pero a él nadie puede aplicarle la clasificación de alcohólico. Un periodista se atrevió a mencionarlo muy de pasada en un artículo y en cuanto pasó el furor del pequeño escándalo, desapareció y nadie ha vuelto a saber de él.

Orihuela sabe muy bien que Cook llegó a la presidencia gracias al apoyo de los hombres con más fuerza económica en la rama de los energéticos y en la industria alimentaria. Él mismo posee un capital nada despreciable metido en ellas. Pero Demetrio no deja de sorprenderse de cómo, desde hace tiempo, nadie repara demasiado en el hecho de que empresarios con intereses tan concretos controlen también los estados nacionales, haciendo de esto el más grande negocio de la historia después de la monarquía; los nuevos y democráticos súbditos votan por estos hombres de negocios sin cuestionar su clarísimo conflicto de intereses.

Éste es, por supuesto, el caso de Cook, quien con esa mirada penetrante y abierta sonrisa (que Demetrio está resignado a tolerar durante toda esta entrevista) ha cimentado una nítida imagen de hombre sin pelos en la lengua. ¡Y además esa desagradable voz, tan potente y nasal que avasalla en cualquier sitio!

Es bien sabido que Cook es un hombre capaz de duras venganzas personales, y esto no se le escapa a Demetrio. Éste, que ha estudiado muy concienzudamente a su homólogo, piensa utilizar el odio que democráticamente siente tanto por los rojos como por los de ultra derecha; a todos los persigue como delincuentes y enemigos de la nación, cosa que a su pueblo tiene cautivado, pues sienten que han vuelto a adquirir su identidad nacional, siempre condicionada a las características de un renovado enemigo. Escucha Demetrio cómo el barullo crece y disminuye casi de golpe, anunciando el arribo del mandatario.

Cook se acerca a la salita improvisada en el centro del salón y saluda cordialmente a Orihuela. Con un traje marrón y camisa beige resulta una figura más apagada que su colega Orihuela. El secretario de Estado sale y con un ruido amortiguado cierra la puerta. El tiempo empieza a correr.

—Estimado Demetrio, hace bastante tiempo que no nos encontrábamos y me da mucho gusto —dice Cook dando por comenzada la conversación.

—Lo mismo digo Donald —responde Demetrio usando el nombre de pila del mandatario para establecer lo equiparable de sus cargos.

—Bueno… son dos cosas las que me interesan que tratemos. Primero, quiero darle una salida diplomática, con algunos matices legales, al asunto camaronero. La propuesta es la siguiente —y le extiende un sobre que saca del bolsillo interno de su traje—. Aquí la tiene por escrito; pero déjeme comentársela *grosso modo*. Verá, diremos que mi gobierno ha intercedido por ustedes con las compañías pesqueras y que se indemnizará a su país después de algunos cálculos. Habrá que establecer también que en un futuro próximo se aprobará un permiso especial, expedido por su gobierno, para la navegación de esas naves por sus aguas nacionales. Le tomará un minuto leer el reporte; si está de acuerdo, lo podemos anunciar terminando esta reunión —dice Cook saldando, con total ligereza, un problema de meses que ellos mismos habían creado.

Aunque no es su principal preocupación, Demetrio se alegra de lo que lee en dos páginas escritas en papel sin membrete y con mucha sencillez. Está de acuerdo en todo y no puede perder tiempo negociando algún punto para no verse tan sumiso, pues no es momento de sutilezas. Se toma sólo un par de minutos y dice:

—En general, todo está correcto, sólo debemos dejar muy preciso que el Congreso de mi país es el que decidirá sobre este particular. Por mi parte, presentaré un proyecto de ley que enviaré a las dos cámaras en la primera oportunidad. Yo creo que no habrá ningún problema, sólo será cosa de esperar unas semanas, en las cuales, y aquí le pediré que me apoye, no podrá entrar a nuestras aguas nacionales ningún barco, sin excepción —dice Demetrio quitándose la puntilla con ese inocuo comentario.

—No se preocupe. Yo me comprometo a que los barcos se mantengan por ese tiempo en aguas internacionales —Cook reacomoda su postura en el sillón, señalando el cambio de tema. Toma el trago de agua de cajón para empezar el nuevo inciso y empieza a hablar suave y lento, como para que no quede ninguna palabra sin comprender—. Bien… Tengo otra preocupación que me gustaría compartirle.

—Usted dirá —responde Demetrio saboreándose de antemano el platillo que viene a la mcsa.

—Es el asunto "Vargas". Desde el día en que apareció en la prensa el tema de su intención de estatizar las aguas dulces de su país, no han dejado de preguntarme, personas de mi gabinete, así como gente de alto nivel, qué hay de cierto en todo esto. Sé que hace un par de días habló con Vargas, y siendo usted más cercano a él que nosotros, podría enterarnos de qué está pasando.

—Es una circunstancia muy delicada para mí hablar de esto —dice Demetrio, empezando en un tono mesurado que no podrá mantener, pues hay que utilizar hasta el último instante—. La verdad Donald, yo también estoy preocupado. Aunque nos une con Pestrana una amistad de siglos, éstos son tiempos decisivos en la historia del continente. Efectivamente hablé con Vargas y me dijo que por ahora no piensa hacer ningún cambio en la regulación de las aguas. Él está muy angustiado porque se le viene encima un nuevo escándalo… —deja caer suave Demetrio, haciendo una pausa dramática con el consabido sorbo de agua, que esta vez, además, sí necesita. Cook espera paciente a que juegue su silencio.

Con gesto fingidamente compungido Demetrio reinicia su relato:

—Pues lo del agua removió una vieja disputa de unas tierras forestales que se presumía eran de Vargas y que estaban bajo un prestanombre: el hermano de su vicepresidente. El escándalo del agua ha salido a remover esto, pues uno de los ríos más importantes nace precisamente en esas tierras. Ahora bien, no estamos seguros de que Vargas esté jugando un juego tan sucio, él me lo negó, pero yo… debo confesar que tengo mis reservas, como es natural. Finalmente, tener en sus manos una carta tan crucial como la tenencia de la fuente de energía alternativa y además el elemento natural más importante para el ser humano, es para utilizarla de una u otra manera. A mí me dio la impresión de que Vargas está buscando un aliado en esta decisión y quiso establecer la posibilidad con nosotros. Yo le confieso que terminé la conversación con evasivas, pero dejando la puerta abierta para no ponerlo sobre aviso. Eso es todo lo que puedo decirle.

—Pues me deja más preocupado de lo que estaba —declara Cook auténticamente consternado. Se arremolina en el asiento asimilando lo que Orihuela acaba de decirle hasta que estalla—: ¡Es imperativo para ustedes y para nosotros que el continente esté unido en esto! Iniciar una campaña de estatizaciones puede dar al traste con años de buen trabajo en las finanzas públicas. Y estas cosas son contagiosas. ¡Además, no podemos permitir que se juegue con el futuro de la humanidad a manos de unos cuantos que quieren beneficiarse con los recursos preciosos de sus países!

A Demetrio le resulta increíble cómo estos personajes tan siniestros y retorcidos pueden tener exabruptos de tal cinismo. Pero el de Cook es un poder tan descomunal que no exige recato.

—Estoy de acuerdo con usted. Mejor que nadie, está usted al tanto de que llevo dos periodos presidenciales luchando contra los intentos de algunos políticos de retroceder a épocas pasadas… Pues usted dirá cómo podemos hacer frente a esto.

—No lo sé amigo Orihuela. Éste es un problema que me gustaría borrar ahora, pues tengo demasiadas cosas que atender —parece que Cook prefiere no ocuparse del caso y eso es lo que Demetrio necesita oír.

—La cuestión es muy seria y habría que tomar medidas proporcionales… —dice Orihuela sin quitarle el ojo a su interlocutor, que asiente discretamente; lo suficiente para que Demetrio, después de medirlo con sus mejores instintos, se atreva a continuar:

—Yo podría… hacerme cargo en un plazo razonable, digamos en dos o tres meses —deja una pausa que pende suave, y es ese silencio el que le da la garantía para seguir—. Sólo le pido una comunicación personal y privada entre el secretario de Estado, Smithson, y mi secretario privado en alguna fecha para informarles.

Cook fija la mirada en Demetrio. Tiene que decidir en sólo unos minutos si convertirse directamente en cómplice de un oportunista como Orihuela o encargarse él mismo de Vargas de una u otra manera. Su política exterior está sostenida por hilos muy delgados en todo el continente, tiene el pie metido en todos los países y no sería la primera vez que pusiera y quitara a uno de esos gobernantes; pero Orihuela está muy interesado en encargarse él mismo y no entiende el motivo. No le gustan ese tipo de misterios. Si Orihuela no le habla sinceramente es imposible pensar en unirse a algo tan delicado.

—Exactamente qué gana usted en esto. Si nos entendemos, quizá podamos avanzar. Pero hábleme bien claro.

Pero a lo que justamente Demetrio no está acostumbrado es a hablar claro. Es un maestro de la simulación, y un negligente en lo frontal. Además, qué más le da a este tipo cuál es su interés personal, si él le va a quitar de en medio su problema. Sin embargo, con este hombre no se juega. Éste es un momento muy puntilloso: un descuido y resbalaría sin remedio.

Acerca un poco el cuerpo hacia Cook anunciando una confidencia. La estrategia de Demetrio es hacer patente su respeto hacia el otro y no parecer querer pasarse de listo.

—Mi país me tiene muy inquieto. Desde hace ya varios meses que se oyen rumores de intentos de las organizaciones de inmigrantes y de un sector de la izquierda para colocar a su hombre más fuerte como candidato en el partido de oposición, y las campañas electorales por la presidencia están por comenzar. Esto significa una radicalización que no esperábamos y que tenemos que combatir. Si ganan la presidencia en las próximas elecciones, tendremos muchos disgustos. Nuestra Constitución prohíbe una segunda reelección y desgraciadamente, y en esto me culpo, nuestro partido no tiene ningún candidato que pueda dar la batalla. La gente está descontenta y ante cualquier promesa de cambio va a reaccionar. El único modo de que esto no se dé, es que otra preocupación tome el lugar del descontento. Necesitamos sembrar esa preocupación. La gente no calcula el peligro que corre si le da el triunfo al partido de la izquierda. Como usted bien lo señaló, regresar a los esquemas de antes sería el tiro de gracia a nuestra economía, ninguno de los países líderes querrá tendernos la mano. Quieren rehacer las leyes hacia un patrón nacionalista que ha pasado a la historia; hay quienes no lo quieren aceptar —Demetrio nota cómo va impacientándose su colega y es justo lo que busca, llenarle los oídos de todo aquello que más detesta: los defensores de las soberanías nacionales de cualquier extremo del espectro político.

Sigue unos minutos más explicándole el peligro terrible que corren los inversionistas si el partido de oposición llega al gobierno. Por supuesto, aclara que no hay casi posibilidades de que ganen unas elecciones, pero la sola mención de las organizaciones de inmigrantes le pone los pelos de punta a tan distinguido amigo.

Cook ya ha comprendido el panorama e interrumpe:

—Amigo Orihuela, dígame en concreto qué tiene pensado para salvarnos de esta amenaza —esto lo dice en tono casi de burla, pues por más que borde el contexto, a Demetrio se le asoma el plumero a la distancia. Pero, sin lugar a dudas, Cook prefiere a este sumiso y corruptible sujeto, que a uno nuevo que sería un quebradero de cabeza con el que habría que empezar desde cero y que durante un tiempo trataría de defender su honor. Lo cierto es que Orihuela ya forma parte de la nómina y no es de los más caros ni complicados. Cook empieza a ver con interés la permanencia de Orihuela en el mando, pues esto conllevaría a que sus planes para entrar en las aguas del Sur estarían garantizados, ahorrándose el esfuerzo y el riesgo de "trabajar" al presidente entrante. Si Orihuela arma bien su teatro, él estaría dispuesto a apoyarlo, valorando además su ganancia en el terreno político, pues en lo estratégico ya están muy colocados dentro del país. Sabe que es muy probable que lo del candidato de la izquierda sea un fantasma creado por Orihuela, pero no sería nada descabellado pensar que pudiera existir. De todos modos investigará, aunque esta jugada es mejor arreglarla de una vez.

No obstante, lo que Cook quiere saber con precisión es a quién se culpará y en dónde encajan ellos para salvar a "los buenos". Se lo pregunta poco más o menos con esas palabras, y Demetrio, con su discurso rebuscado de siempre, le dibuja el panorama de los malos muchachos neonazis que tanto le han quitado el sueño. O sea, matarían tres pájaros de un tiro: a los migrantes, a los nacionalistas y a Vargas. El Norte, ante todo esto, quedaría como el país bienhechor, solidario e impoluto.

A Cook le suena bien, pero en seguida le hace entender a Orihuela que si algo sale mal, lo dejará sólo.

Demetrio lo sabe perfectamente, como sabe que en cuanto él no le sea indispensable, lo va a traicionar; como siempre lo han hecho ellos, volviendo enemigo al viejo amigo y terminando con él usando toda su fuerza. Cuántos presidentes, antiguos amigos suyos, están ahora jugando cartas unos con otros en la cárcel de Minton.

—Estimado Donald, sé perfectamente que tendré que enfrentar solo los riesgos, y nadie más que yo asumirá los costos.

Cook detiene el ritmo de la conversación para meditar su respuesta. Orihuela siente los segundos pasar como una tortura. Si llega a negarse, el plan se vendrá abajo y él se habrá puesto en evidencia de la manera más flagrante; su futuro en los organismos internacionales será casi imposible, Cook mandará aviso de que Orihuela no es de fiar, que no pertenece ya al "grupo".

Demetrio no sabe dónde poner los ojos. Oye finalmente una inhalación de Cook, que preludia que ha tomado una resolución. Demetrio se endereza en el asiento y lo mira fijamente. Éste simplemente asiente con la cabeza, se levanta, le tiende la mano a Demetrio y dice como si de pronto estuvieran enfrente de un atento auditorio:

—Me ha dado mucho gusto charlar con usted. Le deseo lo mejor para usted y los suyos. Estaremos en contacto. Smithson esperará noticias suyas.

—Donald. Le agradezco mucho su generosidad, como siempre. Que tenga usted buen viaje —dice torpemente Demetrio, que por fin respira con unas ganas inmensas de llegar a su habitación y relajar tanta tensión.

No puede seguir de largo sin hablar con la prensa. Cook ya había dicho que no daría entrevistas; lo hace habitualmente y no le reprochan por ello. Pero él no es el presidente de la nación más fuerte del mundo, ¡qué se le va a hacer!

Sin informar a sus subalternos, Demetrio se enfrenta a los periodistas al salir del salón de reuniones.

—Amigos de la prensa… voy a ser breve, pues nos espera el viaje de regreso a casa. El presidente Cook y yo, preocupados por el tema de los barcos camaroneros, hemos conversado y emprenderemos una labor de conjunto para solucionarlo. En un par de días enviaré un proyecto de ley para reglamentar el acceso de barcos extranjeros. Por su parte, el presidente Cook se comprometió a hablar con las compañías pesqueras para que salgan de nuestras aguas hasta que el resolutivo de ley haya sido discutido. No aceptaré preguntas, pues todavía tenemos algunos pendientes que atender. Les agradezco mucho su paciencia y su comprensión.

Mariana, nada más verlo entrar comprende que Cook accedió. Hasta ahora no le había dado al asunto la menor consideración. No quería pensar en balde hasta no tener el visto bueno del mafioso puritano de Cook.

—¿Contento?

—Sí. Pero sobre todo descansado. La presión ha sido muy grande. Voy a tomarme un coñac, ¿te apetece algo?

—No, gracias. Te felicito. Ya hablaremos con más calma cuando estemos en casa. Voy a salir y vuelvo para irnos.

Le apetecía a Demetrio que su esposa se quedase para conversar con ella en la terraza, pero demasiado ha hecho Mariana considerando su natural indiferencia, piensa.

Ahora no tiene sólo un plan, ahora es un compromiso y esta idea le rebota en el estómago como una patada. Ya no hay vuelta atrás y desafortunadamente depende de varios factores para que todo salga como él quiere.

No deja de hacer una suma mental: son ya cinco las personas que están al tanto del asesinato de Vargas. En poco tiempo tendrá que decidir qué va a hacer con cada uno de los enterados después de consumado el crimen.

## XIV

Algo ha resucitado en Jan. Su piel, detenida en un suspiro, respira ahora esas yemas cálidas que le reanimaron deseos dormidos y una oleada erótica que es más profunda que el solo deseo.

Cada recuerdo cubre a Jan de una humedad que sabe a esa lágrima que se quedó en sus labios. La dulzura del tacto de Soledad había querido quebrar las barreras que construyó desde el día en que la conoció.

Piensa en Soledad y en su templanza, envuelta en esa sonrisa de Gioconda; su mirada que desnuda la esencia de todo lo que ve; su voz grave y susurrante que nombra a las cosas sin rodeos; la luz de su cara que es como el reflejo del mármol.

Reflexiona en que hace ya tiempo que piensa en ella sin advertirlo. Recuerda noches en las que entre la vigilia y el sueño —en el instante en el que se confunden la realidad y los anhelos—, lo último en lo que piensa es en ella; así la ha ido eslabonando en sus sueños sin despertar su propia conciencia. Cuántas noches, al enturbiarse la razón, ha recreado la sensación de su presencia entre las sábanas.

Acurrucado en las últimas horas de la madrugada, desmadeja una a una las caricias de Soledad. El reanimarlas denuncia su miedo, en oposición a la natural osadía de ella. Él nunca ha sido un cobarde y no cree serlo ahora; sin embargo, de esa manera se percibe. Pero hay algo más: está triste, tan triste como si alguien querido estuviera a punto de fallecer.

Y así es, pues dejará morir a Soledad.

A pesar del anhelo que ella le incita, hay algo que no se disipa y que le impide (como le impidió aceptar su beso), imaginarse junto a ella. No puede sobreponerse al temor de enfrentar la tristeza, la desesperanza latente de Soledad. Vio ante sus ojos cómo Renata fue destruida por la locura. Y aun cuando Soledad padece lo opuesto, pues su mal es su conciencia, esa sensibilidad a flor de piel, esa objetividad absoluta que no le permite volver a soñar, las dos mujeres se encadenan en la imposibilidad de enfrentar la vida con esa torpe imprescindible destreza de los que despiertan cada día dichosos por el sólo hecho de estar vivos.

Si al menos ella encontrara un hilo, por más delgado que fuera, que la atara al simple deseo de vivir. Si encontrara una pequeña razón para seguir adelante cada día… Ese escollo es para Jan más fuerte que su deseo, más fuerte que su naciente amor por ella.

Lo más sencillo sería huir y no volver más a aquella casa que tantas bendiciones le ha traído. No sería hacerlo como un ladrón, pues bien podría disculpar su presencia, liquidar los pendientes y no regresar más. Pero no lo hará; le ha prometido a Soledad que la va a ayudar, y al menos hasta que su mano esté recuperada, no irá a ningún sitio.

No supone qué piensa ella de ese impulso suyo. Quizá esté avergonzada o arrepentida. Sin falta, se reencontrarán en unas horas y lo más probable es que el más perturbado sea él. Está aturdido por sus deseos y sus temores, mezclados en el mismo umbral.

Ha dormido mal y se levanta harto de dar vueltas en la cama.

Cuando llega al café no ve a Queta y pregunta al dueño por ella.

—¡Ni se imagina! La mosquita muerta se nos fue con el señor aquel que a la hora de la comida se sentaba ahí, en la mesa cuatro —reprocha el hombre señalando hacia la mitad del comedor.

¿Quién lo iba a imaginar?, a Jan le parece una maravillosa noticia, pero contiene una sonrisa frente al hombre.

Manuel está en su mesa con cara de pocos amigos. Antes de que Jan tenga tiempo de sentarse, su amigo ya está despotricando:

—Este cerdo de Orihuela considera que nos vamos a tragar tan fácil su proyecto de ley para que al final entren los barcos extranjeros a nuestras costas como por su casa. Ya habrá acordado algún precio con el sinvergüenza de Cook.

Pero Jan tiene la cabeza en otro sitio y no ha oído a su amigo.

—¿En qué estás pensando que no me haces ni caso? Olvídalo. Vamos a ver, cuéntame de tus progresos culinarios.

—Pues nada…, ayer me convertí en un experto en hacer masa de hojaldre, la del mil hojas —hace una pausa mientras le ponen el desayuno y encamina la conversación hacia Soledad—. No te había preguntado, ¿te gustó la comida de Soledad?

—Pues claro que me gustó, ¿no viste todo lo que comí ese día? —viendo que su amigo sigue absorto, lo pulla—. No sólo me gustó su comida, sino que me gustó ella… es muy interesante. No es bonita, pero después de un rato… se torna atrayente —escudriña a su amigo que no puede ocultar su desconcierto y añade con malicia—: ¿Te importaría que la visitara?

Jan se ruboriza al ver lo mal que disimula su disgusto.

—Haz lo que quieras —dice, sintiéndose molesto y abatido.

Sale pronto del café, pues va retrasado. Cuando llega a la puerta de la casa puede oír la voz de Soledad en la cocina y se siente como un adolescente esquivando a la chica que le gusta. Se detiene, respira profundo y se reprende por su actitud. Pero no hay caso, sigue igual de nervioso.

Cuando la ve, el aire que la envuelve no es el mismo que el de ayer.

Tiene ya el delantal puesto, un trapo en la cintura y mueve algo en una olla de cobre. Ha empezado sin él. En Soledad no se advierte nada fuera de lo normal; como si hubiese olvidado que hace sólo unas horas ha acariciado el rostro de Jan con tanta alevosía.

—Hola. Estoy tratando de hacer un bechamel, pero qué bueno que estás aquí. Estoy hecha una inútil sin esta mano, parece mentira que sea tan imprescindible.

Jan toma la cuchara de madera y empieza a mover la salsa como ya sabe hacer. Soledad le lleva un delantal y con la mano sana le pasa el lazo por el cuello, no puede amarrar el cordel de la cintura y él no suelta la pala del bechamel, así que se enroscan al sobreponer el lazo en el pantalón y sujetarlo mal con su propio cinturón. Les entra una risa tonta, más nerviosa que justificada por el aprieto. Soledad busca su mirada. Él teme esos ojos marrones, que con cada nuevo destello lo aturden sin remedio. No puede trivializar unos ojos tan llenos de significado, y quizá por eso le devuelve una mirada seria, rayana en la indiferencia. Sabe que a Soledad lo que le sobra es esa infinita capacidad de entender sin palabras, pero Jan la sobreestima, pues si bien para Soledad no es un misterio que sus caricias han provocado en Jan emociones encontradas, se figura que descifró mal los sentimientos de éste por ella. El día anterior, ella no había hecho más que seguir un impulso y tenía esa importancia, la de algo que se impuso al orden porque venía de algún lugar inexplorado, que podía ser irracional, imprudente, pero que sin embargo era mucho más fiel a lo que sentía que lo que la razón le dictaba.

Ayer, después de ese arranque, Soledad pudo confirmar que siente algo por Jan, algo que quizá tiene que ver con el amor y que nunca antes había experimentado; una sensación intensa, envuelta en deseo, aunque más dulce que las simples ganas sexuales. No lo quiere analizar; está esto que siente, pero que es sólo una semilla. ¡Qué pena que Jan haya tenido miedo! Y decide dejarlo ir así como había llegado y no dar explicaciones a sus actos.

Soledad organiza la jornada para terminar el trabajo a las cinco de la tarde. Comienzan las labores y nota que Jan está más callado que de costumbre. Ya se le pasará, piensa. Hoy harán "causa rellena" de langostinos, un plato peruano estupendo para el verano; y un *roast beef*; de postre, un *soufflé* helado de frambuesas: una auténtica delicia. Jan se intriga con la "causa", que es una especie de puré de papas consistente, con un poco de limón; con eso se forma una cama para una mezcla de langostinos cocidos (u otro tipo de carne) y mayonesa; se enrolla y se guarda a refrigerar. Soledad se entretiene pensando qué estupendo es tener a un hombre fuerte que pasa por un tamiz las papas calientes sin hacer demasiado esfuerzo. Envidia los brazos musculosos de Jan; ella es resistente, pero no muy fuerte.

Comen con doña Hortensia, que está radiante después de un paseo por San Isidro. Al terminar el postre, la mujer se ofrece a decorar la causa. Huelga decir lo elegante que deja el platón y esto sólo echando mano de un poco de mayonesa y unas tiritas de pimiento rojo.

Jan a cada minuto está más nervioso y se le nota un ligero mal humor, pero Soledad no tiene ganas de darse por enterada. El juguetero no puede dejar de atisbar cada uno de sus movimientos: su boca, cada vez que prueba una salsa, o cómo glotona come una frambuesa; todo en ella le cautiva: cada roce, cada sonrisa y cada silencio; es como una comezón que no se puede, ni debe, rascar, y que no desaparece. Le preocupa estar equivocándose y le preocupa no equivocarse.

Alrededor de las cuatro, la incomodidad de Jan es aún mayor. Se percibe a sí mismo pusilánime y ridículo al no poder enfrentar con Soledad lo sucedido. Él quisiera aclarar las cosas, ¿pero qué cosas? Nada había pasado…, pero todo ha cambiado. Está en una de esas situaciones en las que no hablar se interpreta como descortesía, y hablar, una imprudencia. De pronto, avisa que estará en su taller y que bajará más tarde.

Hace días que no trabaja y extraña sus herramientas, sus hábitos, sus juguetes. Se hace un café. Se sienta frente a su mesa de trabajo, toma un trozo burdo de madera y empieza a lijarlo, sólo para tranquilizar sus pensamientos. Todos esos desatinos durante la mañana no son propios de él. Está luchando contra algo que tiene que encarar.

Soledad no ha bajado aún cuando regresa Jan a la cocina. Su incipiente aplomo se vuelve humo cuando la siente entrar.

—¿Qué te aconsejaron tus juguetes? —le pregunta Soledad con un dejo de picardía.

—Me regañaron por cobarde, Soledad.

La chica lo mira como quien ve alejarse un velero en alta mar; se va haciendo pequeño y difuso hasta desaparecer frente a ella. Soledad finalmente le sonríe.


Oye el portón cerrándose tras Jan y permanece como en medio de un suspiro. Termina de ordenar los platones y sube a su habitación.

Está inquieta; no puede evitar llevar a aquel hombre en la mente.

Aunque ella no lo sabe aún, algo completamente inesperado y misterioso había sucedido la noche anterior: cuando palpó el calor en la piel de Jan, fue como si una válvula se abriera, devolviéndole de golpe la capacidad de soñar.

Toma el libro que está leyendo y sus líneas no le dicen nada, lo deja y busca en sus cajones medio vacíos algo que la distraiga.

Frente a ella, el papel en blanco ofrece su inmensidad. Tiene sus lápices recién afilados y las hojas un poco toscas, como a ella le gustan. Algunas veces escribe sólo por ordenar sus ideas; otras, para narrar alguna historia, y otras, para anotar lo que a nadie confiesa. Y en esos momentos necesita escribir un cuento que la lleve a otro mundo.

"Era mediados de mayo y los pájaros no cesaban de cantar todo el día y hasta muy tarde, cuando tarde caía la noche. Esos días largos, provechosos por el sol y por las almas que tanto lo precisan después de su ausencia de meses. La bella se bañaba en la fuente que formaba el río en su parte más baja. Caían dos chorros de agua, pequeños y diferentes, uno hacia adelante, otro sólo dejándose caer. Las aguas transparentes revelaban su cuerpo desnudo y más blanco de lo que era: un cambio de tono y de volumen que el agua provocaba en su piel. Ella prefería siempre el agua. ¡Cómo le hubiera gustado nacer sirena! Algunas veces lo creía de verdad. Entraba a las aguas de la fuente y las convertía en su palacio. Nadie gobernaba esas aguas más que ella, que tampoco las gobernaba, porque no necesitaban ser gobernadas. Las algas le acompañaban como sus verdes súbditos y las flores como sus hadas. Varios dones le habían concedido esas hadas: la belleza, la inteligencia…, pero no la habían dotado de paciencia. Cada segundo pensaba en el siguiente y en lo mucho o poco que le traería. Quería que por el cauce del río viniera un varón hermoso y sano, y que, sin necesidad de decirle nada, encontrara su sitio junto a ella, en su palacio, en su fuente.

"Despertaba la bella cuando el frío y la oscuridad se le imponían. Debía dejar su casa y olvidar sus sueños. ¿Cómo permanecer encantada y no tener que irse nunca? Los pájaros la salpicaban con su baño y un pez amarillo contrastaba con sus piernas rosadas. ¿Por qué si hacía tanto tiempo que esperaba, nadie había llegado a su fuente? Se puso triste y lloró lágrimas que se mezclaron con las aguas más dulces del río. Si la providencia la había bendecido con tanto, ¿por qué a nadie le importaba? ¿Era porque se envanecía de ello?, o ¿porque en los sueños nadie puede entrar? En los sueños estamos solos y nadie nos observa, a nadie importamos, sólo a nosotros mismos, que nos vemos una y otra vez en un sitio y en otro esperando algo que no existe en el río; que sabemos cómo es, pero que no aparece, porque ahí no existe. ¡Pero si lo podemos definir con tanto detalle, si lo podemos describir y casi sentir!, ¿por qué no aparece simplemente, para no tener que salir nunca del agua, de la fuente?!

”La bella salió del agua sintiendo el frío de la noche y por su oscura presencia dejó de ver la fuente. Pues sin sol no había fuente, sin sol no había río.”


Soledad se queda dormida leyendo su propio cuento.

En la mañana se ve en la misma posición en la que se había dormido, con las hojas entre los dedos y la colcha arremolinada en los pies.

## XV

Un buen presagio de que todo va por buen camino es la cobertura de prensa de la entrevista con Cook. Todos los periódicos nacionales, excepto *La Opinión*, como es habitual, calificaron como positiva la iniciativa de ley que el Ejecutivo envió al Congreso. Bernardo Terán y Martín Loyola habían trabajado en ella desde que subieron al avión, y la tuvieron lista dos días después.

Cuando Demetrio llega a la Casa Dorada, lo primero que encuentra es que la compañía Neptune, por medio de su director en el país, le ha enviado una discretísima nota que reza:

Muy estimado señor presidente Orihuela: Estamos para lo que se le ofrezca y cooperaremos como mejor convenga.

La firma el director de la compañía, pero no tiene fecha.

¡Sí, claro! ¡Qué atentos!, piensa Demetrio y guarda la nota en su caja fuerte junto a la grabación de la conversación con Cook.

Octavio ha esperado ansioso la llamada del jefe. Son ya las siete de la tarde y ni sus luces; se quedará en su oficina hasta la media noche por si acaso. A ciencia cierta no sabe si todo ha salido bien, aunque lo supone.

Pero es hasta el día siguiente que Demetrio llama a Octavio a su oficina; no quiere que se sienta tan seguro de su posición, si bien esto los une más que ninguna otra cosa. Demetrio no deja de pensar en lo peligroso que es que un hombre tan inescrupuloso como Octavio esté al mando de semejante operación. Y sin embargo, es la única persona de su total confianza.

Todavía Orihuela no le piensa comunicar a Vargas "lo bien que le había ido con Cook", pues quiere ponerlo nervioso durante varios días, hasta que sea el mismo Rolando quien lo llame; eso podrá medir con más precisión su nivel de ansiedad. Por supuesto, Demetrio, aunque le saliera una úlcera, jamás llamaría en una situación semejante, pero Rolando es todavía muy joven. Además, necesita tiempo para precisar la fecha de la visita oficial y así afinar todo como una máquina bien aceitada.

Se encuentra muy excitado, todo esto lo pone intranquilo y chispeante a la vez. Es una especie de adrenalina que lo asalta cuando menos lo espera: mientras habla con alguien, de pronto, una palabra lleva a su subconsciente a las connotaciones del plan, o por instantes ve a Vargas caer junto a él y acto seguido un torbellino de brazos, voces, destellos a su alrededor. "Pasará muy rápido", se repite para tranquilizarse.

Octavio y él se reúnen en el saloncito adjunto a la oficina presidencial. Previo a la cita, un incondicional de Rangel, Narciso, ha revisado el lugar buscando posible espionaje electrónico. Todo limpio. Aun así, Octavio llega por el acceso exterior y lo verifica él mismo.

Demetrio entra muy serio, se sienta y le hace señas a Rangel para que haga lo mismo.

—Tenemos luz verde —y sin detenerse a ver la predecible reacción de contento de su asesor, continúa—. Necesito una planificación exacta, detallando hasta lo más insignificante el posible escenario. Me harán falta planos, horarios, equipo y los pormenores de las poquísimas personas involucradas; todo esto antes de que muevas nada, por supuesto —se toma una pausa, levanta la mirada y concluye volviéndose a Rangel—: Cuando me presentes un plan que alcance mi aprobación hablaremos para que te entrevistes con Smithson.

Octavio ve que su amigo no dice una palabra más, así que se pone de pie.

—A sus órdenes, señor presidente —y sale exaltadísimo.

¡Ahora sí que no puedo hacer ninguna chapuza, estamos actuando en ligas mayores y a ese nivel debo responder! ¡Qué responsabilidad!

Ni Demetrio ni él tienen idea sobre estas cosas. Conjetura que se requerirá de un francotirador, al que sin embargo van a contratar sólo para la ejecución, pero no para la planeación. Están solos y además vigilados por los del Norte. Sabe que Orihuela no puede confiar para esto ni en sus hombres fuertes en el departamento de inteligencia ni en los militares de más alto rango, aunque todos ellos hayan perpetrado todo tipo de acciones violentas cuando ha sido necesario.

Demetrio esperaba que pasara al menos una semana, pero al cuarto día, Vargas ya está comunicándose con él; el problema es que no ha definido aún la fecha para la visita.

Orihuela se toma varios minutos disculpándose por no haberse puesto en contacto antes.

—No creerás cómo siento no haberte hablado nada más llegar. Ya te imaginarás el revuelo del nuevo proyecto de ley. Estuve trabajando como no tienes idea —miente Orihuela al teléfono y aprovecha para adornarse con trabajo ajeno, ¿por qué no?

—Me lo imagino, ya me lo imagino, querido Demetrio —dice Vargas impaciente del otro lado de la línea.

—Querido Rolando, sobre tu asunto…, todo salió bastante bien. Nuestros amigos están más tranquilos. Hablé con el presidente Cook y lo puse al corriente del estado de cosas. Tú no te preocupes. Quiero que sepas que estoy para lo que necesites. Entre nosotros tenemos que apoyarnos, ¡faltaría más!

Así, continua un rato, gozando de su posición frente al empequeñecido Rolando, para pasar después a lo más importante, para él.

—Como te había comentado, creo que sería muy oportuno que te dieras una vuelta por aquí. Eso fortalecerá nuestros proyectos juntos, que serán muchos. Mañana o pasado te llamo para fijar la fecha. ¿Tienes algún compromiso impostergable en el mediano plazo, para tomarlo en consideración?

—Estos dos meses no saldré del país y no hay nada que no pueda aplazar para visitarlos, por supuesto —contesta dócil.

—Pues no se hable más. Nos comunicaremos con ustedes en estos días. Y tú tranquilo, mi querido Rolando.

Vargas cuelga agradecidísimo y Demetrio se queda con un pequeño hueco en el estómago: emociones encontradas entre el placer y la pena —esta última muy extraña en él—. Siempre se ha considerado un poco víctima de las circunstancias: de pequeño y adolescente a causa de su hermano; de joven por los muchachos ricos y bien relacionados que le llevaban la delantera, y en la carrera presidencial, por los otros "despiadados" candidatos. Cuando se siente vulnerado la venganza no le causa remordimientos. Pero ahora ve a Vargas como un corderito desvalido. Es lo mismo que abusar de un niño, eso lo apena y, a la vez, le atrae. Además, considera a Vargas bastante atractivo; en otras circunstancias hubiera intentado conquistarlo en lugar de asesinarlo.


Hace dos días que Demetrio no ve a su esposa. Tiene claro que tarde o temprano tasará el precio por su apoyo a la confabulación.

El sábado en la mañana suena el intercomunicador de

su habitación. Es Mariana que le pide que coman juntos en el jardín a las dos en punto. Esther, la seca asistenta de Mariana, ha mandado poner una mesa de sushi, ensaladas y canapés en el jardín para que ellos mismos se sirvan y nadie los interrumpa. Demetrio camina hacia allá con un whisky en la mano y el ánimo en tensión. Mariana llega puntual; lleva puesto un vestido ligero y un sombrero playero de ala ancha que le sientan muy bien. Toma un plato, se sirve algunas piezas de sushi y dice:

—Cuéntame cómo van las cosas.

Demetrio le formula toda una reseña de la llamada con Vargas y le explica que espera para el lunes el plan detallado de Rangel.

—No puedes confiar en ese hombre, Demetrio —sentencia categórica y serena—. Le he estado dando muchas vueltas. Rangel es un mediocre, por no decir un imbécil, pero ante todo, es un improvisado, y las cosas deben hacerse bien, no están para dejarlas en manos de un amateur. De ninguna manera. Tenemos que hacer lo que se precisa sin titubeos, pero sobre todo, sin errores —dice Mariana como si hubiera leído la mente de su marido.

—Entiendo tu punto —acepta Demetrio, poniéndose más alerta de lo que ya estaba sobre Rangel, ahora que Mariana lo retrata tan nítidamente.

—Demetrio, esto es algo que tiene que quedar en familia. Todo extraño puede traicionarte. Qué le importará a Octavio venderte por unas cuantas monedas; hasta lo haría con gusto. O, ¿tú crees que te perdona que seas tú el presidente y él el lacayo? "Todos los que no están a tu altura querrán tu cabeza", decía mi padre —Mariana hace una pausa para comer un bocado, se sirve un té helado y asesta el último golpe.

—Tengo dos peticiones, Demetrio. Primero, y no respondas sin pensar: creo que sería ideal que Félix organice el atentado —hace aquí una pausa para que su marido asimile lo dicho—. Sabes que es sumamente brillante, y lo más importante, quiero que empiece a construirse una sólida posición para gobernar. Sí, así es, llevo años pensando que debe sucederte. Quizá no de inmediato, pero en un futuro no muy lejano podría contender por la presidencia y quiero que se foguee. A ti no te vendría nada mal que tu hijo te sucediera, aunque con un periodo de por medio; ni te vendría mal contar con su complicidad en este asunto para garantizar tu impunidad, al menos mientras él esté en la presidencia. ¡Claro, después de la prolongación de tu propio periodo! No creas que se me olvida por qué haces todo esto.

—¿Y lo segundo? —pregunta Demetrio tratando de esquivar tan nutrido golpeteo.

—Que elimines también a Rangel. Ya veremos si lo implicamos en el complot o simplemente muere "por la patria".

¡¿Matar a Octavio?! Demetrio queda conmocionado por lo que acaba de oír. Claro que no confía en él por completo, pero hasta ahora nunca le ha dado motivos para dudar. Además, él le facilita tantas cosas que estaría un poco perdido sin su ayuda. No acaba de digerir esto cuando recuerda lo de Félix. ¡Su mujer sobredimensiona a su hijo! Por supuesto que el chico es excepcional y además tiene una gran sangre fría, pero de eso a que pueda manejar algo tan complejo, dista muchísimo.

No atina qué responderle a Mariana. Debe asimilar ambas cosas, al menos barajarlas para comprar tiempo y después aplacar sus delirios.

Siempre perceptiva, Mariana termina por ahora la charla:

—Reflexiona lo que te he dicho. Nunca te he aconsejado algo que te perjudique —y sigue comiendo sin volver a tocar el tema esa tarde.


Demetrio dispone de todo el domingo para ponderar la situación. Cuando se levanta a desayunar, le avisan que su hijo ha pasado por su esposa, para ir a la playa y que volverán mañana.

Mientras termina el café, medita sobre Rangel. ¡La cantidad de años que llevan juntos! Su mano derecha, su ejecutor de tantos golpes; aunque ninguno como éste. Si Octavio hubiera querido delatarlo, hacía tiempo que tenía las pruebas que necesitaba para acabar con su reputación. Claro que en casi todas Rangel también está implicado. Tendría que traicionarlo por un patrón mejor que él que lo protegiera, y por ahora no existe. Demetrio nunca ha hecho escarnio de los complejos de Octavio, eso ha detenido a éste muchas veces para no actuar en su contra; y si bien podría suponerse que Rangel envidia desmesuradamente a Demetrio —como cree Mariana—, esto no es así. Son tan distintos y Octavio tan consciente de sus propias limitaciones que no cabe la envidia. Además, es de las pocas personas que pueden constatar la homosexualidad de su amigo; por supuesto, está enterado de Miguel y de los jovencitos, y esto es suficiente para sentirse superior a Demetrio. La homosexualidad de éste, Octavio la considera una debilidad, un error de la naturaleza, y eso sólo le resarce de su inferioridad.

Demetrio sospecha lo mucho que Octavio odia a Mariana y sabe lo que ésta desprecia a Rangel. Pocas cosas ponen a su esposa tan nerviosa como la presencia de ese hombre. Su vulgaridad, su siempre obvia obsequiosidad; todo en él le resulta insufrible. Él mismo tiene claro la mezquindad de su fiel amigo; sin embargo, tiene que hacerle ver a Mariana que esa petición está influenciada por su animadversión contra su secretario privado, más que por una preocupación realista de una posible traición.

Aunque si Mariana ha decidido ya que Félix se involucre en el asunto, va a ser muy difícil sacárselo de la cabeza. En algo tendrá que ceder. Piensa que quizá a su hijo se le pudiera ocurrir algo brillante y osado, pero que es imposible que posea la capacidad para estar a cargo del complot, además de que no tiene ninguna incidencia entre los mandos. Todo esto es algo movido por los deseos de su mujer y no por un razonamiento sensato. No es una película de ladrones donde lo único que importa es la inteligencia de los estrategas. Aquí hay que matar a un tipo y crear un escenario determinado en el terreno político, no es un jueguito de computadora.

Muy posiblemente su mujer le esté presentando estas dos peticiones para tener margen de negociación; eso quiere creer Demetrio, y da por terminadas sus consideraciones, decidiendo que llegará a un acuerdo con ella e involucrará en algo a Félix, pero nada más. Cualquier otra cosa sería una locura.

Pasa el día descansando. Gracias a esa corta tregua y a una caja de trufas de chocolate, logra conciliar el sueño a eso de las nueve de la noche.


Octavio ha pasado un fin de semana terrible. Desechando decenas de posibilidades, imagina que el atentado tendrá que darse en un espacio abierto. Un acto masivo sería tremendamente riesgoso; pero, por otro lado, la reacción que se busca será mucho más efectiva con una ejecución grabada desde varios ángulos por los reporteros de televisión. Deberá ser durante una actividad medianamente informal al aire libre, concluye.

Pasea en auto por todos los barrios elegantes de la ciudad para encontrar la situación ideal y sólo se le ocurre que el ataque puede ejecutarse antes o después de un almuerzo en uno de los restaurantes elegantes de la ciudad. Si escogieran Le Partisien, en San Isidro, sería sencillo justificar el hecho de bajar de los coches en la acera, pues es una mansión de estilo colonial antiguo que recibe a sus comensales en la puerta exterior. Todo alrededor son casas con ventanas y azoteas a la misma altura, útiles como posición de tiro.

Consigue un plano de la zona bastante aceptable y ya casi amaneciendo dibuja encima las edificaciones.

Se pregunta cómo se habrán planeado los magnicidios de la historia. Casi todos han pasado por obra de un loco, aunque nadie lo cree. Se dice que suelen involucrarse muchas personas, pero eso no es necesariamente cierto; Octavio está seguro de que sólo hace falta alguien con la intención de acabar con la vida de un sujeto importante, un francotirador y otra persona más con capacidad para despistar a la seguridad o, simplemente, comprar a algún elemento de mando medio que pueda despejar el área. Lo fundamental es, al término del atentado, hacer desaparecer los cabos sueltos, que suelen ser los sujetos más prescindibles de la operación, y que sin embargo son los que complican las cosas.

Octavio infiere que lo mejor será contratar a un francotirador extranjero, como lo hicieron con De Gaulle (aunque haya fallado). Sí, eso va a ser lo mejor. El cine ha sido para Octavio de gran ayuda en la planeación del atentado; evoca películas de los grandes crímenes, aunque por lo general hay concesiones cinematográficas que lo desconciertan.

En cuanto a la contratación del francotirador, Octavio piensa que lo mejor será recurrir a Lee. En un viaje a Corea, de visita en uno de los burdeles de Seúl, Rangel conoció a un macabro personaje con el que se comunica cuando viaja a Oriente para que le tenga listo el contacto con la mejor casa de citas de la ciudad que visitará. También lo abastece de cocaína o de cualquier afrodisiaco. Todo desde su lujoso apartamento en el centro de Bangkok. Aquel hombre no tiene demasiados clientes, a lo sumo unos treinta —varios competidores han tratado de arrebatárselos, pero la gente prominente tiene claro que él es el mejor—, y Octavio está orgullosísimo de ser uno de ellos. El itinerario empieza en el hotel al que llega el cliente. Ahí lo espera una mujer hermosa, joven y elegante, que está a su servicio en una habitación en el mismo hotel. Ésta le proporciona un localizador al cual se le envían los datos de las citas demandadas. Asimismo, un coche con chofer está a su disposición con sólo mandar un mensaje o llamar a la habitación de la dama. Ella lo provee de cualquier sustancia o capricho que apetezca. La mujer accede a la habitación del sujeto haciéndose pasar por una prostituta contratada por él.

Al personaje en cuestión lo llaman simplemente Lee y lo contactan por correo electrónico o por el número de un teléfono móvil, siempre a las doce de la noche de Tailandia. Octavio está seguro de que Lee conseguiría un francotirador infalible, con precisión japonesa.

El lunes muy temprano llega Rangel en un auto con cristales ahumados, sin su chofer, a las cercanías del restaurante Le Partisien y espera ver salir a los vecinos para tener una idea aproximada de los habitantes del lugar. Aprovecha para tomar fotografías de todo. El restaurante tiene movimiento desde las seis y media de la mañana recibiendo los pedidos de verduras y frutas. En cuanto a cómo burlar la seguridad del presidente, es un punto que habrá que resolver sobre la marcha. Octavio piensa, por supuesto, en no involucrar a ningún alto rango de la guardia presidencial. No confía en los militares, así como los militares no confiaban en él. Con un bagaje importante de información —según él—, se marcha deprisa a su casa para darse un baño y presentarse frente a su jefe.

Cuando entra a darle su reporte a Orihuela, tiene tal cansancio que se pisa las ojeras. Demetrio ha empezado a volverse un poco paranoico y, por única vez, pasa a Octavio a su privado. Éste se desilusiona por completo de la innecesaria austeridad del lugar.

Sin dilación explica a su jefe el plan, y éste lo escucha silencioso y muy atento. Cuando termina está tan enfurecido con las patochadas que le acaba de presentar Octavio que por poco lo saca a golpes.

—¡Esta mierda me tienes después de todos estos días! Te pedí algo serio con todos los detalles, o sea, hasta el árbol genealógico de los vecinos y, ¿me traes esto? ¡Eres un imbécil!

Octavio está exaltadísimo, su amigo nunca le había hablado de esa manera. ¡Claro que faltan algunos detalles, pero no es para tanto! Está todavía rojo de vergüenza por la humillación cuando regresa a su despacho. Demetrio no había querido oír explicación alguna; lo había echado de su privado como a un sirviente desobediente. Rangel inhala una raya de cocaína y ni con esto alivia su disgusto. No puede perder la confianza del presidente ahora que tan lejos ha llegado. Se tranquiliza un poco pensando que a fin de cuentas él es la única persona que puede hacerle el trabajo. Ya se le pasará, y mientras, aunque se coma el hígado de la rabia, depurará el proyecto.

Demetrio permanece un rato más en el privado, está tan molesto como preocupado. El atentado es algo de lo que no puede retractarse ante Cook, así que de una u otra manera va a tener que resolverlo. En sus disertaciones regresa a la propuesta de Mariana y en seguida se recrimina por su ingenuidad. "¡Qué carajos va a entender mi hijo de todo esto!". Y él mismo no puede salir a la calle a resolver las cosas; no sabe qué hacer.

Necesita más que nunca ver a Miguel. Lo llama y le avisa que pasará a visitarlo a alguna hora de esa noche. Miguel, a pesar de su tono de reproche, le responde que lo estará esperando.

Miguel es abogado, pero hace años que no ejerce. Sin embargo, hace diecisiete que funge como asesor legal de Demetrio; un subterfugio bastante aceptable. La gente sabe que Miguel Toledo es homosexual, pero nadie se imagina que el abogado del presidente sea su amante.

Nada más llegar a casa de Miguel, se siente más ligero. Hace tiempo que no lo ve y lo halla avejentado y más delgado; aun así le apetece acostarse junto a él en la cama y dejarse hacer por Miguel. No es un encuentro realmente apasionado, pero al menos les devuelve la intimidad. Relajados ya y cubiertos por la fina sábana de satín, Demetrio deja que su amante le cuente todos sus pequeños dilemas, y si bien no le está prestando atención, le alegra oír esa voz un poco destemplada que repasa episodios de una cotidianidad que él ya no tiene. ¡Cómo le gustaría contarle en lo que se ha metido y los muchos temores que le asaltan! Pero no lo hará; Miguel poco comprende sobre sus necesidades fuera de esas cuatro paredes. Se siente solo y con esa sensación vuelve ya en la madrugada a la residencia presidencial.

Mariana aguarda con paciencia a que las cosas caigan por su propio peso. Es del todo seguro que Octavio formuló un plan impresentable. Conoce sus alcances y, además, ella ya ha metido la duda en Demetrio y eso hará que las cosas se precipiten. De verdad no confía en el tipo, pero desde que se enteró que Rangel sabe de la homosexualidad de su marido —y por lo tanto sobre la humillación en la que vive como mujer aceptando a un marido homosexual—, Mariana lo quiere muerto.

El atentado le proporcionará además la posibilidad de unirse a su hijo en un suceso de gran envergadura. Confía plenamente en las aptitudes de Félix para enfrentar situaciones límite, pues ha demostrado en varias ocasiones un temple de acero. Recuerda, por ejemplo, el accidente automovilístico que sufrieron Demetrio, ella y el niño, cuando éste, con ocho años, habiendo salido ileso, sin pensarlo dos veces salió del coche, comprobó que sus padres estuvieran sólo inconscientes y se echó a caminar en busca de ayuda. Su osadía ha llevado a Félix a desafiar todas las fronteras:

practica los deportes más peligrosos, visita los lugares más inseguros y se expone a riesgos innecesarios. Él confía de verdad en que es casi invencible y su madre vive angustiada por su imprudencia. Quiere encaminar a su hijo hacia un futuro glorioso, el cual pueda ella controlar al menos parcialmente.

Si bien Félix no está familiarizado con estas cosas, ¿quién sí?, piensa Mariana. No existe nadie que se dedique a planear atentados, fuera de los terroristas y los servicios de inteligencia que en el país son una nulidad, pues por miedo a darles poder, Demetrio disolvió el aparato de inteligencia y reinsertó al personal en tareas dispersas. El producto de esa insensatez es que, entre Octavio y la guardia presidencial, es asombroso que Demetrio todavía esté vivo. Son todos unos incompetentes que se amparan en su buena suerte y en la falta de malicia de la oposición, ¡qué si no!

Mariana se va a la cama antes de que regrese su marido. Ella no deja de dormir ni por su hijo Félix. Se rumora que ése es el secreto de su eterna juventud.


A la mañana siguiente, cuando coincide con su esposa en el desayuno, Demetrio entiende que no habrá modo de escapar. No puede alegar a su mujer que el plan de Octavio es bueno, e imposible aceptar el disparate que ella demanda. Como había pensado, simplificará las cosas y tiene ya perfilado cómo hacerlo.

Para alcanzar lo que se ha propuesto, Demetrio ha empezado a girar la manivela de los engranajes de ese mundo en las sombras del cual él posee una de las llaves. Los atentados endilgados a decenas de organizaciones terroristas son producto muchas veces de un solo hombre bien pertrechado y con información privilegiada. Así, si su hijo quiere involucrarse, lo que hará será salir del país a completar los requisitos para contactar con el profesional elegido, de lo que Demetrio está por hacerse cargo. La perspectiva de que su hijo pueda convertirse en presidente le provoca una mezcla de sentimientos entre el orgullo de padre y la envidia de presidente saliente; sin embargo, es preferible, como bien dice Mariana, tenerlo a él al frente del gobierno, que a otro cualquiera.

Llevando a Mariana hacia el jardín con una taza de café en cada mano le dice:

—Como siempre querida, tenías razón. Rangel es una calamidad. No me digas "te lo dije". Eres una bruja que todo adivina.

—No soy una bruja, nada más pienso fríamente.

—No, tú tienes algo de bruja, no lo niegues, pero bruja guapa, eso sí —dice zalamero, cosa que no le va nada a Demetrio.

—¿Has pensado en lo que te dije?

—Sí. Efectivamente podría ser una solución. Verás, lo que quiero es que Félix salga, posiblemente a Ámsterdam, para contratar al profesional que se encargará de toda la planeación —tras una pausa para valorar la reacción de su esposa, en la que sólo encuentra helor, continúa—. Mariana, esto es muy serio, espero que estés consciente de en qué estás implicando a tu hijo. ¿No es un poco irresponsable?

—Déjate de tonterías. Eso ni te lo contesto… Bueno, con respecto a lo otro, me parece prudentísimo. Te felicito, estás actuando como todo un estadista —por lo cual Demetrio no sabe si darle las gracias u ofenderse.

—Esta tarde iré al despacho de Félix y en la noche podríamos cenar los tres en el jardín —dice Mariana mientras se recuesta en un canapé.

—Está bien, pero no le digas nada hasta que yo le explique, sólo encamínalo. O, ¿es que ya le dijiste algo ayer que salieron juntos?

—No —contesta rotunda, y Demetrio le cree.

—Entonces nos vemos en la noche, a las nueve y media.

Félix trabaja en un bufete de varios abogados jóvenes con los que está asociado. Su participación no es beneficiosa para los socios solamente por ser hijo del presidente, sino porque Félix está convertido en un abogado que llegará a ser legendario. Ha ganado varios casos muy embrollados y constantemente vigilados por la opinión pública, por cualquier viso de corrupción de los jueces, y ha ganado cada uno limpia y estrepitosamente.

Mariana es recibida en el bufete, como siempre, con un fondo de murmullos mal disimulados. Entra acompañada del socio mayor de la firma, que la lleva hasta el salón de juntas donde Félix está trabajando. A éste le extraña verla de nuevo tan pronto.

—¿Estás bien, madre?

—Sí. Vengo por ti para que cenemos con tu padre. Espero que no tengas compromiso.

—No. Desde ayer me imaginé que algo te traías entre manos. Espera unos minutos y nos vamos, ¿de acuerdo?

Llegan a la residencia presidencial media hora antes de la cita y esperan a Demetrio mirando el cielo extrañamente despejado y cuajado de estrellas. Demetrio se presenta un poco tarde y se disculpa. Hace meses que Félix no lo ve y lo encuentra un poco desmejorado. Durante el aperitivo conversan de trivialidades hasta que, al retirarse el mesero, Félix dice:

—¿Me pueden explicar por qué estoy aquí?

Demetrio examina a su hijo y le cruza por la mente lo distinto que son ellos dos.

—Te hablaré sin rodeos… —interrumpe mientras se prepara un trago, para hacer justamente lo contrario, dando paso a una extensa disertación de la coyuntura nacional, de los virajes de la industria energética, de los enemigos de la patria y de la falta de liderazgo que se avecina en el país.

Félix, más que escuchar, vigila el lenguaje corporal y la expresión de su padre para ir calando hacia dónde lo quiere llevar y, cuando ya ha sondeado lo suficiente, interrumpe.

—Puedes ir al grano de una vez, me estoy aburriendo, padre.

—Muy bien —responde Demetrio tratando de recomponerse del rapapolvo—. Verás, tu madre y yo hemos pensado que dado que posees esa inteligencia y esa personalidad tan fuertes, sería un desperdicio para ti y para el país que no persigas una carrera política con miras a la presidencia. Yo no puedo reelegirme de nuevo y me da mucha tristeza que nadie le dé continuidad a mi proyecto, pues estamos conscientes de que no existe ahora quien pueda reemplazarme, ¿verdad? Si bien todavía es pronto para ti, es importante que empieces cuanto antes a perfilarte como mi sucesor. Será necesario, sin embargo, que esperes un periodo y aproveches al máximo esos cuatro años.

Félix los ve con una expresión divertida e intrigada. Está seguro de que esto no se les ocurrió así nada más y les pregunta:

—¿A qué viene esta súbita ocurrencia?

—Primero queremos saber si estás interesado —se apresura a decir su madre, quien no quiere descubrir tan peligroso secreto si no es necesario.

—Vamos a ver, déjenme poner las cosas claras. Ahora estoy repuntando como abogado civil y me gusta. He pensado que pronto tendré que especializarme como penalista, pues empiezo a hastiarme. No he pensado específicamente en una carrera política, dado que detesto el bajísimo nivel intelectual que existe en le país. Perdóname padre, pero tus colegas son casi todos unos asnos arribistas que no pudieron tener éxito en los negocios y no les quedó más remedio que dedicarse al servicio público. No les ocultaré que la política me atrae como una actividad audaz e intrincada cuando se ejerce en serio, pero soy incapaz de subordinarme a un partido lleno de infelices o de hacer una campaña sonriendo durante meses como una marioneta estúpida repitiendo lo magnífico que soy. No tengo estómago para eso, de verdad —se detiene aquí y muestra ahora la otra mitad de su apuesta—: Aunque veo muy interesante tener los hilos del tejido que yo mismo pueda dibujar y ver cómo las voluntades de otros se doblegan a mis deseos en escala mucho mayor a la que estoy acostumbrado —hace una pausa y, con doblez, sigue—, así que si tuviera un incentivo, o un proyecto interesante de inmediato, quizá entonces cambiaría mi ruta. Lo primero que no entiendo es cómo tú, padre, a punto de salir de la presidencia, puedas ayudarme, por más injerencia que sigas teniendo. En primer lugar necesitaría ser senador y después, quizá, gobernador de esta provincia para formar al menos un equipo y una imagen. Pero tú estás ya de salida, y lo más probable es que tus enemigos y adversarios no hagan otra cosa que ponerme obstáculos sólo por el hecho de ser el hijo del presidente que acaba de irse.

Demetrio y Mariana perciben que Félix ha intuido por dónde van las cosas y al oír sus palabras encuentran el pie que necesitan para confesar sus intenciones.

—Existe un asunto lo suficientemente significativo y arriesgado como para que te resulte muy sugestiva tu entrada en la política —Demetrio acerca su silla a la de Félix y los tres quedan en un triángulo íntimamente cerrado. Toma un trago hondo de vino y dice, maquillando un poco la verdad—: El presidente Cook me ha pedido que me encargue de una tarea muy delicada, la cual de todos modos se llevará a cabo, con o sin mi ayuda, pero que sin embargo, nosotros podemos capitalizar muy considerablemente. Para ello, tu madre y yo hemos pensado que podríamos actuar como una familia y enfrentar esto juntos. El presidente Cook está, junto con los grandes hombres de negocios, muy consternado con los proyectos del presidente Vargas en cuanto a la estatización de las aguas de su país. Tú adviertes con claridad la importancia del agua en el contexto actual, ¿no es cierto? Pues bien, mc ha pedido... que me encargue del problema... —hace una pausa dramática.

—Te escucho —se impacienta Félix.

—Bueno, debo resolverlo... eliminando a Vargas en una visita que hará a nuestro país... —esto lo susurra al oído de su hijo.

Félix no reprime su asombro, se toma unos segundos para ordenar sus ideas y pregunta:

—¿Cuál sería tu ganancia?, no entiendo.

Entonces Demetrio pensando no en exponer sus intereses, sino los del futuro presidente (su hijo), dice:

—Salvando los recursos hidráulicos de Pestrana de la estatización, nosotros podremos, junto con los del Norte, participar e invertir en su explotación. Para ello tenemos que lograr que ante el caos del suceso, se imponga, por medio de la proclamación del estado de excepción, una prolongación de mi periodo presidencial por dos años, en los cuales tú empezarás a prepararte para las siguientes elecciones después de esperar un periodo intermedio. Creo hijo, que es tiempo de luchar juntos, tú con tu inteligencia y yo con mi experiencia.

—O sea que tu periodo se extendería dos años... —dice con sumo interés al medir la conveniencia de ese tiempo ganado al tiempo—. ¿Y en qué quieres que participe concretamente?

—En contactar al profesional que se encargará del atentado, para lo cual está ya todo previsto. Sólo hay que hacer el seguimiento —termina Demetrio sin darle más vueltas al asunto.

—¿Y quieres que yo vaya de mensajero a pagarle a un matón?

—Las cosas no son tan simples, por supuesto. Sé que es

una tarea que parece desairada, pero es el comienzo de las cosas y a nadie más podría encomendárselo.

Orihuela deja que su hijo procese la información por unos minutos y le pregunta:

—¿Estás dispuesto a hacerlo? ¿Te interesa?

A Félix le sobreviene una imagen premonitoria de su fulgurante futuro convertido en el arquetipo que siempre despreció, pero que, sin embargo, hoy despierta su interés. ¿Cuántas veces se burló de su padre y de sus compinches, rastreros esclavos de su ambición y su vanidad? Y ahora él, con treinta y dos años, empieza a comprender la seducción de tomar las decisiones y, sobre todo, de orquestar los movimientos subrepticios de la política. Desde luego, ésta será una definición que no tendrá vuelta atrás.

—Necesito tiempo para pensarlo. En unos días tendrán mi respuesta —y tras decir esto, se marcha para entrar en la vorágine que le pondrá las ideas en perspectiva. Félix sabe que estos serán días tan intensos como despiadados.

# XVI

Un recuerdo a mar, a sal, le suspira al oído. Nada la detiene y la playa está a menos de dos horas en tren; un fin de semana en otro sitio que no sea la clausura de su mente temerosa. Su encierro de años cede sin dar ninguna explicación. Hace una diminuta maleta cargada de cuadernos, libros y un par de mudas. Recoge de la cama revuelta el cuento que escribió durante la noche, lo dobla y lo guarda en un cajón de su escritorio.

Hortensia no contiene su alegría al saber que Soledad saldrá unos días a divertirse y le hace llevar un lindo sombrero suyo para protegerse del sol. Unos días en los que echará de menos a su hija, con la que ha encontrado una coexistencia que tanto está disfrutando.

Al salir de casa suenan las campanadas de las once de la mañana en la iglesia de San Isidro. Deliberadamente ha dejado el reloj de pulsera en la mesita de noche. Hasta el lunes quiere no hacer otra cosa que sentir el viento en la cara y respirarlo con desfachatez.

El taxi llega casi en seguida a la estación de trenes. El suyo está a punto de partir y corre para llegar al andén. Un tanto sofocada, encuentra asiento al fondo, en un vagón de compartimentos de seis, y se sienta después de dar los buenos días a dos mujeres mayores que están en pleno en una conversación en la que desuellan a una tercera con la que Soledad presume se reunirán al bajar. Tanto tiempo sin escuchar el chismorreo vital de la cotidianidad y sin ver pasar los trigales. Todo le va entrando por los ojos, por los oídos, y por la piel. Un joven guapetón y un poco chulo entra al compartimiento enchufado a un cable por el que oye alguna música que lo mueve espasmódicamente. Soledad disfruta viendo sus brazos fuertes, presagio de abrazos contundentes que ahora sabe que le hacen tanta falta. Aparece en alguna parte el olor de Jan, así de pronto, sin ninguna incitación de su voluntad, y como llegó, se va.

El salitre que impregna el puerto y la ciudad le da la bienvenida, y las ganas de comer pescado fresco la llevan a las mesas corridas, llenas de estibadores y de paseantes hambrientos. Pide un pargo a las brasas y no se reprime el antojo de acompañarlo con dos vasos de tinto barato y rasposo. El resquicio de mar que vislumbra entre los comensales la deja extasiada un largo rato, tras el cual, saca, casi como una autómata, el cuadernito a rayas; de sus dedos comienza a surgir un hombre desdichado que remonta su condición tras varios pases de magia. No se da cuenta del tiempo que lleva escribiendo hasta que ve las mesas vacías a su alrededor. Paga y atisba las posibilidades de un alojamiento todo lo lindo que su presupuesto pueda alcanzar, aunque no piensa ponerse avara en este arranque de vida, faltaría más.

Dos intentos infructuosos, hasta que un tercero supera sus expectativas y le ofrece una vista maravillosa a la bahía y una habitación coqueta y atildada. Desde la terraza se ve el malecón salpicado y azuloso en los huecos en los que no pega la luz de las farolas redonditas y juiciosas. No piensa quedarse con las ganas de caminar bordeando el malecón, con su falda ancha para sentir la brisa entre las piernas. En el trayecto se encuentra con toda clase de ojos: tristes, pícaros, duros, alegres y hasta los suyos los descubre en un espejo, mientras espía el escaparate atestado de juegos para adolescentes (Jan se asoma de nuevo, sólo por la coincidencia de las mercancías).

Come de pie un entremés típico del lugar con un jugo

de caña. Cuando vuelve al hotel la invade una fatiga melosa que le impone un sueño profundo, de un tirón duerme hasta la mañana siguiente.

Antes de abrir los ojos oye el rumor de las olas y recuerda dónde se encuentra. Le cuesta ponerse en marcha y se permite remolonear, con un libro, todavía media hora más. En la cafetería del hotel devora dos tostadas con un café con leche bien grande que le sirve una mujer entrada en carnes y con el pelo pajoso de tan decolorado; con todo, le sientan bien a aquella mujer la falda ceñida y el escote descarado.

El mar la ha estado llamando desde que llegó el día anterior por la tarde, pero ella no se ha rendido a sus encantos. Ya es hora de sentir el agua y llenarse de sal y de sol.

Sumergida hasta el cuello, librando una a una las olas suaves que la balancean, se siente completamente feliz. El miedo se va limpiando en cada sube y baja de las olas; sabe que éste no se irá del todo, pero por ahora lo ha vencido. Sentada a la orilla recibe un revolcón de agua fangosa que se le pega a las piernas y se recuesta con descuido confundiéndose con la arena. Espanta sus fantasmas con otros ajenos y empieza a bosquejar una historia de amor desesperado con final trágico. Al volver a la habitación, y todavía con el pelo empapado de mar, escribe esa historia de amor antes de que se desvanezca en su mente.

Despertar de una siesta envuelta en la humedad del mar, a mitad de la tarde, es una de las sensaciones más placenteras de la tierra; invariablemente, con esa poquita de hambre que es todavía estimulante. Soledad baja buscando a la mujer del gran escote y en su lugar encuentra irónicamente a un hombre flaquísimo y sin gesto alguno en el rostro venoso; esto no demerita el exquisito plato de mariscos que Soledad se regala.

Sentada en la baranda del muelle con el cuadernito en las rodillas contempla el impoluto atardecer de tonos violáceos (y de nuevo Jan cruza su memoria, y de igual manera, se esfuma).

Soledad se echa a caminar sin rumbo, sólo con las ganas de recrear, de retener cada minuto de estos días que se marcan ya como una huella.


Deciden reunirse después del teatro en el bar de siempre. Los amigos han encontrado extraño a Jan apenas verlo llegar. Ha contestado que no tiene nada, pero él mismo se percata de que ha estado inquieto toda la función; de hecho, no podría repetir ni el fundamento de la trama. Pide cervezas para todos y apura la suya en tres tragos. Quiere distraer la cabeza del recuerdo tenaz de Soledad. Se la imagina a ella ahí, entre sus viejos amigos, y no le resulta en absoluto desatinado. La noche transcurre sin otro aliciente que sentirse en familia y poder estar del humor que quiera, que es bastante insoportable. Contesta a todo con monosílabos y no interviene en ninguna conversación. De suyo callado, sus amigos saben, sin embargo, que este estado en él no es habitual, pero también conocen su hermetismo, así que no se esfuerzan por hacerle hablar.

Vuelve a casa relativamente temprano rabiando por no haber podido encontrar un taxi y refunfuñando luego por no encontrar las llaves en el bolsillo de siempre. Se sirve un trago mecánicamente y sin pensarlo se apoltrona en el sofá a beberlo a sorbos con la mente clavada en una sola idea: Soledad. No comprende por qué no puede sacarla de su cerebro de una buena vez. Ha tomado la decisión de no estar con ella y, a pesar de esto, lo tortura como a un adolescente la incertidumbre al saberla lejos.

Se desnuda con indolencia y se tira en la cama con una punzada en el estómago que lo irrita aún más. Está rendido de tanto evitar su imagen, de tanto negarse a pensar en ella.

Lo recibe un domingo inhóspito, nada más levantarse

de la cama. Después del desayuno sale a dar un paseo, se detiene en el café menos bullicioso que encuentra en el camino, pero en cosa de nada está ya repleto de familias y por tanto de niños brincando por todos lados. Sin embargo, pide alguna cosa de picar, pensando en ir al cine y en seguida volver a casa para dormirse cuanto antes y terminar de una vez con esa tarde exasperante.

A medio trayecto, se sienta en la banca de una avenida arbolada y ancha, y decide tomarse unos minutos de introspección. Respira y trata de calmar el desasosiego que le ha acompañado estos días. Quiere poner en orden sus pensamientos. Quiere desatar lo que siente por Soledad, volver a su rutina de siempre y matar eso que le recorre el pecho cuando piensa en ella. Sabe que quizá podría dejar de pensar en Soledad, pero lo que no puede es evitar desearla, eso se le cuela por los poros sin su permiso.

Aquel deseo fue inventándose solo, conforme se sumaron las pequeñas cosas. Desde hace varios días tiene que contenerse para no tocarla al pasar. Si se quita el delantal, la sospecha de su talle terso le impacienta de tal manera que tiene que mirar hacia otro sitio. Se ha descubierto excitado con sólo sentir su aliento, con sólo ver sus pechos dibujados bajo la blusa. Cuando ella lo mira a los ojos, se turba tanto que tiene que soltar cualquier tontería para compensar su inquietud.

Lo peor ha sido la fantasía. Lo peor es imaginársela como se la imagina. Lo peor es presentir lo que presiente y estar atado de pies y manos por un designio, por una sentencia de su propia razón.

Necesita verla fuera de esa cocina.

Abandona la banca como si sobre ella dejara un lastre y se dirige a San Isidro. No sabe qué va a decir cuando llegue y toque el timbre y le diga que tienen que hablar, pero es absurdo seguir así. Acaso al tenerla frente a sí todo sea más fácil. Quiere simplemente seguir el envión desoyendo sus propios reproches; acelera el paso y llega al portón de la casa, que en un domingo tiene casi otro aspecto. Toca el timbre, a pesar de traer con él la llave, y espera tratando de no pensar en nada (de otro modo sabe que no se atrevería a hacer lo que está haciendo). Hortensia se asoma por el balcón de la habitación de Soledad, anunciando un mal augurio.

—Siento molestarla doña Hortensia. Quería hablar un momento con su hija.

—Jan, Soledad se fue de fin de semana al mar, de paseo y creo que a escribir, porque llevaba varios cuadernos. Estará de vuelta mañana temprano… Pero pase.

—Le agradezco. Pero ya la veré mañana entonces. Siento haberla interrumpido. Que pase buenas tardes.

Un mareo de vergüenza y de disgusto lo invade de golpe. Haber llegado hasta ahí sólo para exponerse a semejante bochorno frente a doña Hortensia. Un mal humor que le sube por la garganta lo lleva marchando a paso marcial de regreso a su casa. ¿A la playa? ¿Cuándo había decidido aquel viaje? ¿Con quién? Agoniza interrogándose sin respuesta, colmado de inquietudes. Está tremendamente celoso, y conforme el mal humor va menguando, se pone más y más sombrío.

La nostalgia de una dicha que nunca existió le marchita la noche insomne.


Abre la puerta corrediza de la terraza para dejar entrar el mar hasta su cama. Apretando la letra termina la última historia. Ha usado dos cuadernos completos y le quedan pocas hojas del tercero. No tiene sueño y quiere leerlas todas como si no las conociera, y descubrir sus propias entrañas ahí metidas, enmascaradas por otros rostros y otras voces. Casi llega al final, pero en el penúltimo cuento se mezclan las letras y un sopor extraviado en su cuerpo se destila por su sexo; sus dedos sanos palpan su deleite encontrando el núcleo y lo hace crecer gradual e impetuoso hasta precipitarse en un caudal que es tan inconmensurable como la paz que se sucede.

Se queda dormida con la luz prendida y la brisa entibiando su piel.


Engulle un trozo de pan junto a una porción de embutido y lo pasa con el resto de jugo de manzana que lleva abierto al menos tres días. Junto a la mesilla de noche tiene todavía aquel librerito donde colocaba de adolescente todos sus libros de escuela y más tarde sus novelas preferidas. En el último entrepaño encuentra un leño grande de roble americano. Lo había guardado para un proyecto que nunca realizó y y ahora parece llamarlo para que lo saque de su reposo. De nuevo, Soledad se posa en sus pensamientos y para apartarla, se levanta por el formón, la gubia y la lija, con la mente clavada en la figura de un unicornio. Con la sola luz de la mesilla, incómodo como está, empieza a darle forma al cuerpo del caballo con patas de cabra, dejando madera suficiente para llegar al cuerno largo y retorcido. Va tranquilizándose al ver surgir el caballo de un solo cuerno que los poetas soñaron. Se apacigua aquel torrente de angustia y de dudas, buscando esa figura emblemática y sutil que se abre paso en su mente y en sus dedos.

Conforme las manos laboran, su mente fluye por los contornos del alma de Soledad, haciéndose imposible renunciar a ella.

## XVII

Usando el coche más austero que encuentra en el garaje, se interna en aquel barrio en el que tan bien lo conocen. Ha existido siempre un tácito acuerdo por el que nadie menciona jamás, fuera de ahí, lo que dentro sucede. Las angostas callejuelas mantienen las puertas abiertas para quien tenga el valor de traspasarlas. En otras épocas, Félix llegó a tener alquilada una habitación fija sólo para él y quien lo acompañara; pero hace tiempo que no visita a sus viejos amigos, y cuando Horacio lo ve no puede contener su estupor:

— ¡Mira nada más! ¡Pensábamos que nos habías olvidado!

—No me olvido. Siempre regreso, ¿no es cierto? —dice dándole un abrazo apretado al hombre de cuerpo como dado y ojos de gallo, que más de uno tiene sentenciado a muerte.

—Claro, como debe ser. ¿Quieres un privado o compartes con nosotros?

—En el salón, con todos.

Félix constata que nada cambia en este sitio. Sólo la mugre se acumula y se acentúa el olor acre que se impregna en la nariz recreando en seguida las motivaciones de su origen.

Abraza a Camila que sin levantarse del sofá le echa los brazos al cuello y le planta un largo beso en la boca, que él responde como quien entra en calor para la faena. La esquelética mujer no presta más atención a Félix y vuelve a su apacible ensoñación.

No reconoce a nadie más, pero calcula que hay al menos ocho personas en el abigarrado salón, unos echados por el suelo y otros en los sillones. Una pareja discute acalorada, pero sin mucho griterío, otros se magrean ansiosos en un rincón y otros más traspasan su mirada sin mirarlo.

Un hombre muy viejo, delgadísimo y distinguido, lo saluda con cortesía: "¿Qué tal está usted?", como si fuera un vecino con el que se cruzara en el ascensor. Félix, divertido, al ver al personaje responde en el mismo tono circunspecto.

Horacio provee al joven de su pipa favorita, que todavía conserva, y éste aprecia el gesto.

—Sigues siendo un buen anfitrión.

Hace tiempo que no siente el viaje cálido del humo por su tráquea. Casi en seguida le llega la náusea del desuso. Sabe que en un rato habrá pasado y la deja ser. Horacio le trae una manta y se la echa por encima.

—Si quieres algo más, me lo dices.

Pero Félix no necesita más que eso que está ya experimentando tan mansamente. Lo único que tiene claro es que hay que dosificarlo con cuidado, como él sabe, para obtener las respuestas que ha ido a buscar.

Fija la vista en cualquier sitio y fuerza la mente para verse a sí mismo, procurando esa especie de desdoblamiento que le brinde una perspectiva espectral y profética.

Permite, sin resistirse, que las representaciones y los símbolos se peleen en batallas ondulantes. Los ruidos en sordina le roban la pisada de sus ideas y él vuelve una y otra vez a rescatarla.

Al alcanzar casi el estado idóneo, mira como en una pecera lo insulso que sería trasegar en las mentes de la sarta de ineptos de los que su padre se rodea. Eso no le representa ningún desafío.

Otra cosa, en cambio, es dictar las acciones de otros como él; el duelo soterrado con éstos que sí se resistirán, que le darán la batalla.

Atento, construye a su alrededor el escenario concordante, colmado de banderas, de calvas adustas, de besamanos, y lo desecha enseguida.

Se descubre razonando con lógica corriente, así que aspira de nuevo para alejarse de su propia conciencia y aguarda.

Pero no es cosa de recrear nimiedades, al contrario: con una sola imagen, casi un reflejo, será suficiente. Sus músculos sueltan la tensión y se entrega a una laxitud completa.

Un balcón desde donde se ve un horizonte cambiante: ahora el ángulo de la ciudad donde provocó ese accidente; ahora la piscina en la que se folló a su primera conquista a par; ahora un bosque espeso plagado de hongos tentadores. En cada fábula, Félix se mira a sí mismo con la misma expresión sardónica.

Flota cerca de un mundo desconocido, que intuye, pero al que no logra entrar. Chupa de nuevo buscando en los vapores la llave del estado que lo transporte. El •opor excesivo no le convendría, así que abre los ojos para hurgar en su entorno. Mira de nuevo al viejo arrugadísimo y elegante y, tras la bocanada que éste da a su larga pipa, de golpe está él, Félix, sentado ahí donde hasta hace un instante estaba aquel hombre. Las venas de su frente se dilatan ennegrecidas mientras cierra los párpados dejando de mirar a Félix joven, y entonces se mira viejo y rancio, y quiere a toda costa percibir su olor; aspira profundo buscando el aroma de años de mandar, de decidir por los demás. Cuando llega a su nariz, aspira tratando de retener cada partícula de su transcurrir y huele esa vida nunca más anónima, siempre expuesta, que tiene aroma a Vetiver.

Se cerciora de que todos sus dientes estén en la boca y comprueba que su aliento tiene un dejo impetuoso, que concuerda con su cáustica sonrisa. Cierra los ojos con su vieja esfinge retenida y se deja ir a través de los cientos de ojos que lo interrogan y en los que lee todas las mentiras.

Cuanto más los mira, más y más divertido es todo y su sonrisa mordaz se convierte en carcajada.

Y durante tres días se reconoce, se encuentra, se vacía y se vuelve a perder, abusando con indiferencia de su cuerpo y de su juicio.

Al abrir los ojos, el asiento frente a él está vacío. El viejo ha desaparecido, igual que su resistencia.


Toman vuelos distintos y Félix hace una primera escala en Roma. Su madre y él llegan con un día de diferencia a Ámsterdam. Mariana se instala junto a sus tres guardaespaldas en el hotel Krasnapolsky, cerca de la estación de trenes. Orihuela había escogido la capital holandesa desde donde se puede viajar a cualquier punto de Europa en pocas horas.

Demetrio ha echado mano de uno de los ases bajo la manga de los que dispone desde que se convirtiera en el primer hombre del gobierno. Invariablemente al dejar el cargo, el presidente saliente sostiene una privadísima reunión con su sucesor, en la cual le entrega los números de dos cuentas de banco en Suiza y los protocolos para utilizarlas, únicamente conocidos por el presidente en turno. La primera cuenta tiene varios millones de euros disponibles para él con un código secreto para operaciones de absoluta emergencia; y el otro número es el de la única cuenta bancaria a la que puede ir el dinero de la primera: la de Ariel Karlman, un viejo militar israelí retirado con grado de coronel del que muy pocos conocen su verdadero historial. Se le atribuye relación con atentados claves en la historia de Filipinas y Suecia, y la planeación de algunas matanzas en África central que desencadenaron guerras intestinas muy duraderas, benéficas para su negocio principal: la fabricación y venta de armas. Así como las palomitas de maíz incitan la venta de sodas en las salas de cine, así Karlman funge como la sal misma en el comercio mundial de armamento. En ese circuito del mercado, pero en el sentido inverso, trabajan los capos de la droga, corporación sin personajes visibles que se conoce con las siglas GBA (nadie sabe qué significan), ambos negocios se complementan para cerrar el círculo de los grandes capitales del mundo que luego se legitiman en las diversas ramas de hidrocarburos, automóviles, comunicaciones y cuanto ofrece la bolsa.

Para establecer el primer contacto con Ariel, se efectúa un depósito de un millón de euros en su cuenta en Suiza, tarea de la cual ya se ha encargado personalmente Demetrio.

Dos días después, Ariel anónimamente publica en el *London Post* un anuncio clasificado para la venta de algún artículo (que cambia cada vez), con un supuesto número de referencia que consta de los cinco primeros dígitos de los diez del depósito en cuestión. En dicho anuncio se especifica una dirección de correo electrónico para solicitar la pretendida compra. El poseedor del número del depósito debe simplemente anotar los cinco dígitos faltantes y enviar el correo electrónico.

La respuesta al remitente electrónico será el número de un apartado postal en alguna cuidad de Europa a la cual deberá enviarse por correo ordinario una nota señalando el tipo de servicio que se solicita. Esto lo hace Félix, por mensajería, en su escala en Roma, en cuanto Demetrio le envía los datos codificados. El apartado postal corresponde a una oficina de correos en Bonn. El texto de la petición pone simplemente: "MAGNICIDIO EN EL NUEVO CONTINENTE".

Para entonces Mariana está ya en Ámsterdam esperando a que llegue Félix.

Al recibir la solicitud, Ariel escribirá un correo electrónico a la misma dirección de la que ha recibido los cinco últimos dígitos, especificando si acepta o no el trabajo. Si la respuesta es negativa se determinará la devolución automática del dinero con un cargo del diez por ciento en prevención de malentendidos.

Tomará tres días todo el proceso, parece poco, sin embargo, en ese contexto es una eternidad, pues los personajes que se comunican están eternamente vigilados; cuanto más larga es la espera, tanto más fácil levantar sospechas.

Félix y su madre disfrazan la visita con una frívola asistencia al desfile de modas del más destacado diseñador europeo. No se hizo mayor comentario del viaje a la prensa, pues pasa por ser de carácter personal; aunque si alguien repara en ellos en Ámsterdam, tienen esa coartada.

Al recibir la aceptación de Ariel para encargarse del trabajo, el cliente debe hacer un segundo depósito, de cinco millones de euros, nuevamente en la misma cuenta. Ese monto indica que el trabajo se hace para un personaje de altísima estatura y, por lo tanto, las medidas de seguridad y discreción deben ser extremas. En esos casos es el propio Ariel quien atiende el asunto en todos sus detalles. Se repite el anuncio en el *London Post* con los cinco primeros dígitos del segundo depósito y una nueva dirección electrónica.

Con esta confirmación, el solicitante hará lo siguiente: detallar la petición y sus características en una hoja de papel bond con letra times disponible en cualquier impresora o máquina de escribir. La hoja con los datos del trabajo y un localizador con cobertura en la Comunidad Europea se colocarán en cualquier lugar de la misma; en un casillero de estación de tren o aeropuerto, etc. De este modo es imposible para Ariel seguir al cliente, pues se entera del lugar para recoger el paquete después de que éste ha sido colocado. En la hoja se especificarán también tres códigos con los cuales el cliente puede: cancelar el pedido, prorrogar, o cambiar de localización y características; esto por medio del localizador. Otro código se definirá por si alguna de las dos partes necesitara un encuentro o información extraordinaria; el primero mandará por correo electrónico el código, especificando la fecha del encuentro o el envío; el sitio preciso se indicará en la dirección de correo electrónico que Ariel enviará en el segundo anuncio del *London Post*.

Este último comunicado fue el que más dolores de cabeza le dio a los Orihuela. Antes de irse a Ámsterdam debieron tener clara la fecha y hora exactas y el lugar del atentado; de todo lo demás se encargaría Ariel, identidad que jamás reveló Demetrio. "Si llegas a ser presidente, sabrás de quién se trata", le dijo a su hijo cuando éste lo cuestionó.

Uno de los puntos en discordia fue un detalle que para Félix era irrefutable: Demetrio tendría que salir lesionado del atentado para construir más sólidamente la tesis del complot contra la nación. Como era de esperarse, Demetrio trató nuevamente de argumentar contra esto (como había hecho con Rangel), pero Félix alegaba que era algo imprescindible para la viabilidad del resultado. Claro que no debía ser una lesión de cuidado, para que saliera casi en seguida en los medios como el salvador de la patria. Discutieron por horas el mejor lugar para el atentado. Salieron a la conversación decenas de opciones, finalmente Mariana pensó que algo simple sería lo mejor, y esto podía ser llevar a Vargas a tomarse medidas para que Demetrio le obsequiara uno de los famosísimos cortes del sastre Jacinto Landi, que se había convertido en el mejor del continente. Quizá esto haría que la cobertura de prensa no fuera tan nutrida, sólo lo suficiente para asegurar los videos necesarios, y tampoco implicaría demasiados puestos de vigilancia para la guardia presidencial. La sastrería está en una calle medianamente amplia del barrio de San Isidro y con edificios de poca altura al frente y a los lados. La visita al sastre no tendría ninguna connotación política y se realizaría previamente a un acontecimiento de mucha envergadura para el cual sí se tendría que desplazar mucha seguridad, y del que la guardia nacional estaría más atenta; además, el horario estricto del segundo acto exigiría la puntualidad del primero.

Se fijó la fecha para el cuatro de julio; la hora, las cuatro treinta, y el lugar: el número setenta y ocho de la calle Esperanza, del barrio de San Isidro.

Orihuela, por su parte, reconfirmó la asistencia de Vargas, quien aceptó sin demora y encantado. También se envió un fax a la oficina del vicepresidente, para que diera el visto bueno del programa de actividades, entre las que estaba la visita al sastre. Contestaron al día siguiente aprobando el itinerario sin hacer modificaciones. Ese día se hizo el primer traspaso de un millón de dólares a la cuenta de Ariel, ya con Mariana en Ámsterdam y Félix en Roma, desde donde éste toma el tren a Torino y echa la carta al correo, reuniéndose con su madre al día siguiente en Ámsterdam.

Mientras tanto, Demetrio enfrenta dos preocupaciones: una, la espera del correo electrónico con la confirmación para transferir los cinco millones, y la segunda, lidiar con Rangel que no entiende lo que está pasando. Cuando Demetrio decidió poner a su hijo al frente de "los trámites", tuvo que explicarle a Octavio que sería un profesional —que ya estaba siendo contratado— el que se encargaría de la planeación del atentado y que él, Rangel, se encargaría de suministrarle lo que hiciese falta en cuanto a logística e información. Demetrio había tratado de suavizarle lo más posible el desplazamiento de funciones conspirativas, alegando que era un hombre demasiado importante —y por lo tanto visible— para estar viajando. Si bien es cierto que él no debe moverse demasiado, Octavio igual se da cuenta de que lo han echado a un lado. Demetrio, sin embargo, le ocultó que Mariana estuviese al tanto, le dijo que únicamente Félix conocía algo de lo que se tramaba, sólo una parte.

—Mi querido amigo —le había dicho Demetrio a un

Octavio desairado—, te necesito aquí conmigo, tenemos que dejarle el trabajo a los profesionales. Esto es algo de excesiva trascendencia, de lo que tú eres el autor intelectual. Sin ti, nada hubiera sido posible. Te estaré eternamente agradecido. Pero ahora lo que necesito es que vigiles todos los movimientos de la guardia presidencial y de seguridad nacional, la cual será la clave del éxito. Y lo más importante, y en eso dependo de ti por entero: el asunto de Patria Nueva, el preámbulo para el... incidente.

El sentimiento de desaire es mayor que el de descargo. Aunque Octavio reconoce que su plan presentaba uno que otro agujero, le indigna que un jovencito como Félix tenga más participación que él en los asuntos del extranjero, que tienen sabor a película de espías y que le entusiasman más.

Se da ánimos pensando que lo de Patria Nueva es algo delicadísimo; justo en lo que le va a demostrar a Demetrio lo eficiente y avezado que es para estos menesteres. Conoce muy bien la dichosa organización, casi secta: un grupo ultraderechista de decadentes y fracasados que logran de vez en cuando algún adepto entre los jóvenes con tendencias delincuenciales y delirios de grandeza, de los que existen a racimos. La mayoría de los jóvenes pasa por sus filas y después de tres o cuatro sesiones se van desilusionados; pero algunos se identifican con ellos, sobre todo los más resentidos. Son tan esquemáticos y elementales que se les puede reconocer a simple vista, pues se uniforman rapándose la cabeza y vistiéndose completamente de negro, con botas militares: vamos, que no dejan nada a la imaginación. Los miembros de Patria Nueva creen que el grupo se financia de lo que recaudan entre sus simpatizantes, pero la mayor parte del dinero la aporta en donaciones secretas, aunque inconstantes, el propio gobierno de Orihuela, quien considera indispensable mantener vivos a este tipo de grupúsculos para equilibrar la balanza, contando así con extremistas bien controlados, al menos de un lado del espectro político.

El dirigente de Patria Nueva, León Caas, vive bastante bien del cuento del combate a los "enemigos de la patria", con un programa político en defensa de lo nacional y en lucha contra los inmigrantes y los sindicatos obreros y de servicios, los que repuntan hoy en una organización más sólida, y a los que combate blandiendo las bondades de la libre empresa y la pureza de las tradiciones.

Había pasado por años aciagos después de disuelta la Unión Soviética; sus enemigos se habían esfumado y su vida estaba casi en ruinas. Después de este mal trago, encontró un resquicio aceptable por donde incidir: los inmigrantes que según él constituyen el elemento central de la crisis del país: "Si no fuera por ellos, que toman todos los trabajos de nuestros hermanos, estaríamos de lleno en el progreso y la modernidad". Lo que ninguno de sus "hermanos" dice, es que ni en otra vida aceptarían esos miserables puestos de trabajo; sin embargo, suena muy convincente, pues en el país cualquier extranjero ha sido siempre objeto de desconfianza.

Caas es un hombre de poco más de sesenta años, muy pagado de sí mismo y tan sobreactuado e histriónico, que se le pueden adjudicar con facilidad todo tipo de historias. Su necesidad de atención es infinita y, como estima que es un tipo muy locuaz, cree tener facultades para salir bien librado de cualquier situación. Lo que ha logrado, en realidad, es ser considerado un hombre un tanto desquiciado y peligroso.

Octavio sabe perfectamente que Caas es un arribista dispuesto a lo que sea para aumentar su colección de autos de lujo; así de barato y primario ha terminado siendo. Es su vicio más acendrado y las donaciones a su organización son muy fluctuantes, por lo que el buen Caas está siempre angustiado por sus finanzas.

Octavio empieza por pedirle a Demetrio que acepte una entrevista con las organizaciones de inmigrantes, que tantos meses llevan pidiéndole audiencia. Eso le servirá de disparador para lo demás. Su jefe acepta sin problemas, pero con la advertencia de que le aclare con toda precisión el siguiente paso, pues teme que se sobrepase.

La reunión con los migrantes se efectúa con todas las formas requeridas para el caso: un almuerzo discreto, pero con una asistencia de al menos dos dirigentes por cada una de las organizaciones, con lo cual garantizan una buena asistencia de sus huestes a las puertas del Ministerio del Trabajo y, por lo tanto, una buena cobertura de prensa.


Mientras tanto, Mariana y Félix esperan la señal de Demetrio para llevar el mensaje a algún lugar de la Comunidad Europea. Deciden que los casilleros de la Gare du Nord son una buena opción, la cerradura es de combinación y sólo tendrán que mandar la ubicación, el número de casillero y la combinación.

Escriben en la computadora de Félix la misiva con las especificaciones y compran en una tienda de autoservicio y en efectivo el localizador que necesitan.

Pasan dos días sumamente alertas. Mariana asiste dos noches a la gala de alta costura en la que se aburre más que en la ópera. Mientras tanto, Félix, cargando con el teléfono móvil, sale a disfrutar del espectáculo casi *naïf* de la zona roja, tan conocida por él. Para su sorpresa, en una de las pintorescas vitrinas, da con una japonesa excepcional. Ni tardo ni perezoso hace el consabido procedimiento para que la linda joven cierre las impúdicas cortinas con él detrás de las mismas. Sale muy complacido y muy poco fatigado, así que tiene energía todavía para dar un paseo antes de regresar al hotel.

Llama a la habitación de su madre para avisarle que ya ha vuelto y que la espera temprano para desayunar juntos en el comedor.

Pero su cita se adelanta: Demetrio llama a las tres y media de la madrugada. Hay que proceder inmediatamente. Félix despierta a su madre, toma computadora e impresora y sale para la estación de trenes a pie.

Compra el billete con efectivo en la máquina dispensadora y se monta en el tren que sale media hora más tarde.

La operación no representa complicación alguna y está de regreso la tarde del día siguiente, después de darse un paseo por los jardines de Luxemburgo y comer en un restaurante de dos estrellas cerca del Hotel de Ville.

Manda Demetrio por partes los datos del casillero, divididos en tres cuentas distintas de correo electrónico.

Mariana piensa que sería encantador quedarse unos días más sola con su hijo, pero entiende que deben seguir muy de cerca los acontecimientos.


Analizando la historia, Octavio cree que los atentados, sobre todo los de Estado, deben ser espectaculares para que la prensa tenga con qué cubrir sus páginas y pantallas, y las víctimas deben ser tan inocentes e indefensas como sea posible, de este modo el culpable no tiene ninguna posibilidad de simpatía pública.

Así que le propone a Demetrio, como opción, un bombazo en la fábrica de textiles Rennes, donde trabajan mayoritariamente mujeres migrantes, empleadas, mediante vericuetos legales, en las condiciones más infames. La industria textil está ya perdida en el país desde hace varios años; copada por importaciones baratísimas de ínfima calidad y hasta de textiles finos que entran a la mitad del precio nacional. Así que no hay motivo para temer un daño a esta rama de la industria nacional.

El atentado no debe ser una carnicería, pues el pueblo exigirá la cabeza de cualquiera sin dilación. Octavio averiguó que en el turno de la madrugada, que termina a las siete de la mañana, la plantilla se reduce a una tercera parte, lo que significa que en el departamento de terminados habrá unas veinte o veinticinco mujeres. El cálculo es de unas seis muertes, entre las que de seguro habrá madres que dejarán huérfanos y viudos, que se podrán manipular muy bien en reportajes lacrimógenos.

La bomba contendrá algunos componentes ya utilizados por Patria Nueva en otros atentados, auténticos o sólo atribuidos. El trabajo se lo encargará Octavio a un ex policía, Ferrer, degradado hace siete años y que vive de hacerle trabajos especiales a Octavio. A éste habrá que eliminarlo en seguida después del atentado, pues en cuanto advierta la dimensión del asunto se pondrá a la defensiva y, en consecuencia, peligroso.

Demetrio lee el delgado expediente que le entrega su secretario privado con toda esta información. En cuanto termina lo pasa por el triturador de papel.

—De acuerdo —dice tomando una pausa reflexiva, y prosigue—: Después del suceso, habrá que dejar que especulen en la prensa, periodistas, intelectuales y público en general, por al menos seis horas, en las que se crearán todo tipo de teorías. Lo que tiene que quedar bien claro es la condición de inmigrantes indocumentadas de las víctimas. La identidad de todas ellas debe quedar establecida en las tres o cuatro primeras horas, lo mismo que la de los huérfanos. Así que, para las once de la mañana, el país entero tendrá que estar elucubrando; cada habitante ideará su propia teoría. Cuando ya se barajen demasiadas hipótesis y estén todos completamente confundidos, debe llegar el anónimo que encaminará las sospechas hacia Patria Nueva.

Tienen diez días para que el atentado suceda un jueves, para que se cuente con el mismo jueves para crear la confusión y para enviar, antes de los noticieros de la noche y el cierre de periódicos, la seudo confirmación de Patria Nueva como reivindicante. El viernes se llenará la escena nacional de análisis y protestas; quizá hasta dé tiempo a una nutrida manifestación espontánea; y por último, el fin de semana, para que suavice la tensión y comience todo a diluirse.

El miedo de nuevos atentados es lo que sí deberá permanecer. El público se lamentará de lo sucedido, pero, sobre todo, temerá por su propia seguridad. Eso será una tarea sencilla, para la cual Orihuela se pinta solo. Se entusiasma pensando en que sus históricos discursos se verán opacados por los que vendrán. El diseño de la información en los medios, por tratarse de seguridad nacional, será dictado por Rangel, a nombre del Supremo.

Demetrio se sorprende de lo entusiasmado que está construyendo este andamiaje de tantas variables. Hace tiempo que no se entretiene tanto. Está poniendo en práctica toda su experiencia de años en la política. Algunas veces la presidencia es árida: demasiadas definiciones en el terreno macro y muy pocas en lo tangible. Lo que ahora vive contiene muchos matices que cuidar y lo despierta, lo alerta; algo fascinante e inusual para él.

En los diez días que faltan, todos los involucrados tendrán que comportarse de manera impecable. O sea: la familia Orihuela deberá mantenerse fuera de cualquier rumor malicioso. Y Rangel: casi desaparecer de escena (no irá a ninguna reunión pública durante esos días y mucho menos a los burdeles). El propio Orihuela saldrá de los reflectores, ha programado actividades de bajo perfil y de contenido lo menos polémico posible.


Como las agencias de autos extranjeros de lujo han proliferado en los últimos años, el propio Octavio recibe innumerable publicidad de éstos, y una mañana mientras desayuna con el correo en la mesa, se le ocurre enviarle a Caas dos días antes del atentado contra los indocumentados, un sobre muy atractivo con la publicidad del más codiciado Alfa Romeo. Circula con marcador el precio y escribe: "MUY PRONTO SERÁ TUYO". Quizá eso le hará entender que existe una relación entre el depósito que llegará a su cuenta personal y el atentado contra los migrantes que ocurrirá el mismo día del depósito. Para que éste no pase inadvertido, piensa mandar a Narciso a hacer una llamada brevísima desde un teléfono público, al número personal de Caas, informando del movimiento bancario.

Demetrio infiere que en cuanto suceda el atentado en la fábrica textil, los del Norte llamarán para que Octavio se reúna con Smithson. Previendo esto, programan una visita al Norte con la excusa de la firma del acuerdo de intercambio tecnológico en hidroponia con la Universidad de Merith. Es un pequeño asunto pospuesto y que ahora viene muy a cuento.

Desde pequeño, Demetrio ha culpado a los demás o a las circunstancias de sus equivocaciones o fallas de carácter. Llega a retorcer las cosas de tal manera para evadir su responsabilidad, que muchas veces queda más abiertamente en evidencia. En esta ocasión la tiene bastante difícil. No atina a autojustificarse, no ya de lo de Vargas —quien finalmente juega en las ligas pesadas—, sino del asesinato contra estas mujeres.

Demetrio se consuela en las noches diciéndose que esas pobres trabajadoras realmente estarán mejor difuntas que viviendo esa vida miserable. Además, se impone una promesa: ver por la educación de los huérfanos hasta que sean mayores de edad; integrará un fideicomiso federal para ello. Quizá, alguno llegue a ser un eminente científico o literato, ¿por qué no? Pero, ¿qué remedio?, es necesario abonar el terreno, y a estas alturas el público no se conduele más que ante este tipo de acontecimientos, piensa exculpándose.

Éste es el gran momento de Octavio. Pasa cuatro días reunido con Ferrer en el despacho de su casa, a puerta cerrada y con el teléfono desconectado, exceptuando el directo con su jefe. Ferrer le da por su lado cada vez que repasa el dichoso plan. Para el ex policía es pan comido, pero le da coba a Rangel, quien se deleita adoctrinándolo. Lo que no imagina el hombre es que los tes que ha ingerido durante esos cuatro días lo matarán una semana después. "Pobre", se dice interiormente Rangel, lamentando su pérdida.

Esos diez días pasan sin turbulencia alguna en el país, aunque sí con una gran tensión entre los involucrados con el atentado.

La bomba estalla a las seis cuarenta y cinco de la mañana del jueves veintisiete de mayo. Mueren cuatro obreras de la industria de la confección y otras diecisiete salen heridas, dos de gravedad. La detonación derrumba el ala oeste de la nave y sepulta a las mujeres bajo un mar de escombros. El atentado, en una fábrica ubicada en el centro de la ciudad provoca un caos vial de altas proporciones durante varias horas de la mañana. Los noticieros matutinos cubren la zona con desenfrenados movimientos de cámara, mostrando el estado del edificio, los desechos y, por supuesto, las cuatro bolsas negras con los cadáveres. La programación regular de la televisión y la radio es suspendida durante toda la mañana.

En las oficinas de la Casa Dorada, Octavio es el primero en aparecer. Demetrio recibe la llamada del jefe de policía a las siete y diez. En realidad no lo ha despertado, pues no ha pegado el ojo en toda la noche. Hace su rutina de baño más rápido que de costumbre y ni siquiera toma un café al salir. Artemio le informa lo que se dice en la radio camino a la Casa Dorada, aunque él ha monitoreado los noticieros de la televisión. Lo tranquilizó mucho el hecho de que no hayan muerto más mujeres. Cuatro es un número aceptable. Son víctimas colaterales y nada puede hacerse ya por ellas.

Mariana recibe a Félix en su habitación en bata frente al televisor. Se miran sin decir nada y ponen las últimas noticias.

Octavio ya se ha puesto en contacto con Benito Urdiales, el dueño de las principales cadenas de televisión. Le pide que sea muy cauteloso, que ellos no tienen todavía ninguna línea de investigación, ni sospechosos claros, y que el presidente está por llegar para dar instrucciones. Le dice también que procure honrar la memoria de las víctimas y de sus familias, "es lo menos que podemos hacer"; o sea: se autoriza desde la presidencia a explotar con todo su contenido dramático el atentado y a no atenuar la connotación de que son migrantes pobres. Urdiales expone en sus noticieros la tragedia de las familias de las víctimas, usando pinceladas emotivas por su condición de trabajadoras pobres orilladas a emigrar desde sus países. Aunque, por una censura no pedida por Orihuela, Urdiales procura pasar de lado el aspecto político-social de fondo que el ataque conllevaría si fuese auténtico. Para no quedarse atrás con respecto a los análisis que ya se están haciendo en radio, improvisa una mesa de opinión con los intelectuales orgánicos todavía en nómina.

"Este gobierno no nos ha dejado otra salida al aceptar indiscriminadamente que nuestro pueblo sufra la invasión de extranjeros que crean la anarquía y que nos dejan sin trabajos. ¡Fuera indocumentados de nuestra patria! ¡Que el gobierno deje de protegerlos! ¡Que se vayan!: Fuerza Patria". Éste es el texto que lee Ferrer desde un teléfono público al director editorial del diario *El Mundo*. Éste llama primero a una estación de radio que forma parte de su empresa, y casi al mismo tiempo, llama a la oficina del presidente donde el propio Octavio atiende la llamada.

—Me temo que es el brazo armado de la organización Patria Nueva, pero no puedo asegurarlo en un cien por ciento. Hay que manejarlo con muchísimo cuidado, por favor. La situación es muy delicada.

Nada más colgar, la radiodifusora asegura la autoría de Patria Nueva y todos los noticieros hacen eco. La oficina de prensa de la Casa Dorada tiene instrucciones del presidente de no confirmar ni negar nada. Esto asegurará que la prensa dé como buena esta hipótesis.

Un poco antes de la lectura del comunicado, Ferrer ha depositado en una sucursal del Banco de Oriente la cantidad exacta del precio del Alfa Romeo. Y nada más salir, ha llamado a Caas diciéndole escuetamente: "Espero que el depósito que acaba de llegar a su cuenta sea de su agrado. Buen día".

El discurso que pronuncia Orihuela frente a la nación a las once de la noche es una pieza oratoria que tomó a Demetrio muchos días de trabajo. Es tan bueno, que tuvo que mancharlo con alguna imperfección por aquí y por allá para que se pensara que había sido escrito con un gran sentimiento de consternación en las últimas horas.

El entierro se realiza la tarde de viernes, con lo que la ciudad se altera más aún de lo habitual. Mariana y Demetrio asisten al velatorio que el Ministerio del Interior dispuso para las, ahora, cinco víctimas mortales. La población está consternada e indignada con los perpetradores del atentado. Pero Demetrio está convencido de que muy en el fondo de su alma, muchos dicen: "Ellos, los indocumentados, se lo han buscado. A ver si así paran de venir".

Por ello es imprescindible hacer énfasis en que los perpetradores del atentado son una amenaza, no sólo para los migrantes, sino para toda la población y para el gobierno. Esto, en un primer momento, la gente no lo creerá; pensará que únicamente están amenazados los extranjeros; pero hay que insistir, para que cuando se dé el atentado contra

Orihuela y Vargas, se alarmen arrepentidos por no haber hecho caso y clamen por la ley y el orden.

Demetrio no para de recibir en su despacho a los jefes de la policía y a los generales y brigadieres. Están exultantes; por fin tienen algo en qué ocuparse y lo primero es ponerle guardia a Caas. Se mete apresuradamente una investigación judicial para poder citar a las cabezas, tanto de Patria Nueva como de algunos otros grupúsculos fascistizantes.

Octavio está convencido de que Caas alegará inocencia, y aprovechará la ocasión para lanzar sus consignas, lo cual no hará más que inculparlo a los ojos del público deseoso de justicia. Aun así, no habrá pruebas, y la investigación se prolongará lo suficiente como para que antes de cualquier conclusión de la misma, se dé el golpe final.

Caas es llevado a declarar, sin ninguna imputación concluyente para detenerlo, a la una de la tarde del viernes. A la salida de la prefectura infestada de reporteros, Caas proclama su inocencia y la de su grupo, pero advierte a los ciudadanos de los peligros que trae una política de puertas abiertas con los bárbaros del Sur. Todo esto, dicho con un lenguaje matizado y suavizado por las circunstancias, pero aun así, muy pertinente para los intereses de Orihuela.

La promesa del presidente es la captura de los agresores, así sea lo último que haga en los meses de gobierno que le restan. Aparece su imagen una y otra vez en noticieros, programas especiales y primeras planas. Su fotografía consolando a uno de los huérfanos da la vuelta al mundo. Quiere que la población se sienta protegida con su sola presencia, para que después le imploren que no se vaya.

Se siente tan benévolo, tan paternal y protector con su pueblo, que de pronto se olvida de la realidad. Por momentos, asume una actitud de indignación meritoria a un premio a la mejor actuación. En realidad, una parte en él cree su papel de benefactor. Octavio lo inquiere asombrado, sin entender cuál es el mecanismo sicológico del que su jefe se vale para casi olvidar que él ha mandado matar a esas mujeres. Pero no es algo premeditado, le viene espontáneamente; se mete en la piel del mandatario que ve ofendido y lastimado a su pueblo, y que está dispuesto a todo por paliar su sufrimiento.

El fin de semana es de duelo en el país. Las ciudades están más apacibles que de costumbre. Aun para los jóvenes es de mal gusto salir a las discotecas semivacías, y la gente no levanta demasiado la voz en los cafés.

Las organizaciones de migrantes aprovechan al máximo sus quince minutos de fama y toman las calles durante tres días. Tanto es su enardecimiento y están tomando tanto protagonismo, que Octavio tiene que ordenarle a Ferrer que mande unos provocadores a las manifestaciones para mancharlas con un poco de violencia, no vaya a salirles el tiro por la culata, como ha sucedido ya antes en la historia reciente. Unos cuantos vidrios rotos bien filmados son suficientes para aplacar el impulso solidario.

Para el lunes es importante darle presencia a otras cosas en los noticieros, y así se hace, pero sin levantar del todo la nube de temor.


Las semanas previas a la llegada de Vargas tienen un tinte muy particular para los implicados en el atentado. Cada uno asume sus funciones, pero todos dependen de la buena ejecución del profesional, quien está por llegar al país. Demetrio piensa que sería crucial conocer todos los detalles de lo planeado, así que envía un correo electrónico con el código que especifica esa petición y deposita el pago que conlleva. Llega la respuesta por el mismo medio, veinte días antes del atentado, cuando los Orihuela ya empiezan a estar inquietos. Félix irá al recolectar la información.

Tener noticias del profesional es un alivio, pero también hace más patente el estado de conspiración en el que viven. Conspiración que tramaron tan sólo ocho personas con el poder y los recursos para hacerlo.

Lo esencial es lograr que una decisión converja en el interés específico de varios actores; y así fue cómo en este fenómeno se encadenaron los eventos y las voluntades, en una telaraña que va tejiéndose —tan fina como la seda— y en la que todos han terminado entrecruzándose.

# XVIII

Jan no sabe dónde poner los ojos; Soledad se mueve más ligera que nunca y su arcana sonrisa lo traspasa al decirle:

—Me dijo mi madre que ayer por la tarde me buscaste.

—Quería hablar contigo. Dime si podemos vernos en el taller al atardecer.

Soledad asiente y atisba en el azul de su mirada, pero Jan sólo devuelve una claridad desconcertante.

—En estos días me quitan el yeso.

Jan comprende lo que esto significa. Ya lo sabía ayer en la madrugada cuando había empezado a tallar para ella el unicornio. Estuvo despierto hasta que abrió el día y el sol reveló el color real del mítico animal recién nacido. Creyó procaz mancharlo con pintura; lo único que quedaba por hacer era pulirlo para que estuviera a la altura de su estirpe.

Terminan de cocinar a las cuatro y Jan sube al taller a encontrarse con el unicornio que lo espera. El cuerno largo y espiral, tan delgado como firme, es lo último que queda por pulir. Mientras lo hace, reafirma lo que sabe desde ayer: su necesidad de Soledad es más grande que su determinación y más fuerte que su razonada objeción. Sólo debe acomodar el amor que, sin codiciarlo ni presentirlo, se aglutinó en su ser. Aprenderá a liar la tristeza de Soledad con su propia paciencia, con su cariño.

Se siente de nuevo entero ahora que ha decidido no escapar, no acobardarse ante Soledad. La certeza de no querer dejar pasar lo que siente hace que un espacio despejado e ingrávido ocupe el sitio angosto e incierto que lo rodeaba hacía días. Con un tímido entusiasmo bosqueja en su mente el resplandor de momentos por venir junto a Soledad.

Intenta no distraerse y terminar el indómito unicornio que le ayudó a abstraer una vida sin ella, en la que se vio dentro de una esfera sombría y monocorde.

El cosquilleo le abrasa la garganta y se desliza a su pecho como un novicio ansioso. La verá en un rato más y su existencia, si ella lo acepta, habrá encontrado otro sentido. Podrá pensar en voz alta; paliar sus pensamientos recurrentes al interrumpir los de ella; aturdir sus miedos calmando los de la que será su mujer, si no es demasiado tarde.

El unicornio lo mira furtivo y Jan le sonríe al verlo tan gallardo y tan enigmático como su dueña lo es para él.

Siente sus pasos suaves, como todo en ella. Todavía sentado en el banco de trabajo la ve entrar y apenas entonces se acerca y la mira. Soledad retiene sus ojos azules, su boca tersa y, de muy adentro siente un deseo que le pone la piel alerta, perceptiva; quiere sentir a Jan, sentir sus manos, su aliento, su labios. Sin preámbulos, Jan le acaricia la cara con cuidado, como reconociéndola primero. Acaricia su pelo recién lavado que huele a azahares. Él la ve a los ojos muy serio, con una intensidad que habla por sí sola. Ella sonríe con un gesto delicado, como recibiéndolo todo sin prisa, disfrutando cada instante hasta sus más hondos significados.

Jan siente un arrebato de completa certidumbre, la lleva hasta la mesa y tomando con las dos manos el emblemático caballo, se lo da como en verdad le está dando su alma.

—Es para ti.

Ella lo toma y lo revisa con todos sus sentidos durante mucho rato, dándole vueltas, llevándoselo a la nariz, restregándoselo por la mejilla y tocando su cuerpo como quisiera acariciar el del hombre que la mira ahora ya sin disimular una sonrisa de alegría. Así lleva sus manos del roble al torso de Jan; con la misma curiosidad, con la misma emoción primaria del reconocimiento.

Las manos incandescentes de Jan trepan por debajo de su blusa hasta tocar esa piel inconmensurablemente tersa, tibia, uniforme. Sus labios respiran en su oído besando el pliegue y mojando con la lengua sus susurros. Desea tanto sus labios, que disfruta aumentando la espera de alcanzarlos, haciendo crecer aún más el estímulo que mueve sus dedos y su lengua y su respiración crispada en la piel de ella. Su olor, que tantas veces había aspirado en ráfagas tenues, ahora le inunda los sentidos y lo saborea exacerbado por su ansiedad de no dejar nada sin aprehender. Es ella quien encuentra impaciente sus labios y los recorre golosa con la punta de la lengua. Se besan con todas las ganas de declarar su pericia y de apropiarse de la del otro. Se besan mucho rato ambiciosos, turbulentos; jugando suave y rudo, probando las respuestas, midiendo la apetencia. Abandonando ese beso, Jan se separa un poco, desabotona la blusa azul y aprisiona con cada mano los pechos de Soledad, que se erizan a su tacto, y aún más dentro de su boca que los humedece y los mima despacio y ondulante.

Ella lo hace girar hasta dejarlo contra el borde de la mesa, y él, dócil, se abandona a la fruición de ella por desnudarlo por completo para tomar cada centímetro con todos sus sentidos intermitentes, sin recato, gobernándolo como ninguna otra mujer lo ha hecho y al mismo tiempo con absoluta sencillez. La excitación crece casi como un dolor y Jan intempestivamente levanta en vilo a Soledad hasta dejarla de espaldas sobre la mesa, y a contrapelo de su premura, besa su cuerpo hasta que escucha su respiración tan acelerada como la suya misma, y sube para besar sus labios con delicadeza. A Jan le aflora una ansiedad que amalgama la excitación, la impaciencia y el miedo. Soledad inhala inflamando su cuerpo para sentir la piel de Jan aún más adherida a la suya, y oye sus palabras:

—Te amo, Soledad.

Lo enrolla entre sus brazos y con un golpe de ardor

acuoso, dulce y apremiante, tira de su cuerpo para sentirlo dentro de ella. Sus sudores se mezclan impúdicos, inocentes. Se ríen de ese yeso que se interpone de pronto entre ambos, mientras que la otra mano no deja de sentir la piel que le arde en los dedos, sintiendo a Jan con todo su ímpetu, y ella aferrándose a que no acabe ese desasosiego de urgencia que le rasga y le cura en cada embestida. Entonces ella lo vira, lo doma y lo atempera, empezando de nuevo. Estira el placer haciéndolo crecer cadencioso y progresivo hasta que el deleite de la contención provoca su contrario, y ambos se desbordan en una agonía diáfana con rocío de miel. Arropados en un sopor nuevo y exultante, aún fundidos en el último abrazo, cada uno deshilvana las sensaciones en la soledad de sus pensamientos.

No hay prisa, ninguna, como cuando ya se ha llegado al lugar de reposo añorado y se deja uno calar por la humedad que lo envuelve. A Jan se le llena el alma y el orgullo al sentirla respirar sobre su pecho hasta quedarse sosegada, y la guarda entre sus brazos. Quiere prolongar esos momentos, grabarlos en su memoria, decantar lo que siente. Ella, con cada uno de sus poros, respira a Jan, al hombre que se metió en su ser con tanto cariño, con tanto cuidado. Se van desperezando y regresando al otro. Se miran arrogantes y desvergonzados, con una intención de ternura.

En un suspiro profundo, Soledad se deshace del abrazo de su amante, se levanta y Jan la admira cuando de espaldas camina hasta desaparecer por la puerta blanca que da al cuarto de baño. A solas cada uno sonríe por dentro con una alegría exaltada, reconociendo una sensación de permanencia, de pertenencia; esa comunión con otro que nos trasforma en algo que ya no carece de arraigo.

Soledad quiere distinguir con claridad todo lo que siente. Se toma su tiempo viéndose al espejo. Está desnuda y reconoce su cuerpo y luego el rostro que delata su gozo. Hace correr el agua que le refresca el cuello y le prueba su existencia. Así los encuentra la noche cerrada con un reflejo violeta que se filtra por el ventanal cerrado de la terraza. Un testigo mudo los ha mirado y ahora reparan en él. El unicornio de piel veteada por la vejez del madero, le revive a Soledad fantasías de su infancia.

Se visten sólo por el frío que se ha desatado ahora que Soledad ha vuelto a la calma.

—Mi niña hermosa.

—Mi juguetero guapísimo.

Tontamente se llaman nombres y se besan con cariño, con desplantes de bromas y de cachondería; parece inconcebible que en sólo unas horas hayan creado una intimidad ya inalienable.


Siente pena al pensar que no verá a Jan hasta mañana, y al mismo tiempo una mezcla de alivio e ilusión de quedarse sola reviviendo todo lo que ha pasado. Quiere dejar de ser perfecta frente a él y echarse en la cama con un plato de quesos y comer hasta hartarse y recordar todo lo que Jan le ha hecho sentir, y ruborizarse, y emborronar páginas sin sentido, sólo por el placer de contarse sus más secretos pensamientos. Se deleita recordando el cuerpo de Jan que sigue ahí, junto a ella, dentro de ella. Es un sentimiento de muchas formas, con muchas fibras que forman una manta de cielo translúcida, protectora, gentil, que la envuelve. Varias páginas gastadas en fantasías dormidas que se despiertan al contacto con la tinta y con unas cuantas migajas en los platos, Soledad se deja ir mar adentro en los deseos de su piel. Sin miedo, casi con descuido, comienza a morar a sus anchas en una ensoñación construida en ese tiempo virtualmente infinito, una historia de futuro con cuerpo y nombre.

Trascurren semanas durante las que cada uno vuelve a sus trabajos habituales y destinan las noches a estar juntos. Componen una cotidianidad que se va dando con desenvoltura en casi todo, excepto en la dificultad de Jan para hablar sobre sí mismo, sobre sus pensamientos más interiores. Con tiento, Soledad va aflojando las resistencias de él y se aproxima al mundo de un hombre que descubre cada día más cautivador, de una inteligencia penetrante y aguda. Sin embargo, Soledad intuye que su lacrado temperamento jamás le permitirá conocer del todo a ese hombre, al que va aprendiendo a querer más allá del enamoramiento. Es un caballero recubierto de una armadura con bisagras que pelea con sus miedos. No hay prisa, quiere desarmarlo venciendo sus defensas, poco a poco. Sólo espera que no sea invulnerable, pues eso los alejaría, aunque comprende que es muy duro el esfuerzo que tiene que hacer un hombre tan templado por la vida como Jan para ir sacando uno a uno sus trajes viejos y pasados de moda, su abrigo de crudos inviernos y todos los retazos que hay en los baúles de su historia.

Para sorpresa de Soledad, la presentación con los amigos coterráneos de Jan es mucho más fluida de lo que esperaba; le parecen auténticamente encantadores y es evidente que todos están animadísimos con el hecho de que el viejo amigo haya encontrado una novia, como ahora denominan a Soledad.

Cada noche le va costando más volver a casa, y cada vez con más frecuencia pernocta en casa de Jan, con la consabida complicación de volver por la mañana sin haberse duchado, para llegar a las carreras a alistarse para empezar a cocinar. Durante el tiempo en el que tuvo el yeso se había visto forzada a laborar de día, y decidió seguir haciéndolo así, para escribir por las tardes y pasar las noches con Jan.

Muchas madrugadas, cuando se despide de Jan y se encuentra sola de nuevo en su habitación, percibe la sombra con la que ha tenido que aprender a vivir. Es una sombra viscosa y perenne, que cubre con su oscura proyección su alma. Ella la combate sin tregua, y casi siempre han terminado en un empate; sólo una vez la sombra estuvo a punto de ganar. Desea tanto hacerla desaparecer, pero no ha encontrado todavía las armas para hacerlo. Es la compañera indeseable de la que nunca habla, ¿para qué? Sólo habiéndola sentido se la reconoce, no hay modo de explicarla. Algunas veces logra distraerla y se escapa de ella, pero sabe que siempre vuelve, fiel a su naturaleza… Es una compañera que nunca ha invitado, pero que no tiene fecha para irse. Lo mejor es darle batalla con los fármacos y aprender a vivir con ella. Burlarse de la sombra tiene un buen efecto: la desconcierta por un tiempo. Soledad puede ufanarse de haberla domesticado, pero a veces la sombra se sale con la suya y hay que comenzar de nuevo la batalla. Por ahora se mantiene a la distancia, pero ella sabe que está ahí, acechando.

Jan ha leído ya todos los cuentos que Soledad ha escrito en el lapso en el que han estado juntos. Está tan entusiasmado que recordando que uno de sus clientes es director de una editorial muy reconocida se presenta sin previa cita en sus oficinas. Afortunadamente, lo recibe enseguida. Se alegra al ver su Pierrot en uno de los estantes junto a otras curiosidades de varias partes del mundo. Le explica que trae la obra de una mujer muy querida para él y que le gustaría que la leyera para saber su opinión. Guillet le promete que lo hará. A los pocos días, se comunica para decirle que ha leído los cuentos y que quiere publicarlos si la autora puede escribir cinco más para cerrar una edición.

Teniendo el veredicto y la propuesta de Guillet, Jan intentará hacer conjugar varias cuestiones de una vez e invita formalmente a Soledad a una cena en su apartamento. A ella la invitación al principio le sabe curiosa después de pasar casi todo el tiempo en aquella casa, pero entiende que será una noche especial.

Faltan pocas horas para estar con Jan. Le resulta muy simpático que pase por ella como todo un novio formal para llevarla a cenar (algo que seguro ella le enseñó a preparar). La dulzura de ese hombre le ha devuelto el color a las cosas. Tan serio, tan formal, y tan lleno de pasión y de coraje.

En menos de dos horas llegará Jan por ella. Se entrega a esa emoción danzarina de buscar el vestido ideal, todo lo discreto para no verse sobrecargada y todo lo coqueto para verse mejor que todos los días. Cae en todos los lugares comunes de cualquier mujer: se cambia varias veces, se peina más de tres, hasta que, cuando cree que todo está en su sitio, algún detalle le rompe la armonía. Hortensia oye la puerta del armario abrirse y cerrarse y los pasos incesantes de su hija. Se muere de impaciencia por verla lista, y al percatarse de que está indecisa, va hasta su habitación:

—¿Me dejas ayudarte?

—¡Sí, por favor, dime cuál te pondrías tú entre estos dos! No vamos a ir más que a su casa a cenar, pero no sé si éste sea demasiado formal —de pronto, cuando se ve con los dos vestidos en la misma mano intentando darles forma sobre su cuerpo, le da tanta risa que contagia a su madre de la manera más tonta.

La risa le colorea las mejillas, y ese halo de alegría la hace verse hermosa.

—Te ves muy bonita… No sabes cuánto.

Soledad se ríe sin aceptar el piropo, pero igual se siente halagada. Está por llegar Jan y acaba poniéndose lo primero que sacó del armario, como sucede casi siempre.

No abre el portón con su llave, sino que toca el timbre con toda ceremonia y espera muy firme en la calle a que Soledad salga. Casi sin palabras y tomados de la mano llegan al edificio y suben por el viejo ascensor hasta el tercer piso. Nada hay de nuevo en ese apartamento pequeño, sencillo y limpio, sino la vida de un hombre común, para ella excepcional. Todo huele como siempre a maderas y a jabón de hierbas, junto con el olor a él, mezcla de aserrín, canela y manzanas verdes. Jan sirve una cena compuesta por guisos que ella le ha enseñado, más un postre de su tierra que aprendió de su padre.

Jan le explica a Soledad lo que se atrevió a hacer con sus cuentos y que pueden ser publicados si incluye cinco más.

—Me dijo textualmente: "Dígale que me llame y que la felicito, me gustaron mucho"... Me siento muy orgulloso de ti y espero que no te molestes por lo que hice.

Sin embargo, la mirada de Soledad se torna más enigmática que nunca. Jan no puede adivinar si está contenta o enfurecida y prefiere seguir y decirlo todo de una vez.

—Pero no sólo de eso quiero hablarte. Verás, lo he pensado mucho —hace una pausa y retoma con tiento—. Lo he pensado y no hay nada más importante para mí que estar contigo... Lo que quiero proponerte es que seas mi mujer. Nada en el mundo me haría más feliz... Pero no quiero que me respondas ahora, quiero proponerte que lo pienses y que cuando termines las cinco historias para tu libro de cuentos, me digas si quieres pasar tu vida conmigo.

Soledad continúa un rato con esa mirada extraviada. En un momento, se le empañan los ojos y con una sonrisa llena de todo lo que siente, besa suavemente los labios de Jan.

## XIX

Detrás de la reproducción del Monet colgada en la pared sur de la habitación 508 del Hotel San Honorio en el centro de la ciudad, está el disco compacto con los detalles precisos de la operación. Por saber cómo se realizará el atentado, se debió pagar un tercio más del precio original, pero fue necesario para organizar con precisión el escenario posterior.

Félix asiste a un seminario sobre Normativa Ambiental, en ese mismo hotel, y supuestamente para descansar, ha alquilado con antelación el cuarto justo frente a la catedral, en el quinto piso, el 508, registrándose a nombre de un colega.

El seminario se prolonga aburrido, como suele suceder con los ponentes demasiado deseosos de atención; además de que no se está diciendo nada nuevo, Félix está pendiente del disco compacto que estudiará más tarde.

Lo encuentra como estaba previsto y lo desencripta sin problemas con los datos proporcionados en el correo electrónico. La organización del archivo es impecable y no queda nada al azar. Lo único pendiente de confirmación —pero que el expediente prevé en varias posibilidades— es la posición definitiva de la guardia presidencial. Ésta se compone de la guardia histórica bajo órdenes militares y una guardia privada, que es la moda desde hace algunos años. Varios imperios se han levantado de ese negocio que se ha propagado por el mundo, con hordas de mercenarios y guardaespaldas, tanto para seguridad nacional, como para intervenciones armadas con ejércitos pagados con nómina privada: un imperio construido de crear la necesidad de protección y guerras preventivas, como un producto cualquiera: el último invento del mercado.

Por supuesto que Orihuela, siempre a la vanguardia, dispone de su escuadrón de seguridad privada, el cual ya ha pensado en cambiar en unos cuantos días para, con el pretexto de reforzar la seguridad del presidente, sacar a los ya habituados guardaespaldas y cambiarlos por unos que no estén familiarizados con las costumbres de vigilancia. Esto lo hará Octavio en cuanto termine Félix de estudiar el expediente.

Todo está perfectamente calculado. El profesional define su punto de tiro en la ventana del edificio Recoleta casi frente a la sastrería, mirando al oeste. En el apartamento treinta y cuatro vive un hombre solo, de sesenta y dos años, sin familia en el país, con una rutina muy sencilla: de la casa al trabajo y del trabajo a la casa, pasando por el bar junto a su trabajo, para cenar. Será víctima de un asalto violento dos días antes de la fecha del atentado y pasará al menos una semana en el hospital. Sufrirá fractura de tibia y lesiones varias. El profesional, desde ese día, se instalará en el apartamento. Cuando la guardia presidencial llegue, el mismo se tomará por deshabitado.

Desde su posición de tiro, lo que debe garantizar son unos cuatro segundos de exposición de la víctima, así como del presidente Orihuela, que a pesar de que no será atacado, tendrá que ponerse en el sitio para hacerlo suponer. La herida de Demetrio será autoinfligida, con un mecanismo de explosión muy común en los efectos especiales de cine, aunque en este caso sí lesionará levemente el costado, haciendo la marca del rozón de una supuesta bala. El expediente detalla el modo de preparación del mecanismo.

Era de esperarse que su propia huida no estuviera detallada en ningún archivo.

Todo es tan simple, tan nítido, visto en la pantalla del ordenador; y así debe suceder, piensa Félix. Terminado el seminario, le queda todavía tiempo para guardar el disco en la caja de seguridad del banco.


La reunión con Smithson representa para Octavio un acontecimiento de altos vuelos. Será algo muy breve y tendrá que entregar todo escrupulosamente presentado.

Rangel será llevado con Smithson justo después de la firma del convenio, como una deferencia con el gobierno del país, ahora que las relaciones están tan consolidadas. El objetivo real es que el secretario de Estado lea la fecha, la hora y el lugar en donde se llevará a cabo el atentado, y el número de bajas programado.

Octavio llega a Merith junto a dos acompañantes: un viceministro y un asesor que son los que se encargarán de todo el protocolo del acuerdo. Él aparecerá en el último minuto, como todo un señor, sólo a firmar, brindar y tomarse la foto. Asombroso en él, está en la cama solo y sin citas a las nueve de la noche. ¡Con lo que me gusta el barrio duro de esta ciudad…! Pero cree que Smithson lo está vigilando y va a comportarse bien.

Octavio queda desencajado después de la visita al secretario de Estado. Con toda la arrogancia de la que son capaces los del Norte, Smithson recibe a Rangel como si fuera un simple mensajero al que ni siquiera dirige la vista. Le hace señas para que deje el expediente en el escritorio —evitando dejar sus huellas en éste—, lo lee en treinta segundos, cierra los ojos para memorizar los datos, le indica a Octavio que tome la carpeta de nuevo y dice simplemente: "Okay". Dicho lo cual, regresa a su tarea y deja al emisario a su criterio el despedirse o no. Octavio está tan enfurecido que tarda un tiempo en atinar a irse, lo que hace en medio de un inadecuado "Hasta luego". ¡Con lo mal que le cae esta gente de por sí, y encima esta descortesía!

Octavio vuelve al país y se entrega de lleno a los preparativos del atentado. Dado que León Caas es el hombre visible de Patria Nueva, es por tanto en quien hay que depurar la mayor parte de los recursos inculpatorios como autor intelectual del atentado. Rangel estudia con todo detalle las figuras de segundo plano de la organización. Dos de ellos encajan perfectamente en el perfil de soldados sobriamente adoctrinados y con indiscutible inclinación a la violencia: Bernardo Cajigas y José Luis Ortiz. Sus expedientes policiacos son lo suficientemente extensos y jugosos como para que nadie ponga en duda su culpabilidad.

Félix, por su parte, no está preocupado por eso, pues confía en que mientras él tenga el control de los medios de comunicación, la opinión pública creerá sin vacilación que los señalados como responsables son sin duda los culpables. Sabe que en los últimos años, los pueblos del mundo se han tragado las explicaciones más peregrinas imaginables sobre la autoría de varios históricos atentados. Un magnicidio hace que todos se paralicen, incluidos los medios; por lo cual el primero que define se queda con la verdad. Y en este caso el primero que reacciona y define es el que no es tomado por sorpresa, o sea, el perpetrador.

Félix tiene muy claro que será el tono de la prensa lo decisivo en la conformación de la opinión pública. Y es aquí donde él entrará en escena abiertamente. Las pequeñas lesiones de su padre lo legitimarán como vocero de la familia durante su ausencia temporal. Se percibe a sí mismo con total capacidad para hacerle frente a las cámaras y a los micrófonos, enviando el mensaje preciso: guapo, diestro en la retórica, lógico y articulado como el que más para construir defensas y acusaciones, y afectado tan directamente por la tragedia, será el intérprete perfecto de su padre.

En esto enfoca sus recursos Mariana. Félix debe edificar

la imagen de estadista moderno, con aptitudes innegables para gobernar. Los días de reposo de Demetrio serán decisivos para su hijo y esperan sacar buen provecho de ellos.

Orihuela, mientras tanto, goza de una mejoría en la percepción pública según las últimas encuestas, debido al retiro total de los barcos camaroneros desde hace varias semanas, y por el buen recibimiento de su propuesta de ley, la que, sin embargo, ha tomado demasiado tiempo en aprobarse.

Demetrio está tremendamente nervioso y busca a Mariana varias veces al día para poder hablar con alguien de lo que le angustia. Ésta, harta, le rehuye como a la peste. Ha llegado a decirle que si no se controla, lo mejor será cancelar el asunto. Ante semejante respuesta Demetrio se ha quedado sin nadie en quien confiar. La ansiedad le suda por los poros y su esfuerzo por ocultarlo lo agota de tal manera que cabecea a cualquier hora del día.

Empieza a torturarle en sueños el fantasma prematuro de Vargas. (Nunca un sentimiento de culpa se había apoderado de esa manera de la conciencia de Orihuela.) Varias veces ha tenido un sueño —tan transparente como su culpa— en el que se ve marchando entre una multitud, con las manos atadas a su espalda, frente al escarnio público y a su madre, mofándose de su hijo convertido en un vulgar delincuente.

Además repara en que el atentado avanza ya con o sin él; todos meten mano y ha perdido el control que tanto quiso preservar. Siente como si todos se estuvieran aprovechando de él y de su idea; se siente convertido de nuevo, y como siempre en su vida, en víctima. Ya no es Vargas el sacrificado, sino él mismo; como si estuviera a punto de inmolarse por los demás en esta aventura.

Piensa con angustia en la cantidad de veces que se habrá

salvado él de un atentado. Es casi un milagro que siga vivo; cuántos, durante esos años, habrán pensado en matarlo, se pregunta.

Después de horas dando vueltas en la cama, invadido de ideas recurrentes, termina consolándose al pensar que lo hace por el bien de todos: que él se ofrenda por el bien común.

La fecha se acerca irremisible. Todo el transcurrir apacible de los días previos es sólo manchado por la neblina cada día más espesa que forma el teatro donde las máscaras ya están nominadas.

El sentenciado Rolando no ceja en sus esfuerzos por desmentir tan bien acendradas mentiras; siente que las estrellas no le son favorables y no le falta razón. Ha llegado a consultar al brujo más afamado de Pestrana, quien lo tranquilizó asegurándole que le deparan tiempos mejores. Quizá sea que sobre su nuca siente el peso de las miradas que a lo lejos no lo pierden de vista, mientras que él está protegiendo un flanco que no es el que está amenazado; ése lo ha dejado totalmente al descubierto.

Mariana, de su lado, cultiva una relación epistolar erótica con el desatinado de Casasola. Esto le es muy cómodo a ella, pues no tiene que soportar las caricias del susodicho y posee toda la influencia sobre él para lo que venga.

La señora Orihuela empieza a sentirse como la heredera de un segundo trono; éste construido por ella misma, aunque la transformación de Félix ahora que sabe que aspirará a la silla presidencial ha sido muy veloz. Exuda bríos renovados que a Mariana intranquilizan, pues presagian que su hijo no tendrá la paciencia necesaria para esperar su turno. Conoce bien los destiempos de la política y ésos no perdonan nunca. Pero su hijo es demasiado joven para ser sabio y demasiado impetuoso para ser prudente.

Con estas cavilaciones llegan a la víspera de la visita del presidente Vargas. Todo está dispuesto para su recibimiento. Permea un gran revuelo en torno a su llegada. Eso espera el inocente de Vargas y eso es lo que obtendrá. Todo para lograr exaltar la antítesis entre la fiesta y la muerte.

Demetrio se consume en negras ideas; Mariana vigila todas las aristas cuidando de que no choquen ni se salgan de su órbita; Octavio observa taimado, agazapado entre telones, cómo corre una conspiración que él ha tramado y por la que ya nadie le da crédito, y Félix empieza su viaje a la autocracia, un tránsito que no deja inalterado a ninguno que cae en su embrujo.

Es joven e ignora que el poder no es algo que se habitúe a uno; es una conquista constante, interminable; es una carrera contra el olvido; una carrera contra la soledad.

## XX

Los aromas del trigo y el anís envuelven la casa augurando un suculento almuerzo bajo el naranjo, que dibuja un entramado asimétrico de lunares luminosos sobre la mesita del jardín. También se delatan el perfume del mango y, más tímida, la naranja recién ordeñada. El calor dulzón de esa mañana de primavera vieja cobijará la comida que Soledad ha previsto para este sábado.

Se había levantado al alba y salió al mercado. El rocío fresco de los jardines se evapora anunciando un buen día de sol. Pocas cosas le entretienen tanto a Soledad como ir al mercado. No deja de asombrase de cómo conviven, como en un potaje campirano, ingredientes de las familias botánicas y de las animales. Los rosados ojos de los pescados que alertan de su lozanía a quien sabe escudriñarlos. Las perdices, codornices, faisanes, gallinas y pollos que dejan un olor a crudo y a humedad de granja y que sin dificultad imaginamos en guisos con salsas, curry o adobos. La sobriedad del imponente cuchillo del carnicero que domina por igual el tierno lomo que las rudas costillas. El misterio del puesto de hierbas que siempre esconde algún brebaje entre el aroma del tomillo y el romero, y que solemos pedir en susurros. Las incomprendidas legumbres con el rojo de sus tomates, el amarillo de sus pimientos y los muchos verdes de hojas sanas que nos incitan a convertirlos en manjares. La alegría de los mil colores de las frutas dulces y cítricas que nos hace ladrones de uvas y de cerezas. Pero no menos importante, la miscelánea de utensilios, cubetas, lazos, cacharros. Varios kilos de todo aquello cargó Soledad de vuelta a casa. Se había decidido por unos frescos boquerones en vinagre, unas perdices asadas con salsa de menta, dos magníficas ensaladas y un panqué de almendras digno de una estrella.

Desde que afila sus cuchillos, le invade el gustillo por su cocina. Las hojas de acero templado destellan filo y batalla, comprobando en cada corte y en cada maniobra que el suyo es un oficio bien aprendido.

Tan plena como se siente ahora, Soledad quiere saldar la asignatura que tiene pendiente con su madre y por eso la ha citado al almuerzo de esta tarde.

Lo había sopesado con calma, procurando deslindar la mayor parte de las emociones: el centro de su dolor era el desamor, pero sobre todo, la duda, no saber realmente por qué su madre se había ido de casa. Todavía le duele recordar lo que sintió cuando pasaron los días y vio que su madre no volvía. Había construido en su mente tantas justificaciones: otro hombre, un pleito terrible con su abuela, una enfermedad mortal y misteriosa; nada excusaba el haberla dejado atrás como un lastre. Durante esos cuatro años de adolescencia en los que vivió lejos de Hortensia, todos los días se preguntaba lo mismo, ¿qué le había hecho ella a su madre para que se fuera? Porque era imposible pensar que aquella mujer que la había bañado cuando niña con tanto cariño hubiera estado fingiendo todo ese tiempo. Había notado que unos meses antes de irse, su madre ya no reía como siempre y cada vez estaba más delgada. Por eso, durante los primeros meses llegó a pensar que le ocultaban que estaba enferma. Pero poco a poco se dio cuenta de que ningún problema de salud la alejaba de ella, como había sucedido cuando era pequeña.

No es esta mujer que está a unos metros la que le duele, es la de quince años atrás, la que fue perdiendo poco a poco la sonrisa. Aquella que le acariciaba el pelo mientras le hacía una trenza primorosa. Aquella que se metía debajo de los terciopelos y los transformaba en naves interplanetarias. Aquella que en las últimas épocas ya no la veía con ternura. La Hortensia que estaba a unos metros sabía por qué aquella otra se había ido de casa. Debía preguntárselo, pero una vergüenza ácida la había detenido hasta ahora.

Soledad, la tarde anterior, había abierto la puerta de su habitación y observando el pasillo como si se tratara de una pendiente muy pronunciada hizo de lado el orgullo y se quedó sola con su miedo a unos pasos de la mujer que una vez tanto la había lastimado. La puerta estaba entreabierta y el perfume de su madre se coló por la rendija. Era el mismo que había dejado de habitar la casa paterna y que ella buscaba entre sus abrigos abandonados. Volvió a ser tan frágil como cuando a los trece años un hueco fue creciendo dentro de ella, un hueco como una hernia desgarrada que nadie pudo ver. Volvió a sentir la rabia que la había ayudado a no deshilarse. Y también se deshizo de la rabia. Así, sólo ella y su miedo entraron siguiendo el olor a naranjo en flor.

Su madre se sorprendió al verla en esa habitación que nunca antes había pisado. Estuvo a punto de levantarse alarmada, pero los ojos de su hija le dijeron que no había más urgencia que la que rondaba desde hacía quince años.

—Siéntate, hija.

—Madre, sólo quiero pedirte que mañana bajes al jardín a comer conmigo y que me expliques por qué nos dejaste a papá y a mí. Sólo quiero saber, no voy a juzgarte, ni a cuestionarte nada, sólo quiero entender.


A la hora en punto Hortensia baja para encontrarse con la situación que había evitado durante tantos años. Se sienta frente a las fuentes ya servidas, y Soledad sale por la puerta del comedor con una jarra de horchata de la cual sirve dos vasos. Empiezan a comer picando de todo un poco, susurrando referencias a la comida. Soledad deja que su madre vaya acoplándose al entorno para comenzar a hablar.

Hortensia busca a su alrededor algo a lo que aferrarse y sólo encuentra los rojos geranios frente a la ventana y fija en ellos la mirada.

Se asombra al recordar el tiempo que ha pasado desde todo aquello, pero se tranquiliza pensando que ya no es la misma y que narrará sólo una historia que alguien le contó alguna vez.

—Sería muy sencillo decirte que no podía respirar en esa casa, aunque eso también sería cierto. La rigidez y las medias palabras de tu abuela lo impregnaban todo. Yo era joven y me sentía vieja... Pero no fue eso... Cuando nos conocimos tu padre y yo, nos enamoramos casi de inmediato. Él era mi maestro de ciencias en la preparatoria y yo lo veía como a un dios sabio y bello que se dignaba a mirarme. Procuré disimular ese sentimiento de relativa inferioridad desde el inicio de nuestro noviazgo y utilicé mis armas más poderosas de seducción para no perder a aquel hombre que tanto anhelaba que me viera con orgullo. Tú sabes que nos casamos después de un corto noviazgo y durante varios años nos dedicamos enteramente el uno al otro. Ahora que eres una mujer y estando enamorada de Jan, comprenderás lo que es vivir una pasión. Con tu padre viví durante varios años una relación volcánica. Él sintió que ya era tiempo de ser padre y comenzó a presionarme para que quedara embarazada. Me resistí un tiempo, hasta que finalmente naciste. Nuestra relación cambió drásticamente aun antes de tu nacimiento; nos fuimos alejando. Ahora entiendo que tu padre sencillamente quería respetar mi maternidad, por el miedo propio de los hombres frente a una mujer encinta. Era tanta mi tristeza al sentir que nuestra pasión se había extinguido, que el mismo dolor y la rabia contenida me hicieron actuar desde los primeros meses de tu nacimiento de un modo absurdo, rechazando sistemáticamente a tu padre. Fue sólo un mecanismo de defensa con el que le gritaba en silencio que me tomara en sus brazos y rompiera mi resistencia; era sólo una reacción de impotencia por recuperarlo. Una actitud infantil. Él no sólo no reaccionó como yo esperaba, sino que desconcertado, optó por mudarse fuera de nuestra habitación. Sin decirme nada, con un dejo de resignación, tomó sus cosas y las llevó al cuarto junto al tuyo. En ese momento lo que yo más quería era decirle lo mucho que lo amaba, pero mi orgullo y mi confusión me hicieron actuar exactamente al contrario. Herida en mi orgullo, tuve que fingir indiferencia para no desmoronarme. Todo era una mascarada para encubrir mis verdaderos sentimientos, y tu padre llegó finalmente a creer que yo había dejado de quererlo. Nunca sospechó con qué secreta intensidad yo lo adoraba... Siempre sentí, y era verdad, que yo a él le resultaba simple, tonta. Durante aquella hepatitis mal tratada que me hizo separarme de los dos durante casi un año, fuimos recuperando algo del erotismo perdido. Él me visitaba los sábados por la noche y esos encuentros nos llevaron a rescatar la intimidad. Pasamos años muy buenos. Tú, por otro lado, aunque todavía niña, te ibas transformando en mujer y yo veía a tu padre con qué orgullo te miraba, con qué atención te escuchaba y leía todo lo que escribías. Veía crecer esa complicidad que iba formándose entre ambos y de la que yo estaba excluida. Empezaron a crecer en mí unos celos inmensos por los cuidados que tu padre te prodigaba; eras su espejo y yo era sólo una sombra, tan terrenal, tan común. Te adoraba y al mismo tiempo te quería lejos, para que tu presencia no denunciara mi mezquindad... No sabía cómo actuar frente a todo eso que sentía, no sabía cómo acercarme a ustedes sin sentirme ridícula, y no sabía cómo recuperar el cariño de tu padre, que yo creía desvanecerse. Coincidió esto con que obtuvo un contrato estupendo en la ciudad para terminar el museo de ciencias. ¿Lo recuerdas? A veces pasaban semanas en las que no nos veíamos. Al mismo tiempo, se me había metido en la cabeza que esas ausencias se debían a que tenía una amante. Idea que con los años supe que era completamente falsa. Después entendí que era el proceso normal en la construcción de una familia, que la pasión amaine con los años; pero yo sentía que todo mi mundo se había trastocado de manera irreversible por factores que yo no comprendía. Cada día me era más insoportable aquella situación, hasta que decidí salir de ahí. Me había construido un juego tan retorcido, que no lo pude desenredar, y huí… Con el pretexto de una tonta discusión con tu padre, fingí un berrinche y abandoné la casa. En el fondo, lo que realmente ansiaba era que él corriera tras de mí y me rogara que volviera. Durante mucho tiempo esperé que eso sucediera, hasta que me resigné a aceptar que lo había perdido.

Soledad permaneció un largo rato contemplando el cielo a través de las hojas del naranjo. Fue oyendo de nuevo en su mente, cada vez con más sorpresa, una a una las palabras de su madre. Jamás pensó que la respuesta fuera algo semejante a lo que acababa de escuchar. Un nudo apretado se aflojó en su interior, pero el dolor no desapareció del todo; la cicatriz quizá no desaparecería nunca.

—Sé que siempre he tenido un espíritu ordinario, y aunque por fuera aparente elegancia, soy un ser vulgar y tú no, ni tampoco lo era tu padre. Tenían los dos en común esa capacidad de regocijo interno que yo no conozco. Aunque sé que has pasado etapas terribles, son parte de lo mismo, de sentir como sientes —hace una pausa mientras recupera el aliento—. Pero te quiero decir otra verdad: la vida me ha dado un poco de lo que tanto les envidiaba, y ahora te quiero y te admiro más que a nada en el mundo, y este sentimiento es lo más bueno que he tenido nunca.

A partir de ahora las dos mujeres presienten que un nuevo estado empieza para ellas.

—Yo solamente quise entender, madre. Me he deshecho

pensando el motivo. Eras mi centro y cuando te fuiste me quedé perdida y me sentí humillada.

Volvió a otear por entre las hojas y asomó a sus labios una melancólica sonrisa

—¡Qué curioso!, pensar cómo envidio yo esa ligereza con la que enfrentas tú la vida. Eso que me has llegado a envidiar no creo que sea un atributo, es casi una maldición.

Realmente le dio una pena inmensa pensar que lo que había finalmente llevado a su madre a actuar así, una torpeza, se había traducido —como casi siempre sucede— en un acto de egoísmo. Hortensia se había sentido herida por algo inexistente y sus reacciones habían sido tan absurdas como desmesuradas, y no se dio cuenta de que lo iba perdiendo todo. La simpleza de espíritu le jugó una mala pasada. Pero conocer esta verdad le aligera a Soledad ese resentimiento que ahora ve sobrevaluado por tantos años. Siente un principio de lástima por aquella madre suya que tan tontamente había dejado ir parte de su vida.

—Nuestra partida de la finca fue muy dolorosa. Sentí que el mundo se cerraba frente a mí y, sin embargo, pude levantarme y eso me hizo un poco más fuerte. Si Inés siguiera conmigo, mi vida sería casi normal; sólo que no pude resistir su muerte, que casi me mató a mí también. Estoy segura de que te culpaste cuando intenté suicidarme. Pero mi tristeza no sólo era por tu abandono; tú sabes bien que desde pequeña fui muy frágil. Quizá nuestros enfrentamientos me pusieron en un estado que sacó de mí una parte arrojada que de otro modo hubiera permanecido oculta —hace una pausa larga como quien busca no olvidar algo muy importante y dice—: me entristece que no te hayas sentido querida por papá, pues a pesar de lo que tú creías, te amaba profundamente; yo fui testigo de su abatimiento cuando nos dejaste.

Soledad mira a su madre con delicadeza, se pone en pie y le sirve el arroz con leche que tanto le gusta, dejando atrás parte del dolor del pasado.

Redondear las historias y que cada una sostenga una idea puntual y sorpresiva en el final, no está siendo una tarea fácil para Soledad.

Frente a la hoja en blanco, las primeras líneas son las más difíciles; después, las palabras llegan solas y los personajes toman por voluntad propia caminos insospechados. A ratos, ella misma se transporta a la hoja en blanco y lo que la rodea sólo existe para poder sostener el lápiz con el que escribe. Cuando levanta la vista, debe reenfocarla, pues a veces no recuerda dónde está; no es que vuelva de dentro de la escena que está contando, no, es como si regresara de un espacio ingrávido en el que su mente dirige la mano, que a su vez es sólo un vehículo para concretar, para darle forma y carne a lo que está disperso en su cabeza. Ella misma a veces no sabe de dónde sale lo que escribe y le parece mentira la cantidad de palabras que puede escribir y las pocas que puede pronunciar.

Sin despegársele va junto a ella todo el tiempo el hilo de la historia, y en cuanto puede, caminando en la calle, tomando un baño o pelando naranjas, retoma ese hilo y empieza a jalarlo con calma para ver a dónde irá, por dónde torcerá. Algunas veces tiene que deshacer lo andado un poco y empezar de nuevo. Pero lo medular es que a todos los sitios la sigue esa presencia discreta que no exige atención, sino que la conquista. Se va acostumbrando a llevar con ella una libretita en los bolsillos de las chaquetas, y los pantalones llenos de lápices. Prefiere ir al parque, donde el viento de la tarde le despeja la mente. Los pájaros remolones le abren una ventana, o el musgo del estanque, o el niño que la ve sin recato. Sus días pasan cuajados de búsquedas, reflexiones, discusiones internas, reproches, hasta riñas y una que otra risotada entre dientes cuando algo la deja muy satisfecha. No tiene tiempo ni de acordarse de su tristeza y esto le asombra. Cuanto más imbuida está en la historia, cuanto más complejos se vuelven los caminos para resolverla, más aplacados y distanciados mantiene a sus demonios.

Es como un árbol que creciera en ella, donde cada historia es una rama que florece y que la va llenando de hojas y flores y nidos y más ramas. Ese árbol cada día más frondoso, con las raíces clavadas en su cabeza y en su corazón, pide humedad, cuidados, atención y le consume horas, emociones, ideas. Ya no tiene que guardar silencio; Soledad ha encontrado su lenguaje.

Se acerca el final de la última historia y, por lo tanto, el principio de la suya.

Ese árbol crece poco a poco haciéndose fuerte dentro de ella, tanto que empieza a no saber dónde empieza ella y dónde termina el árbol.

Esto por el día y, por la noche, Jan. Cuando éste termina su jornada en el taller, ve si Soledad ha terminado de escribir y se marchan juntos a su casa. De vez en cuando ella lo alcanza más tarde para no interrumpir el impulso que ha tomado en la historia.

Él la recibe con una sonrisa amorosa y entre sus manos se siente incorpórea, lo mismo que él entre su pelo y su olor a hierbabuena y a anís estrellado. Es como un viaje sin sendero, que se cruza con el solo abrazo de sus manos, manos curtidas de trabajo y de paciencia; manos de consuelo hondo y de tacto fácil.

Al caer la noche Soledad y Jan se hunden en las arenas peligrosas y fascinantes; cuando la voz toma otro tono, los ojos y la mente se alertan, el oído descansa y la piel despierta.

Descubren juntos la noche y sus secretos; el sonido inaudible de una caricia que resuena en la inconsciencia; las risas para los otros invisibles. El valor de desnudar cada poro para el otro, que lo recibe y lo bebe a sorbos atentos y cándidos.

Ese gozo de saberse junto al otro, dentro del otro, que cada noche los recibe golosos y apacibles, porque ya no tienen prisa.

Un viaje de tonos malva que se torna violento y altanero por un deseo escondido y robado con alevosía. Un viaje en el mar azul y plata de sus ojos y de sus manos, y de entrar en ella como en un río que crece y que la corriente guía por los cauces que ella indica.

Un naufragio de fuego y de sal los llena a cada uno del otro.

El cielo por la ventana enmarca las nubes doradas que los segundos deshacen hasta quedar sólo en un hilo de algodón rosado y etéreo. Nubes extrañamente azules y rosadas, con destellos del Sur, se elevan para tornarse grises como la mañana que las recibe.

# XXI

El profesional da dos pasos al aparecer detrás del arco en la misma calle que se tornara oscura después de que él mismo rompiera la bombilla del farol de una pedrada el día anterior.

El caminar arrastrado del hombre del apartamento del edificio Recoleta suena por la calle en tinieblas igual que el barrer acompasado de una escoba. Tan abstraído está en sus pensamientos que no nota que alguien lo sigue y sólo reacciona cuando de golpe el profesional le pone el arma en la nuca y con la mano izquierda catea la bolsa trasera del pantalón encontrando su billetera. El profesional pronuncia la única palabra que ha practicado para decirla sin acento: "cállate", aunque el otro no ha dicho ni mu. El hombre no sólo no opone resistencia, sino que ha estado a punto de caerse cuando las rodillas le han empezado a temblar. El profesional le lleva el brazo a la espalda y comprobando que el hombre está bien plantado, con una adiestrada patada, le rompe la tibia. La víctima da un grito ahogado y cae al piso, el otro remata con una paliza que asegurará que quede baldado por al menos cuatro días. Tira la billetera después de sacar el dinero, sale a paso ligero de la calle oscura y se detiene, para permanecer oculto a pocos metros. Un vecino del primer piso se asoma por el ventanuco de su cocina al oír los gritos de auxilio del hombre, y viendo a la víctima en el suelo, entra de nuevo para llamar una ambulancia, que tarda una barbaridad en llegar por el herido.

La noche siguiente, el profesional entra al edificio del hombre con una pequeña maleta y en unos segundos abre la puerta del apartamento. Cierra bien las cortinas, revisa las habitaciones y dispone sus pertenencias sobre la cama de la habitación principal; es el cuarto de baño interior que da a ésta el que le servirá de posición de tiro. Entra y contempla su imagen en el espejo del gabinete; le agrada ver ese rostro armonioso, de ángulos suaves y nariz helénica. Es un semblante dócil, que por no tener rasgos prominentes, le permite transformarse con tanta facilidad. Lentamente se quita la camisa y admira su torso atlético, no demasiado delgado y forzadamente lampiño.

Faltan poco más de cuarenta y ocho horas para realizar el trabajo y volver a Europa para recolectar el millón y medio de euros que le pagará Karlman. Piensa en ello y hace algunos cálculos mentales con relación a su cuenta bancaria.

Toma un libro de Salgari que ha traído con él, y para oír si se produce cualquier movimiento en el pasillo fuera del apartamento, se echa en el sofá del salón a leer tranquilamente.

# XXII

—Mañana y pasado procura no salir de casa porque van a cerrar un montón de calles por la dichosa visita del presidente Vargas —le dice Manuel a Jan con fastidio y sigue hojeando la sección nacional del periódico.

—No iré al taller estos días. Mientras Soledad no me llame para decirme que ha terminado los cuentos, no pienso salir —le contesta Jan, quien devora un pan con mantequilla—. Si quieres venir a casa a comer… Ya te imaginarás cómo ha mejorado mi cocina.

—Gracias, pero hoy me es imposible. Lo que quisiera es leer los cuentos de Soledad. No me hagas esperar hasta que los editen, hombre. Ya te los había pedido hace días…

—Tengo que preguntarle a ella primero. Pero hoy lo hago, y si me dice que sí, mañana te los traigo.

Jan vuelve del café directo a casa; tiene ganas de estar solo. Convencido de que muy pronto Soledad le dirá que acepta ser su mujer, quiere despedirse, decirle adiós a su vida de tantos años.

Le resulta extraño esto de vaciar cajones, hacer espacio en el gabinete del baño, tirar las toallas viejas y voltear el colchón que tiene en el lado izquierdo su cuerpo marcado. Durante dos días ha limpiado cada rincón.

Soledad vive en una templada austeridad y él sabe que eso no cambiará, pero aun así no puede medir cuánto espacio dejarle libre; así que se deshace de una pila de tonterías que ha ido acumulando por años.

Es la misma casa, pero la encuentra distinta, como si una

263

parte de ésta se alejara de él y tomara distancia para recibir a su nueva dueña.

Jan se despide de sus largos domingos rumiando el cansancio de la semana. Le dice adiós a ese estado en el que se considera libre de decidirlo todo sin preguntar ni oír a nadie. Se despide de la preocupación de no olvidar las llaves para no quedarse fuera. De, como un gato, comer picando lo que haya, para luego reclamarse no tener nada decente en la alacena. De tener un orden que sólo sigue su lógica caprichosa y aleatoria. De oír por horas su silencio, sus pensamientos, sus recuerdos, el paso de su tiempo…, de sus deseos. De entender que sólo de él depende que el polvo no se acumule. Le dice adiós a sus noches densas, a las malas películas en la televisión, a las bolsas de golosinas y a las pizzas por teléfono. Le dice adiós a esa soledad que durante tantos años lo ha acompañado y que es una amiga a la que ha aprendido a querer.

Se despide de las cartas y las fotografías de todas las mujeres que cortejó durante esos años y con las que se sintió menos solo. Se despide del hormigueo de traer una nueva conquista a casa y descubrir sus encantos secretos. Le dice adiós a todas las mujeres que ya no conocerá en la intimidad.

Le dice adiós al eco de sus miedos inconfesables, a la ridícula bata de estar por casa que tanto le gusta y a mal cantar bajo la ducha las canciones de su tierra. Le dice adiós a esa vida tan meticulosamente construida para no aborrecer estar solo, y que al final se ha convertido simplemente en una forma de vivir.


Ahora piensa cómo algunas manías irremisiblemente se irán revelando a Soledad, y la imagen que de él tiene se amoldará a la realidad.

Se sorprende al recordar cómo sus caricias le entibian

el pulso, y cómo, aun sin su presencia, una sensación de compañía le llena el cuerpo. Le da la bienvenida a Soledad, que será su referente y su constante; el espejo piadoso y a la vez implacable, en el cual a partir de ahora se mirará.

## XXIII

El sol se refleja en tonos de plata bruñida en el mar que sobrevuela el jet presidencial. Este paisaje le anuncia a Rolando Vargas lo cerca que está de su destino.

Rosario, su esposa, se espabila de la duermevela que la ha arropado casi todo el viaje. Se apresura a componerse un poco y se cambia la blusa por una perfectamente planchada para el recibimiento, pues es probable que vean a la señora Orihuela antes de la cena, y ella siempre va de punta en blanco. Rosario, que ha trabajado por años en la academia, no conoce casi nada sobre etiqueta, y carga con dos grandes maletas para estar prevenida por cualquier compromiso de último minuto, a pesar de que sólo estarán tres días fuera del país.

Después de convencer a Vargas de ir con ellos a esa visita, Casasola ha comunicado a Mariana, su platónica amante, la gran nueva. Acto seguido, acude a su centro de descanso preferido para que lo dejen en dos días como salido de una revista de modas. También los acompañan en el avión el ministro de relaciones exteriores, el asistente personal de Vargas y su valet, dos secretarias y tres guardaespaldas.

Tan firme como si se hubiera tragado un palo, está el canciller Salvador Díaz en el hangar para recibir a sus distinguidos invitados a nombre de El Supremo. Camina hasta el pie de la escalinata y, con una banda de música detrás, da la bienvenida al matrimonio Vargas y a su comitiva; todo lo cual recuerda una semblanza de los años setenta. Rolando se fija en que no hay tantos fotógrafos como había supuesto (aunque siempre le parecen pocos). Díaz se deshace en palabrería diplomática y el presidente Vargas monta la sonrisa que él mismo denomina "de inauguración", del tipo que no se afloja y que permanece pintada como con un barniz transparente y tirante.

—En un rato más, nos encontraremos con el presidente Orihuela que nos dará alcance en la mansión oficial, donde, si ustedes no mandan otra cosa, podrán instalarse —dice Díaz con total solemnidad.

Como se lo temía Rosario, Mariana los recibe en el hall de la residencia, vestida como una reina, dándoles la bienvenida con su condescendiente modo de hablar. Casasola por su parte, la mira extasiado esperando una señal de su deseada "pichoncita", como suele llamarla, y que a Mariana le resulta tan abominable.

—Sean ustedes bienvenidos. Hemos preferido que se instalen aquí, de modo que se sientan como en casa. Pasen, por favor —y dirigiéndose a Rosario dice:

—Esta tarde, como los señores tienen una reunión importante, si estás de acuerdo, querida, podemos tomar el té en el salón. He invitado a algunas distinguidas mujeres de negocios e intelectuales para que intercambien experiencias.

Mariana advierte lo fastidioso de esta noticia para Rosario, quien tendrá que ser simpática y desenvuelta con un montón de "exitosas" representantes femeninas.

—Me dará mucho gusto conocer a estas señoras. Te agradezco que hayas pensado en ello —replica forzada Rosario.

Mariana no puede privarse de otra pequeña maldad y los hospeda en el ala norte, muy lejos de la puerta principal, con lo cual caminarán una barbaridad cada vez que tengan que entrar y salir. A Casasola lo aloja un poco más cerca, en el ala oeste. Los acompañantes se quedarán en la casa de huéspedes al fondo del gran jardín.

Los Vargas llegan al pequeño apartamento, completamente equipado, con un salón precioso, dos habitaciones y dos baños, para fortuna de Rolando, que ha atrapado algo por lo que está malísimo del estómago. El antidiarreico que tomó no le ha hecho efecto y es ya la quinta vez en el día que desaloja. Está incomodísimo, no sabe qué va a hacer cuando no pueda salir en medio de algún acto.

Se instalan con algo de prisa, pues Vargas dispone apenas de treinta minutos para alistarse y reunirse con Orihuela. El atuendo de Rosario para esa tarde debe ser sencillo y elegante, en contraste con lo que usará por la noche, pero no atina a decidirse por ninguno. Así, cada uno de los Vargas, con la mente en sus propias preocupaciones, oyen el timbre del teléfono. Es una llamada para notificar a Rolando que el señor presidente no lo verá hasta la hora de la cena, pues ha tenido una complicación de último minuto. En realidad, Demetrio nunca tuvo la intención de entrevistarse con él la tarde de ese día, pero así, haciendo una supuesta cancelación, queda mejor. Vargas se alegra como si de un regalo se tratara. Procurará recomponerse para la cena que darán en su honor en el Casino de la Ciudad, lugar conocido en el mundo por su imponente salón del siglo XVIII y donde Orihuela hace alarde de espléndido anfitrión. Demetrio ha querido dar una gala esa misma noche para celebrar la visita de Vargas, pues sabe que será su última cena y quiere que se lo recuerde con imágenes festivas y elegantes.

Al Casino de la Ciudad comienzan a llegar los asistentes con horarios escalonados preestablecidos, para que la prensa no pierda detalle de ninguno. Todos los invitados a la cena, entre los que hay hombres de negocios, actores, intelectuales, señoras de abolengo y toda clase de personas distinguidas, están encantados de asistir a estas celebraciones (que más parecen montajes teatrales en los cuales estas celebridades nacionales son casi utilizadas como extras por buena pinta), para después ufanarse hablando de lo buena que ha sido la comida o lo guapa que estaba esa noche la señora Orihuela. Decenas de fotógrafos tomarán las placas tanto de la alfombra roja como del comedor. Además, Demetrio le ha ordenado a Octavio que con la excusa de la visita de Vargas, provea a la prensa de toda la información sobre el presidente invitado, su familia y su país; para que cuando llegue el momento, posean ya todo el material fotográfico y fílmico.

Una pequeña orquesta de cuerdas amenizará la velada con música de Grieg, Sibelius y Mendelssohn, que tanto le gusta a Mariana, y la cena será servida por la mejor chef de la ciudad. Los preparativos empezaron hace dos semanas y la desabrida Esther le ha asegurado a Mariana que las cosas están funcionando como reloj suizo, como debe funcionar todo estos próximos días.


Afortunadamente para Rosario, el valet de su marido lo prevé todo: ha desempacado y mandado planchar toda la ropa de la pareja, por lo que Rosario puede ocuparse enteramente de su *toilette*. Rolando no ha abatido su diarrea, pero al menos los retortijones ya no son tan frecuentes. El teléfono vuelve a sonar a las ocho menos cuarto avisándole al presidente Vargas que en quince minutos alguien los recogerá para acompañarlos hasta el salón donde los esperan sus anfitriones.

Al mirar a los ojos a Vargas, Demetrio siente un golpe de frío que le recorre el cuerpo entero. Esto no lo ha notado nadie, pues lo único que pueden ver es al educadísimo gobernante que da la bienvenida a su colega.

Esperan a que el grueso de los invitados haya llegado, para ir ellos hacia el Casino. Para hacer el corto trayecto, ambas parejas montan en el mismo auto y diez minutos después, al pasar frente a la majestuosa reja de la entrada del edificio, una multitud saluda a los presidentes tras los vidrios ahumados de la limosina Mercedes Benz. En un acto de entrenado populismo, Demetrio baja los cristales de ambos lados para saludar a su pueblo. Vargas, entusiasmado, alza la mano respondiendo a tan caluroso recibimiento. Ingresan al salón y los asistentes aplauden de pie el arribo de los jefes de estado.

Octavio tiene por costumbre sentarse en la mesa del presidente y cederle alternativamente su plaza a los invitados que cree necesario que hablen con él. Esa noche, se sienta junto a Vargas y consciente de que será la última para éste, no deja vacío ni un minuto el sitio. Así, el presidente de Pestrana no ha tenido respiro, saludando y charlando con todos los que se sientan junto a él.

Mariana, cuando lo considera oportuno, responde a las ardientes miradas de su amante epistolar, enviándole una nota en la que dice que a la dos de la madrugada lo verá en la biblioteca del primer piso de la residencia oficial. Éste tiembla de emoción al pensar en lo que le espera. Tendrá tiempo de pasar por su habitación y darle los últimos retoques a su apariencia.

La cena ha sido todo un éxito y, como esas cosas que suceden sin saber por qué, ha sido más animada y vistosa que ninguna otra realizada en ese hermoso recinto.

El presidente Orihuela da por terminada la velada al ponerse de pie seguido por su invitado de honor. Agita la mano en alto, despidiéndose de todos y de nadie en particular, y vuelven a la residencia para descansar y enfrentar al día siguiente una agenda muy nutrida; incluida una visita al sastre.


Más perfumado que una guayaba, sale Raúl por su tan anhelado trofeo. Por supuesto que Mariana es una mujer magnífica y atrayente, pero, por sobre su belleza, la desea por lo que ella ostenta: esa distinguida desfachatez con la que impone su presencia y que la hace tan infranqueable.

La dama se hace aguardar unos buenos veinte minutos, como era de suponerse, para acrecentar la ansiedad de su conquista. Cuando llega, es como si de una aparición de otros tiempos se tratara. El vaporoso camisón, que permite adivinar sus formas, deja sin palabras a Casasola, quien la contempla arrobado. Previendo un exceso de nerviosismo se ha tomado un pariente del viagra que promete mantener su efecto durante varias horas. Sin decir palabra, Mariana se acerca hasta su boca y antes de tocar sus labios le toma la mano y la posa sobre su pecho izquierdo. Raúl lo acaricia con fruición, y Mariana lo empuja para que le bese el cuerpo; cualquier cosa antes de que intente besarla en la boca. Así, le deja hacer a ese galán de pacotilla que no quiere otra cosa que cautivar a su amante demostrándole sus artes amatorias. A pesar de esto, toda la sesión dura escasa media hora, después de la cual Mariana se libera con fácil pretexto de su amante. Ella sabe que estos escarceos no se repetirán; a partir de mañana las circunstancias no estarán más para escapadas. El galán no se imagina la clase de regalo que le ofrecerá Mariana: está a menos de veinticuatro horas de ser el nuevo presidente de su país.

## XXIV

Los últimos granos de arena se deslizan para anunciarle a Demetrio que el día ha llegado. Habla con un dios al que había olvidado y que como un gigante de bronce lo mira desapacible despreciando su miedo. Al mirar por la ventana, no encuentra nada particular, hay un sol como el de todos los días; sin embargo, él no respira como siempre, el aire está cargado de presagios y de amenazas. Se repite insistente que si alguien se obstinara sería muy fácil atar los cabos y seguir la huella de la conspiración. Aunque la historia ha demostrado que nadie se obstina, y que si alguno lo hace, pasa por loco, falto de sensatez o insensible, o muere inesperadamente. La marea de sus temores y apaciguamientos lo tiene a mal traer. Pero ya no hay vuelta de hoja. Prolonga el rito del baño como una redentora superstición. ¡Cómo me gustaría no sudar hoy!, piensa tratando de banalizar sus pensamientos.

Un ruido desagradable que no puede definir entra por la ventana. Su sentidos están agudizados y diligentes, cuidando sus espaldas.

Pide que le traigan una infusión de manzanilla, pues no piensa bajar a desayunar en ese estado, y saca dos barras de su chocolate preferido del cajón con llave, del secreter Luis XV propiedad de la nación.


Mariana se levanta más fresca que una mañana. Como de costumbre, ha dormido a pierna suelta. En bata frente al espejo, piensa en lo mucho que tiene que cuidar hoy su arreglo. Pasará a la historia con el traje de dos piezas azul cielo que cuidadosamente seleccionó. Recuerda a Jackie y su inolvidable conjunto rosado que tan bien contrastó con la sangre presidencial, y que tanto enfatizaba su duelo. (Y otra cosa: Mariana superará a Jackie en que ella no va a gatear del sustazo por el cofre del auto en movimiento.)

Desafortunadamente, los sombreros no están ya de moda, ni los autos descapotables tampoco, si no, le hubiera venido de maravilla uno discreto para no preocuparse del peinado; así que se hace un recogido flojo para despeinarse sólo lo necesario y lograr el efecto un poco desamparado cuando sea el momento.


Félix, como su madre, piensa bien en lo que llevará puesto, pero sobre todo, para disimular la treinta y ocho que trae encima, por lo que se ofrezca. No se siente eufórico en ningún sentido, se puede decir que lo ve todo como en cámara lenta. Siempre le ha sucedido que cuanto más apremiante es una situación, más tranquilo reacciona.

Destruyó el disco compacto del profesional y ha configurado un plano mental de cada metro cuadrado del lugar del atentado; así que no tiene ya ningún pendiente.

Mientras se afeita, sin explicarse cómo, le llega un olor extraño, a lo mismo que olían las casas de los campesinos cuando él era niño. Una mezcla de leña quemada, restos de comida y agua estancada. No sabe la razón, pues no hay nada en su postmoderno apartamento que pueda generar ese olor. Éste le lleva a recordar las casas de las familias de labradores que los recibían hospitalarias cuando de pequeño salía de caza con sus tíos. ¡Qué absurdo! Qué molesto no poder hacer desparecer ese olor insolente que se le ha pegado a la nariz. Trata de no pensar más en ello y de concentrarse, para lograr la ecuanimidad que requerirá durante todo este día.

## XXV

Sigiloso como pantera, el profesional se lava vigilando que la caída del agua no haga ruido. Se seca con su propia toalla y guarda el jabón que ha utilizado. Lavará el excusado poco antes del atentado. La cabeza la lleva rapada por completo, para no dejar evidencias de su estadía, lo mismo que el cuerpo. Le quedan todavía muchas horas por estar ahí y para su mala fortuna ha terminado el libro que traía con él. Se toma su tiempo para poner todo en su lugar y verificar una y otra vez el perfecto estado de su rifle Barrett M82A1.

Cuando ya no hay más qué revisar, dispone su tiempo para cuestiones personales. Hace tres días que no escribe a su esposa y a sus hijas: dos pequeñas de ocho y seis años, los únicos seres por los que siente cariño en el mundo, además de su querida esposa. Saca su diminuta computadora, la última de sus adquisiciones, y si bien no quiere conectarse a la red —hasta que al día siguiente cambie de país—, al menos escribirá sobre todo lo que ha visto esos días y lo mucho que las extraña; ya se lo mandará más tarde. Su familia no duda en lo más mínimo de que el profesional es el presidente comercial de una gran compañía trasnacional que lo tiene siempre viajando en contra de su voluntad; lo cual es verdad, pues si de él dependiera no saldría nunca de la pequeña y encantadora ciudad en la que viven. Cómo le gustaría que todas sus encomiendas se ejecutaran ahí mismo, pero como eso es del todo imposible, tiene que conformarse con dos, a lo sumo tres semanas al mes para estar con ellas.

Al terminar su dulce carta ocupa el tiempo restante en batirse en los juegos virtuales que compró recientemente y que está por dominar. Mientras el guerrero en la pantalla se come silencioso uno tras otro a los feroces dinosaurios, la hora señalada va acercándose.

## XXVI

Un apretado itinerario les espera a Vargas y a Orihuela por la mañana. Primero asistirán al Congreso de la República para dar a conocer frente a los miembros del Senado los proyectos de cooperación bilateral entre ambos países.

Ahí los presidentes se encuentran con Rangel, y éste mira frente a frente a la víctima de sus elucubraciones. Octavio casi no ha dormido en varios días; su consumo de cocaína ha sido descomunal. El jefe de la guardia presidencial, el comandante Emilio Rueda, está harto de sus llamadas; su intención con esto es hacerle sentir a Rueda que se precisa mucha más vigilancia en el discurso que los mandatarios darán frente al monumento a la República que en ningún otro acto durante el día, pues éste será al aire libre en una grandísima explanada terriblemente difícil de cubrir. Rueda finalmente varió su esquema original para darle gusto al secretario del presidente, destinando hombres que tenía apostados en el barrio de San Isidro al monumento a la República. Octavio había logrado su cometido, pero para mantener esa misma actitud frente al jefe de la guardia presidencial, continúa volviéndolo loco llamando una y otra vez.

Intentando no cabecear, varios senadores escuchan la cháchara discursiva de los integrantes del pódium. Demetrio aprovecha el tiempo para poner en práctica los ejercicios de relajación que tan indispensables le son en este momento. A Vargas, por su parte, en la primera hora le acometen dos retortijones tan agudos que no puede evitar una expresión de verdadero dolor.

Por su parte, Mariana y Rosario se encuentran a eso de las doce para asistir antes del almuerzo a la entrega de una linda biblioteca infantil en el barrio más marginal de la ciudad. Mariana se había tomado la libertad de amueblar y abastecer el ala científica a nombre de la señora de Vargas. Rosario, haciendo un esfuerzo para disimular la rabia que le provoca el atrevimiento de ésta, dice a Mariana:

—Me hubiera encantado haberlo hecho yo misma, al menos participar. Pues como tú sabes querida, soy titulada en química.

—Cuánto mejor —dice Mariana fingiendo que no ha oído realmente el comentario y pasando por alto tan sonoro título universitario.

Al terminar la ceremonia cultural se dirigen a la residencia.

—Te daré un respiro Rosario, debes estar agotada y con ganas de darte un baño —esto en boca de Mariana se oye más como a insinuación al olor de la aludida que a una consideración.

Rosario se traga de nuevo su furia y con una sonrisa que casi le hace daño, se despide de su anfitriona.

—Hasta más tarde Mariana.

—Con toda seguridad, querida.

## XXVII

Al poner el punto final al último cuento, Soledad siente como si un colibrí le revoloteara en el estómago. Se levanta de su escritorio —testigo de sus desvelos ante el papel vacío de palabras— cerrando ese capítulo, tan ansiado y maravilloso por todo lo que representa. A partir de aquí una vida nueva, como quien estrena un vestido de domingo y hace el firme propósito de no mancharlo nunca.

Lleva dos días sin ver a Jan, luchando para terminar la última historia. No hay más tregua; en un rato le confirmará lo que él ya sabe y que aun así quiere oír.

Su madre se ha convertido en su lectora más devota, y sus comentarios le resultan muy reveladores. Así que toma el fajo de hojas deseando que ella esté en casa y sale al pasillo desde donde escucha que Hortensia se mueve en la cocina.

—Madre, ya terminé —grita desde los últimos escalones de la escalera.

Hortensia sale apresuradamente a su encuentro y no la deja ni acabar de bajar; le arrebata el manuscrito y regresa a la cocina sin mirar por dónde pisa. Soledad se descubre nerviosísima esperando el veredicto, así que se tranquiliza haciendo una gran ensalada con varios tipos de lechuga, queso de cabra y unas nueces machacadas.

Hortensia levanta sus ojos llenos de llanto, y más seria y pausada que nunca, le dice:

—Es precioso. Te felicito.

—Pero, ¿por qué lloras?

—No puede dejar de darme tristeza saber que te vas a ir muy pronto.

Jan duda en dónde poner cada cosa, qué espacios dejar vacíos, qué más limpiar. La verdad es que está más inquieto que un novio en la puerta de la iglesia. Para enfrentar la espera hasta que Soledad llame, saca un mapamundi y recorre con el dedo y en su mente distintas ciudades, soñando que alguna de ellas pueda recibirlos en viaje de novios. Se ve en París paseando del brazo con Soledad, por las Tullerías y frente a la casa de Víctor Hugo en la Plaza Bosch; pero ninguno de los dos habla el idioma y considera que será mejor no encontrarse en apuros con los franceses. Viaja hasta Europa Oriental y piensa lo maravilloso que sería visitar de nuevo su tierra y a su padre, a quien hace cinco años no ve; Soledad y él se llevarán tan bien, piensa. Se entusiasma con la idea de enseñarle su patria, llevarla a todos aquellos lugares que cubrieron su infancia; presentarla a la familia siempre cariñosa y un poco estridente; hacerle probar todos los sabores de su tierra, y visitar juntos la tumba de su madre. Piensa que cuando tengan algo de dinero será lo primero que harán.

Hace tanto tiempo que no se sentía así, con esa ansiedad dulce de querer acelerar el tiempo para estar cuanto antes con el ser querido, y que le deja un súbito cosquilleo en el estómago.

Se pregunta con gravedad qué es lo que le emociona tanto. Se concentra, para no responderse impetuosamente. Descubre que tiene un deseo muy profundo de compartir sus días y sus ilusiones, sus tristezas y quizá aun más, sus alegrías. Se sobrecoge al pensar en la posibilidad de un hijo. Y aun si eso no ocurriera, por cualquier razón, se imagina de viejo, con Soledad caminando por la calle, esperando codo a codo la llegada de la muerte. Así se piensa al lado de esa mujer a la que ahora y por muchos años quiere llenar de pasión. Cada día ha ido creciendo con más intensidad el deseo de su cuerpo, de su inteligencia. Inmersos en ese placer han descubierto facetas sorprendentes de ironía, de hilaridad, de complicidad, de audacia.

Se le hunde el pecho cuando oye el timbre del teléfono, y corre a responder.

—Sí.

—Hola —Soledad suspira teatralmente y dice—: ¡He terminado el último cuento!

Jan guarda silencio conteniendo la respiración, hasta que finalmente pregunta:

—¿Puedo ir ya por ti?

—Aquí te espero, a la hora que quieras. Tengo muchas ganas de verte ya.

Cuelga y la sonrisa que se dibuja en el rostro de Jan se va convirtiendo en risa tonta y alegre al saber que la espera ha terminado.

## XXVIII

Como el último deseo de un sentenciado a muerte, Mariana ha hecho preparar la comida favorita de Vargas, sobre la que preguntó a Raúl días antes.

Félix se une al almuerzo, y muy a pesar de Mariana, también Octavio. Toman el aperitivo antes de pasar al comedor. Félix alegra a los invitados con más de un chiste picante y alguna anécdota. Casasola procura seguirle el paso al hijo de los Orihuela, pero cae una y otra vez en comentarios poco atinados.

Demetrio se alegra de que haya tantos convidados, pues no logra olvidar que en muy pocas horas la vida de todos en esa mesa cambiará radicalmente. Un sabor amargo que le hace casi imposible tragar sube hasta su garganta. Mira a la futura viuda e insiste en decirse que no son una pareja bien avenida. Él había decidido —por considerarlo una conveniencia circunstancial— hacer asesinar a ese hombre que tiene delante. Pero su esposa y su hijo parecen divertirse con este teatro; le sorprende el cinismo del que son capaces. Se da cuenta de que él es el único consternado y que siempre ha sido el más sentimental en la familia. Se consuela diciendo que si las cosas hubieran sido de otro modo, jamás hubiera pensado en hacerle daño a este hombre. Quizá si Octavio no hubiera tenido esa escabrosa y tentadora idea… Pero no hay nada que hacer, tiene que ser fuerte y enfrentar con entereza lo que viene. Le da gusto que Vargas esté disfrutando tanto de ésta, su última comida.

A la hora del postre, calculan que todavía hay tiempo para una buena copa de coñac. Vargas se resiste diciendo que tendrá que hablar frente a mucha gente y que, por lo tanto, no debe beber, pero Demetrio insiste, hasta que el hombre toma la copa que le extiende. Rosario toma una copa de Drambuie; Mariana, un té, y Félix y Octavio sólo aceptan café. Este último no puede controlar sus nervios y no hace más que ir y venir al cuarto de baño, en donde se topa con Rolando, pues la medicina sigue sin curarlo.

Félix observa a todos como en una pecera. No oye sus voces, sólo registra sus movimientos, sus gestos y calcula si hay algo que anticipar para la hora señalada.

Tras el segundo coñac, Vargas está relajado y hasta alegre, como quiere Demetrio. ¡Es mejor morir en ese estado! Las mujeres hacen su conversación lejos de los hombres, aunque Casasola no le quita los ojos de encima a Mariana con una cara que delata lo bien que la había pasado la noche anterior.

Dan las tres treinta y cinco, y Octavio dirigiéndose a Orihuela dice:

—Señores, lamento interrumpir la conversación, pero es hora de irnos.

A Demetrio le da un vuelco violentísimo el estómago. Por su parte, Vargas realmente la está pasando bien, al contrario que su esposa, que no ve la hora de irse. Se levantan todos y quedan de verse quince minutos más tarde en la entrada principal.

—Qué trance más terrible, ¿no crees? —dice Demetrio a su esposa caminando por el pasillo del segundo piso.

—Qué hipócrita eres, Demetrio. Déjate de tonterías y date prisa.

Félix alcanza a su padre en la habitación para colocarle el dispositivo que ya ha probado repetidamente y que no dejará más restos que un hilo grueso, del cual hay que deshacerse después del impacto. Todo está perfecto, excepto el nerviosismo de Demetrio ante la posibilidad de que el asesino falle la puntería, lo cual, se dice, es una estupidez pensar. Sólo es cuestión de guardar la calma para no olvidarse del momento de activar el mecanismo, que será justo al oír el disparo que matará a Rolando Vargas.

## XXIX

Hortensia le compró a su hija un vestido precioso como regalo para el comienzo de su nueva vida. Lo envuelve primorosamente y lo deja sobre la cama de Soledad; luego sale a pasar la tarde fuera de casa y así brindar a su hija la tranquilidad que necesita para arreglarse y recibir a Jan.

Soledad siente una serenidad completa, como si ya nada quedara pendiente de hacer o de decir. Desde ese día no se separará de Jan y juntos le harán frente a la vida.

Imagina imposible que hace tan poco tiempo su vida se limitaba a no sucumbir, aferrándose a las pequeñas cosas que había rescatado de su pasado. Cocinar sola por las noches es ya sólo un recuerdo lejano, un poco triste. El miedo que sintió en esa etapa de su vida es algo desgarrador que no puede explicarse con palabras. En esos días contaba con tan poca fuerza, la indispensable para no morir; sólo para sentir el calor de la estufa, cansarse de cortar y de amasar, hundirse en el aroma de las especias y de las frutas.

También esta nueva vida que va a iniciar le da miedo, pero es un miedo distinto, que viene de la ilusión y no de la muerte. El descubrimiento casi milagroso de su capacidad de escribir, que la lleva a mundos distantes y desconocidos a los que su propia mente da vida. Empieza a no sentirse tan sola, posee sus personajes y los ambientes donde transcurren cientos de aventuras y se viven tantas sensaciones. Se siente capaz de volver a sí misma, plasmando sus historias en tinta, con las que construye un caparazón fuerte y transparente que la protege y que al mismo tiempo le permite observarlo todo. Ese proceso de abrirse a los demás por el indirecto camino de una fábula.

Se mira al espejo y se encuentra bien, no hermosa, pero reconoce que es linda desde que está enamorada.

Repara en esas manos que tanto han trabajado en la cocina y que ahora están siempre ansiosas por tomar el lápiz y el papel, y sonríe por esta nueva oportunidad que ella y Jan se han forjado y que tanto desea vivir.


Reconocer ese nerviosismo que siente en el pecho, lo impacienta aún más. Hace dos días que lo tiene todo listo. En la alacena no cabe ya una lata de conservas más.

Come poca cosa, de pie, yendo y viniendo por la casa, y termina de vestirse con el tiempo justo para pasar por un ramo de flores y estar por Soledad todavía con tiempo para dar un paseo y tomar algo por ahí antes de llegar a cenar a la que será la casa de ambos.

Lleva un nuevo juego de llaves en el bolsillo cuando sale de casa y se enfila en dirección a la florería con la mente puesta en el porvenir.

## XXX

Están ya apostados cuatro guardias vestidos de civil y uno de los guardaespaldas de Vargas; en breve se cerrará la calle.

El profesional mira de soslayo su arma, como un reflejo que le da tranquilidad ante las circunstancias. Respira profundo, y sentado en el incómodo banquito del baño hace subir y bajar su vientre y su pecho para equilibrar al tope su pulso, que controla casi como un monje tibetano. Es ese atributo y su serenidad ante cualquier peligro lo que lo hacen cotizarse tan alto.

Verifica con mucha cautela el punto de tiro viendo por la pequeña rendija que ha abierto lijando en el marco de la ventana. Ha analizado decenas de fotografías de Vargas y además las ha comparado con las de Orihuela. No sabe cuántos autos llegarán antes del de los presidentes, esto es lo único con lo que debe tener cuidado: distinguir con precisión a los tripulantes. También ha memorizado la cabeza de Vargas vista desde arriba, que tiene la particularidad de ser ovalada hacia delante, hacia la frente; y la de Orihuela redonda y con el pelo más oscuro, producto del tinte. Es imposible equivocarse, pero aun así, es un blanco delicado de establecer.

Repasa los retratos que guarda bajo candado y encriptados en su computadora para refrescar la memoria, que en su caso es fotográfica. Se mantiene tranquilo y confiado, como siempre; además, conoce de la proverbial ineficiencia de los servicios de inteligencia y la policía en esta región del mundo, que, sin embargo, le ha gustado mucho para veranear con su familia.

Félix conducirá el auto no muy vistoso, oscuro y sin distintivo alguno que le ha pedido a Octavio que tenga listo para salir delante de la comitiva presidencial. No dejando nada al azar, ha hecho él también una cita para tomarse medidas con Jacinto para un traje para el invierno.

El auto de Félix sale a las cuatro y cinco minutos y se adelanta unos kilómetros con la intención de llegar lo menos doce minutos antes que los presidentes.

Demetrio ha instruido a Artemio para que prepare la limusina con el objeto de que las dos parejas viajen juntas en el mismo auto y para que ambos presidentes compartan la ventanilla izquierda.

—Tengo muchas ganas de que conozcas al buen Jacinto. No lo vas a creer, pero ahí fue donde nos conocimos Mariana y yo. Le tenemos mucho cariño y además, nadie puede negar que es el mejor sastre, cuando menos del continente.

—Voy a engreírme mucho de tener un traje hecho por él. Te agradezco tan fino detalle.

Vargas y Orihuela suben por la puerta izquierda que les abre el chofer, y Artemio hace subir a las mujeres por la derecha. Mariana siente un hormigueo y una impaciencia muy intensos. Éste se está convirtiendo en uno de los momentos más entretenidos de su vida. Registra los movimientos y las palabras con una arrogancia interna muy placentera. Examina a Rosario, que es la que sobrevivirá al atentado y de la que depende mucho el tono dramático de tan planeada trama.

Con todos a bordo, el auto negro con interiores de piel también negros y completamente blindado cruza lento por la puerta de la mansión presidencial.

Detrás y delante de ellos van tres automóviles idénticos —aunque sin blindaje—, en los cuales han montado dos guardaespaldas de Vargas, seis miembros de la guardia presidencial, cuatro privados y dos militares. Ambos bandos se detestan y eso los hace quizá un poco más eficientes.

Félix y Octavio detrás, llegan a la calle Esperanza número setenta y ocho, y este último verifica por el teléfono móvil la ubicación de los presidentes; tal como lo habían planeado, llevan una delantera de alrededor de trece minutos.

Es, en estos últimos minutos, cuando hay que intentar sacar al guardia de la ventana del cuarto piso del edificio frontal al Recoleta. El segundo de Rueda, el teniente Cruz, se dirige a Rangel haciendo una señal de "todo controlado", pero Octavio va hacia él con un fingido gesto de preocupación. El teniente da unos pasos repasando mentalmente algo que pudiera habérsele pasado por alto.

—Dígame, licenciado Rangel.

—Teniente Cruz, quizá sea sólo una tontería, pero quisiera que dispusiera a dos de sus hombres en la azotea del edificio Recoleta, pues veo que sólo hay uno y es un punto bastante vulnerable.

—Veré cómo lo soluciono, licenciado, pues tengo pocos hombres.

Como bien sabía Octavio, el punto que Cruz considera de menor riesgo es justamente en el que está el profesional observándolo todo. Quizá no corra con la suerte de que sea el guardia del sexto piso del edificio de enfrente al que cambien de posición, pero si lo logra, el atentado será ejecutado sin ningún tropiezo, como una seda. Qué ganas tiene Octavio de saber cómo es aquel hombre que definirá sus vidas y que ahora mismo los observa.

El profesional fija la vista en dos puntos alternadamente: la calle en el sitio por donde llegará Vargas y la ventana ocupada por el guardia que podría detectarlo, sobre todo cuando se oigan los disparos.

De pronto ve movimiento en la ventana y trata de no distraer su mira principal. Ha ensayado varias veces el movimiento necesario para hacer un tercer disparo liquidando al guardia, y está seguro de que no habrá problema. Se gira un segundo y registra que se ha ido, el guardia no está más en su posición. Se ríe por dentro pensando en lo fácil que será el trabajo de esta manera.

## XXXI

No se decide por el color de las rosas, hasta que el florista le muestra unas amarillas preciosas que, como el ala de una mariposa, se dejan mover por el viento sensualmente.

Jan siempre ha creído que la imagen de un hombre —y aun más de su edad— con un ramo de ese tamaño en los brazos, es un poco cómica. Sería mejor volver y ponerlas en un jarrón.

Da la vuelta en dirección a su casa, pero después de unos pasos piensa que finalmente es un hombre enamorado y que así es como se ven todos los que están en su condición.

La tarde brilla sin disimulo y el verano invade los jardines. Se siente ya mucho más tranquilo y, además, los paseos siempre amainan su impaciencia.

Registra más barullo que de costumbre en San Isidro, y recuerda que Manuel le había recomendado no salir. Espera no coincidir con ningún corte de circulación por la dichosa visita presidencial.

Llegando al último tramo antes de la casa de Soledad, lo detienen groseramente dos policías con uniforme negro; ni siquiera intenta discutir con ellos, pues sabe que será inútil. Hay relativamente pocos curiosos esperando la comitiva oficial y se acerca hasta la tira de plástico que forma la valla y de la que no se puede pasar. Lo toma con calma esperando a que esto termine pronto.

# XXXII

Casi por llegar al cruce que anuncia la calle Esperanza, Demetrio no puede ya ni hablar. Como de esto se ha dado cuenta Mariana, se encarga de no consentir que el silencio que preludia la muerte de Vargas lo embargue todo. Habla de cuanto se le viene a la cabeza tratando de distraer a la víctima.

A las cuatro y media de la tarde en punto, el auto se abre paso por la calle que previamente ha cerrado la guardia presidencial. Al presidente Orihuela lo cubre un frío destemplado y húmedo al constatar que todo cuanto ha organizado por tanto tiempo se está representando ahora frente a sus ojos, y que aun cuando lo que más quiere en este momento es gritar que todo se detenga, nada puede hacer ya, sino comprobar que el dispositivo que producirá su herida esté en su sitio y que sus nervios le permitan activarlo. Percibe la cara absorta de Rolando Vargas, que distraído aprecia por la ventana los patios y las casonas del viejo barrio de San Isidro.

Octavio, con gesto estático, de pie en el portón de la sastrería, espera a que llegue la limusina presidencial y otea con atención de lince el movimiento de todos los que respiran ahí.

Félix ha entrado a la sala de espera donde lo recibe el sastre Jacinto Laurel, con toda la pompa. Ve de reojo por el ventanal que da a la calle Esperanza, con el ánimo templado y la cabeza despejada, listo para reaccionar.

Entra en la mira del profesional el auto que sin duda

conduce a su víctima. Tensa el brazo, aclara los ojos y entre-cerrándolos, afina la vista.

Con toda parsimonia, el chofer baja, percibiendo el clamor de los mirones detrás de las vallas. Abre la puerta y se cuadra a un lado de la misma para no molestar el paso de Rosario y Mariana, esta última avanza con ligereza para ganar distancia. Segundos después desciende Vargas, que espera un par de pasos adelante a que baje Orihuela, quien nada más poner un pie en el suelo, mete la mano derecha en el bolsillo del saco, en lugar de saludar en alto a la gente a su alrededor, como sería lo natural.

Un solo paso logra dar Vargas y el profesional da en el blanco.

El cuerpo se desploma con todo su peso, y antes de que toque el suelo, se escucha otra detonación: el profesional ha hecho un segundo disparo que da en la portezuela del coche, produciendo el sonido y la segunda bala calibre 50 necesarios para la credibilidad de la herida de Orihuela. Éste acciona el dispositivo y en cuanto siente la quemadura de su herida cae, descubriendo el cadáver de Vargas a su lado, que con los ojos muy abiertos parece mirarlo. Un miedo punzante lo aturde y le nubla la vista protegiéndolo de la imagen de su crimen.

Octavio es el único en gritar "al suelo", instantes después de los disparos. Todos: Artemio, Rosario, los guardias, pasan fracciones de segundo avistando en todas direcciones hasta que Artemio se lanza a cubrir con su cuerpo al presidente Orihuela, quien en el suelo se toca el costado derecho con la mano. En un instante tres guardias personales más rodean al presidente.

Como en una película muda, Rosario corre hasta el cuerpo inerte de su esposo sin entender lo que acababa de pasar. Alguien la toma del brazo y la tira hacia abajo.

Algunos miran extasiados tratando de entender, otros corren, otros se agazapan y algunos pocos calculan dónde resguardarse. Félix ha salido de prisa del interior de la casa en cuanto ha oído los disparos. La confusión después de los tiros va convirtiéndose en desorden. Artemio comprueba que su jefe está vivo y piensa en cómo sacarlo de ahí.

Cruz finalmente reacciona y con la intención de prevenir más daños mete sin miramientos dentro del auto blindado a Mariana y a una Rosario desencajada. En seguida Cruz va hacia el cuerpo de Vargas, el cual tratan de revivir en vano sus desesperados guardaespaldas, y se queda un segundo viendo el agujero negro que muestra la cabeza del hombre. Han matado a un presidente extranjero frente a sus narices y posiblemente el propio Orihuela pudiera estar muerto. La ansiedad le invade haciéndolo sudar copiosamente y tratando de pensar en cómo aminorar su culpabilidad, voltea en todas direcciones tratando de encontrar al responsable.

Demetrio es arrastrado por Artemio en cuanto éste comprueba que no hay más disparos, pero aun así, cuida, resguardándose entre sus compañeros, de no descubrirlo al subir al auto blindado junto a Mariana. El chofer arranca el coche y echándose encima de la gente, sale de la calle Esperanza. Con aspavientos violentos varios de los guardaespaldas se montan en tres de los autos de la guardia presidencial y abren paso. Otros dos se suman detrás.

Octavio atisba a su alrededor como quien quiere registrarlo todo de un golpe y guardarlo en la memoria. Ve el movimiento en las vallas y a los fotógrafos que repiten una y otra vez la misma fotografía del cuerpo sin vida de Vargas, y aunque los policías los empujan fuera, ellos vuelven a entrar. Rangel da alcance a Cruz, que corre por todos lados, lo toma de los hombros y le dice en tono fuerte y claro: "Mande ahora mismo a tres agentes a las calles circundantes y que detengan a todos los sospechosos. ¡Ahora mismo!"

Con la eficiencia que le produce la tranquilidad de ver

que todo ha salido como lo había planeado, Octavio ordena que trasladen el cadáver de Vargas al hospital militar, pues sus guardias siguen rodeándolo estupefactos, pero ninguno se ha atrevido a moverlo después del infructuoso esfuerzo por resucitarlo.

Félix queda como la persona natural en el lugar a quien la prensa debe dirigirse. Con un gran aplomo, revestido de pesadumbre, informa que su padre está herido posiblemente de gravedad, que en unos instantes irá al sanatorio y que luego dará más información sobre las investigaciones de tan terrible suceso.

—Ahora tengo que estar junto a mis padres. Más tarde podré hablar con ustedes.

Cuando Félix sale de ahí en uno de los autos de la guardia presidencial camino al hospital militar, la zona toda está completamente acordonada y en las calles aledañas la gente corre alejándose aterrada.


Con las flores hacia abajo tomadas por el tallo y con descuido, Jan camina ligero para alcanzar la avenida principal y volver a su casa o al menos encontrar una cabina telefónica para alertar a Soledad, cuando oye unos ruidos sordos, los gritos de mujeres a su lado que alertan peligro, y la voz de un hombre al que no comprende. Presiente que se producirán nuevos disparos y piensa en Soledad, su futura vida juntos y lo terrible que sería perderlo todo por una bala perdida. Corre con más fuerza, pero a las pocas zancadas siente una mano sobre el hombro que lo hace girar violentamente.

—¡Deténgase! —grita un hombre uniformado aprehendiéndolo ya por el brazo—. ¡Acompáñenos!

A Jan se le hiela la respiración y el alma, siente que la cabeza le estalla; todo se torna terriblemente confuso. Eso no puede estar sucediendo. Lo detienen después de haber visto un atentado unas calles atrás. Él sabe que esto no está bien.

En el tirón que lo hace subir a una camioneta gris y apestosa, pierde las flores de Soledad.

## XXXIII

La noticia ha paralizado al país y todos los medios cubren a tiempo completo el atentado.

Octavio ha programado que a las siete y media de la tarde, una misiva llegue automáticamente por fax a la redacción de la televisora más importante del país. Se enviará desde una computadora conectada a un teléfono público y no habrá manera de rastrearla. Si Octavio no cancela lo ordenado por medio de su teléfono portátil, el fax llegará a la hora prevista. En éste, Fuerza Patria reivindica el atentado con un lenguaje confuso y retórico.

El comunicado llega y la idea de una confabulación es reforzada por la desaparición de Caas. Nadie sabe dónde está, ni nadie lo ha podido localizar después del asesinato de Vargas; todo hace pensar que ha dejado el país. En realidad ha sido asesinado y a esas horas está siendo enterrado por un allegado de Octavio, Narciso Robles, el cual debe partir ese mismo día al extranjero (so pena de no volver a saber de sus dos hijos, pero recibiendo a cambio un cuarto de millón), con destino a una isla del Pacífico donde deberá registrar una cuenta bancaria con un pasaporte falso con el nombre de León Caas.


Todos los detenidos están en la misma celda, apelotonados, sin decir palabra y a cuál más asustados. A pocos metros de ahí sobre un escritorio metálico, se encuentran esparcidas las identificaciones de cada uno de ellos.

Las manos de Octavio Rangel van tomando una a una aquellas credenciales y papeles de identidad. Sólo uno es extranjero y residente en el país: más que suficiente. De los antiguos países del bloque socialista: ideal, un renegado. Los documentos de Patria Nueva y varias armas y explosivos aguardan en el auto de Narciso para ser plantados en el lugar preciso.

Sale de la comisaría, dejando a Cruz a cargo, y se enfila hasta su casa seguido por un auto de la guardia presidencial que Rueda le ha asignado. Sube casi corriendo hasta su habitación y teclea el número secreto de la caja de seguridad que está al fondo del armario, para sacar un frasquito de cristal color ámbar y guardarlo en el bolsillo de la chaqueta. Desde el teléfono privado llama a Narciso para confirmar la ejecución de Caas y le da, asimismo, la dirección de Jan Oleski, para que plante ahí la documentación y las armas; eliminando a quien esté dentro de la casa si fuese necesario.

De vuelta en la oficina de la comisaría, Rangel escoge al azar unas cinco identificaciones, además de la de Oleski, y ordena que se revisen los domicilios de cada uno en seguida.

Jan no había precisado a qué hora pasaría por ella. Aun así, Soledad está ya impaciente, quiere verlo; hace días que no están juntos. Baja a la cocina y se prepara un té para tranquilizar un poco la espera. Se acurruca en el sofá de su habitación arrullada por el cielo despejado de esa tarde y se queda dormida esperando a Jan.

Al poco rato de regresar Rangel a la comisaría, Cruz, muy excitado, le confirma que en casa del detenido con nacionalidad extranjera se han encontrado documentos comprometedores y armas de alto calibre, y le extiende unas hojas escritas a mano con el inventario de lo hallado. Rangel las mira fingiendo sorpresa y consternación.

—Por favor teniente, le pido absoluta discreción. No queremos adelantar conclusiones. Déjeme interrogar a solas al sospechoso. Dése cuenta de que esto puede tomar dimensiones internacionales y nos podemos estar enfrentando a algo mucho más serio de lo que pensábamos, si cabe.

—Está bien, licenciado, pero, si usted no tiene objeción, debo informar al comandante Rueda.

—Por supuesto, teniente, por supuesto. Pero antes, mande a mecanografiar la relación de lo encontrado en casa del sospechoso y agilice mi entrevista con él. Quiero verlo a más tardar en media hora.

Para esos momentos el comunicado ya está en todos los noticieros, y la presidencia, con el ministro del Interior a la cabeza, anuncia una conferencia de prensa para antes de las diez de la noche. Se conjetura que Félix Orihuela asistirá también.

El teniente Cruz agitado y sudoroso, entra a la oficina para decirle a Octavio:

—Todo está en orden, licenciado. Tenemos al detenido en la sala cuatro de interrogatorios. Dos de nuestros hombres estarán junto a usted por cualquier cosa y yo lo estaré filmando todo y vigilando tras el espejo —y agrega por lo bajo—: ¿O prefiere hacerlo en una sala privada?

—De ninguna manera, teniente. Lo haremos como usted lo ha dispuesto —dice, pensando que lo que necesita son testigos de la incriminación del sospechoso. Pero Octavio no había previsto lo de la filmación. Torpemente, no se le había ocurrido. Sin embargo, puede solucionarlo todo a pesar de eso.

—Le agradezco mucho, teniente. No deje de estar pendiente de lo que responda este sujeto, aunque será difícil que salga algo en claro del interrogatorio. Son individuos entrenados para resistir. Sin embargo, antes de lanzar la noticia debemos sondear el asunto hasta el fondo. Después, no tendremos más remedio que informar a nuestros conciudadanos. ¿No es así, teniente?

—Por supuesto, licenciado —dice Cruz con un carga de culpabilidad que no lo abandona.


Sujeto a la mesa por esposas, su muñeca izquierda está ya muy lastimada, pero él no lo siente. Le asaltan los más graves temores; todo indica que las cosas van empeorando para él. Sabe que lo observan desde el gran espejo a su izquierda. Con la mano libre se frota el cuello que le duele endemoniadamente. Siente la lengua como una esponja inmensa dentro de la boca. No ha bebido nada desde hace horas y el miedo lo está secando por dentro. Se abre la puerta y dos policías escoltan a un hombre que Jan sabe que es importante, pero no logra recordar su nombre ni su cargo.

—Señor Oleski, quiero que utilicemos provechosamente el poco tiempo que tengo para hablar con usted. Empezaré por decirle que hemos encontrado ya los documentos de Patria Nueva y varias armas prohibidas en su domicilio, así que le recomiendo que no intente…

—¡¿De qué está usted hablando?! Eso no es posible…

—Le ruego que no me haga perder el tiempo. En estos documentos —y Octavio saca los papeles que Cruz le ha dado—, está escrita una relación de todo lo que se le ha encontrado. En primera instancia, le sugiero que empiece por firmarla, responsabilizándose de su pertenencia, pero antes debe decirme por qué, con qué objeto usted y su gente han tramado este monstruoso asesinato. ¡Quiero saber, señor Oleski, qué es lo que se proponen y hasta dónde quieren llegar!

Se despierta un tanto confundida al ver que está anocheciendo y que Jan no ha llegado. Empieza a inquietarse. ¿Habrá entendido mal? Quizá Jan no vendrá hasta más tarde. Sin embargo, es extraño que no responda el teléfono, y cuanto más lo piensa, más se convence de que con la impaciencia de Jan, no es lógico que haya esperado hasta esa hora para ir por ella: ya debía haber llegado.

—¡Me está usted sacando de mis casillas! ¡Si sigue negándose a contestar lo que le pregunto será mucho peor para usted!

Jan sigue desesperadamente diciendo lo que ha hecho ese día, sin mencionar nunca a Soledad. Imagina que ella estará en peligro si la relacionan con él. Teme asimismo que lo busque en la comisaría al darse cuenta de su retraso, sin reparar en el riesgo que corre o, peor aún, sin importarle.

Octavio empieza a jugar con uno de los vasos de plástico que hay sobre la mesa y en el momento más angustioso de los ruegos de Jan, vacía con disimulo y fuera del alcance de visión de la cámara, el contenido del pequeño frasco ámbar que contiene cristales de cianuro, y que Octavio espera que este hombre beba en cualquier instante. Sabe que el detenido no ha probado ni una gota de agua y la tensión debe estar matándolo de sed.

Había planeado la posibilidad de involucrar a alguien relacionado con el extranjero, pero nunca pensó que sucediera tan pronto y con tanta facilidad; quizá, para antes de la media noche, el complot internacional podría ya ser tan contundente como el cadáver de Vargas. Sirve agua en los vasos que ha estado manipulando y le extiende uno a Jan, quien lo deja en la mesa pues sigue tratando infructuosamente de convencer a ese hombre, que lo responsabiliza de haber tomado parte en el asesinato de un presidente, de que es inocente. Jan no entiende nada de lo que está pasando y al saber que algo han sembrado en su apartamento comprende que las cosas han empeorado. Al ver que el hombre no escucha una palabra de lo que le dice, se decide a pedir un abogado y se niega a seguir hablando.

—Le ruego que deje de gritarme, señor. Todo esto es un malentendido enorme. Si dice que algo han encontrado en mi casa, es porque alguien lo ha puesto ahí para incriminarme. Por supuesto usted no me creerá, pero le pido que me permita, como es mi derecho, hacer una llamada y pedir un abogado —dice Jan con un tono ecuánime que en realidad no es más que la necesidad de no perder por completo el control. Siente el terror que muchas veces había sospechado que le podía sobrevenir a los acusados injustificadamente o a los presos de guerra, o a los chivos expiatorios, como él ahora. Ni siquiera se cuestiona quién ha metido en su casa documentos y armas, pensar en eso ya es completamente inútil; fue atrapado por accidente en medio de todo esto y es obvio que alguien lo está inculpando. Recuerda las rosas amarillas que habían caído al asfalto, una escena tan distante de su realidad ahora. No entiende cómo va a salir de esto, se da cuenta de que será una batalla sin reglas. Piensa en llamar a Manuel, pues no conoce a nadie más que pueda auxiliarlo en algo como esto; duda por no exponer a su amigo, pero algo tiene que hacer y está fuera de discusión llamar a Soledad y tampoco a sus compatriotas, dadas sus condiciones migratorias. Piensa esto en fragmentos de segundo mientras mira las paredes grisáceas y sus manos crispadas.

Rangel se levanta y grita algunas amenazas, luego gira hacia el vidrio y se ubica en el centro, para dirigirse a los que lo registran del otro lado:

—Ustedes lo están viendo. ¡Este hombre se rehúsa a cooperar! He hecho todo lo posible, pero no puedo seguir perdiendo más el tiempo —de nuevo frente al detenido, Rangel apura el vaso de agua que se había servido para él y dice:

—Piense usted bien lo que va a hacer. Tendrá su llamada, por supuesto. Le aconsejo que revise el inventario de las cosas que encontramos en su departamento y que escriba su declaración lo antes posible para que esto le facilite su defensa. Lo dejaré unos minutos para que piense en su situación. Aquí tiene con qué escribir. Le conviene confesar ahora, puede ser un atenuante para usted.

Octavio sale llevándose a uno de los guardias con él. Se dirige directamente al cuarto contiguo para no perder detalle de los movimientos del detenido. Si corre con suerte, éste beberá el agua y en poco tiempo estará muerto. Se alegará suicidio y se consolidará la conspiración con nexos internacionales, que exponen al país a un riesgo incalculable, por el cual se impondrá el estado de excepción en todo el territorio de la nación, cancelándose las campañas electorales y la próxima votación. Esto se reforzará con un par de amenazas de bomba en dos ciudades importantes, que aunque serán sólo eso, amenazas —pues Octavio no piensa ni siquiera instalar explosivos—, sí lograrán aterrar a la población. Si el hombre no muere en unas horas, de todos modos será inculpado irrevocablemente y morirá en poco tiempo.

Con el rabillo del ojo, Octavio no pierde detalle de lo que hace Jan. Éste lee y relee con dificultad los documentos frente a él; tiene la vista tremendamente nublada por la tensión y las sienes le estallan de dolor. Más que indignado, está conmocionado, y lo único que intenta con todas sus fuerzas es tratar de pensar con alguna claridad. Las hojas hablan de panfletos y manuales, de explosivos y de armas de fuego. Es indiscutible que quieren imputarle el dichoso atentado, del cual tampoco sabe nada, fuera de que Vargas fue asesinado. Él oyó más detonaciones y teme que haya habido otras muertes, pero no se atreve a preguntar.

Se sobresalta al pensar que en cuanto lo investiguen, darán con Soledad; ella corre un peligro inminente, y él nada puede hacer para ayudarla. Quizá todo se arregle, piensa; pero algo en su interior le advierte que esto no es una pesadilla de la que pronto vaya a despertar. Por un segundo olvida dónde se encuentra y la imagen de Soledad le calienta un poco el alma. Se repite que lo peor sería desesperarse, que debe resistir y tener la cabeza lo más fría posible, para lograr, aunque sea para más adelante, lo que estuvieron a punto de alcanzar.

Toma el vaso que aquel hombre le ha servido y bebe el agua que le baña el aliento y le alivia el nudo que tiene en la garganta.

Cuando Octavio ve esto, dice dirigiéndose a Cruz:

—Por lo que se ve, no va a hacer su declaración. Encierre al sospechoso en seguida en una celda en solitario. Más tarde le permitiremos realizar su llamada.

Cruz obedece diligente las órdenes de Rangel. No quiere que nada se complique en la comisaría. Los guardias entran de nuevo a la sala de interrogatorios, lo esposan de ambas manos y lo llevan, sujetándolo uno de cada brazo, a la única celda vacía que queda esta noche.

Se sienta en la fría estera y oye el ruido del metal corriendo por los rieles de las rejas al cerrarse. Se frota la muñeca izquierda confortando un poco la piel lastimada e intenta tranquilizarse.

Se levanta y recorre una y otra vez la celda tratando de entender lo que está pasando, cuando de pronto, siente un intenso mareo que lo hace doblarse en un ovillo para contener una náusea que se desborda de golpe, y se desploma. Imagina que es producto del miedo que a esas horas empieza a hacer estragos en él. Pero en seguida su respiración comienza a agitarse violentamente. Quiere gritar, mas la voz ya no le responde, y siente cómo, en segundos, va cerrándose el paso del aire en su garganta. El oxígeno se extingue a causa del cianuro; el cerebro y el corazón no encuentran ya su fuente de vida. Quiere arrastrarse para pedir auxilio y en ese momento se da cuenta de que está muriendo. Lo han envenenado, y nadie puede oírlo; muy a lo lejos, entre varias hileras de barrotes, ve moverse a los guardias, pero ninguno sospecha que Jan está agonizando.

Un calor hirviente le abrasa el pecho. Su rostro da contra el suelo áspero y se impregna de un hilo de sangre tibia que sale por sus labios. Está muriendo y un sollozo de rabia y de una tristeza más profunda que la propia muerte le sube en un grito amordazado. Se extingue y su mente, en un afán desesperado, intenta encontrar alguna explicación a este trance sin sentido que le roba la vida en un hecho artero, vulgar, bestial. Se da cuenta de que va a morir marcado por una injuria que le arrebata el honor. Trata angustiosamente de aferrarse a esa vida que se le escapa y busca, en medio de la confusión agónica, la imagen de la mujer que ama. Se está muriendo y lo sabe; entonces deja que un poco de dignidad cierre su vida y se entrega a sus recuerdos. Se unen a Soledad difusos retratos de su infancia en el país que lo vio nacer; su madre; su padre que se derrumbará cuando lo sepa muerto; sus juguetes que lo acompañaron toda la vida; su pobre Renata, y, nuevamente, su amada Soledad, con quien deja trunca esa vida que apenas comenzaban.

Entorna los ojos que ya no ven y se observa a sí mismo envuelto en un suave orgullo que en este instante viste su memoria.


Se sobresalta al escuchar el timbre del teléfono y piensa esperanzada que puede ser Jan. Contesta, pero es la voz de su madre muy alarmada.

—Hija, qué bueno que te encuentro, quería saber cómo estaban y si Jan se había topado con algún problema para pasar.

—Justamente, Jan todavía no llega y ya estoy muy preocupada… Mamá…, mamá. ¿Pasa algo?

—Sí hija… ¿Es que no sabes lo que pasó? Hubo un ataque contra Orihuela y mataron al presidente Vargas. No sé bien lo que pasó… Pero…, ¿dónde está Jan?

—No lo sé. Por favor, tú regresa a la casa, no andes por ahí. Voy a poner las noticias. Adiós —dice Soledad muy alarmada colgando el teléfono.

Va a la habitación de su madre, no encuentra cómo encender el televisor, hasta que finalmente, oye la voz del locutor.

—"Se confirma que el presidente Orihuela no corre peligro de muerte. La herida no tocó órganos vitales. La viuda del presidente Vargas está en la residencia oficial, atendida por la señora Orihuela, quien no ha sufrido lesión alguna y ha dejado la habitación de hospital de su esposo para estar junto a la señora Rosario Prieto, hoy, viuda de Vargas."

La noticia la sobrecoge. ¡Un atentado en plena ciudad!

Todo esto y Jan sigue sin llegar. Su mente da vueltas tratando de separar un suceso del otro, pero siente que algo no está bien. Marca insistentemente a casa de Jan sin obtener respuesta.

Ve una y otra vez las imágenes del ataque; en el fondo la voz del locutor que de pronto corta la proyección del video del atentado y anuncia:

—"Tenemos información de último minuto. Se confirma la autoría del grupo Patria Nueva, en complicidad con un complot internacional encabezado por un extranjero residente en nuestro país desde hace varios años. El sujeto acaba de quitarse la vida en una celda de la comisaría después de haber sido detenido e identificado como uno de los responsables en el asesinato del presidente Vargas. El sujeto, de nombre Jan Oleski, es el presunto implicado en el atentado y ha muerto esta noche, en lo que todo indica que ha sido un suicidio."

Nada de lo que Soledad está oyendo puede estar inserto en la realidad, ni siquiera es una confusión del locutor; esto no está sucediendo. Sin embargo, su corazón late a un ritmo desenfrenado, mientras su cabeza piensa con absoluta lentitud: "Jan llegará a explicarme todo esto. Tranquila". Realmente así lo cree. Deja el televisor encendido y fija la mirada en un punto difuso de su mente. No puede moverse y tiembla de manera incontrolable de pies a cabeza. Sólo logra oír sus pensamientos desordenados. Quiere que sólo pase ese momento y todo vuelva a la normalidad. Un miedo lacerante domina sus sentidos y el temblor empeora al repetirse el golpeteo de las palabras del hombre del noticiero. Quiere moverse, pero le es imposible, el terror de lo que se niega a creer la inmoviliza, hasta que un llanto inoportuno le arrebata el escudo que ha tratado de construir. Aun así, piensa que nada de esto es verdad. Y sin embargo, sabe que Jan está muerto. Es incapaz de gritar, de correr, sólo puede tratar de detener el tiempo y llorar para aturdirse, para no pensar en lo que está sucediendo.

Así transcurren minutos eternos en los que Soledad siente su mundo hundirse en el horror de la mentira y del absurdo. Nada tiene sentido. Levanta los ojos y la pantalla se llena de sangre, de gritos, de palabras, y finalmente, de la imagen del rostro sin vida de Jan.

Sus lágrimas dejan de tener sentido y se secan, su cuerpo para de temblar y el abismo devora a Soledad.

# XXXIV

Orihuela se recupera de una herida que fue más profunda de lo previsto. En el Congreso, a la mañana siguiente, varios senadores cercanos a Orihuela —por instrucciones de Rangel a nombre de El Supremo— comienzan a cabildear la urgencia imperiosa de salvar al país de la conspiración que sobre éste se cierne, e impedir que la campaña electoral para las elecciones presidenciales relaje las medidas de seguridad y ponga en juego la estabilidad del país.

Para este momento, ya se ha confirmado la información de que Patria Nueva no actúa solo, sino que forma parte de una red internacional encabezada por un peligroso extremista que años atrás operó en el sur del continente y del que pende, al menos, una orden de aprehensión por lesiones contra trabajadores ferroviarios en la sierra.

A tres días del atentado, en el Ministerio del Interior se recibe una llamada anónima que asegura que Bernardo Cajigas y José Luis Ortiz son los nombres de los cómplices y discípulos más allegados de Caas y de Oleski, dando también las señas exactas de su ubicación. En cuanto la policía llega al sitio y toma sus posiciones, se escucha un disparo que desencadena un enfrentamiento que dura varios minutos, hasta que atruena el lugar una gran explosión en la que mueren los presuntos implicados en un supuesto acto de inmolación que nadie pone en duda. Después de estos hechos, se declara por seguridad del país y con aclamación popular, la emergencia nacional.

Todavía desde el hospital el presidente Demetrio Orihuela instaura oficialmente el estado de excepción.

En el Congreso se vota por la prolongación del mandato de Orihuela. Y algo incomprensible sucede también por esos días: Raúl Casasola se niega a ocupar la presidencia y declina en favor del primer magistrado de la Suprema Corte de Justicia. Tampoco vuelve a ponerse en contacto con Mariana. Lo que se rumora es que ha pedido residencia en Portugal. Mariana sospecha que Casasola se dio cuenta de todo cuanto pasó ese día y resultó ser más escrupuloso que lo que nadie hubiera pensado.

Muchos creen que la misteriosa muerte de Octavio Rangel, tres semanas después del atentado, ha sido un ajuste de cuentas por haber traicionado tanto a Orihuela, como a "sus compañeros" de Patria Nueva, a los cuales había facilitado toda la información para llevar a cabo el asesinato, así como el haberse encargado de despejar parte de la vigilancia de la guardia presidencial, para, finalmente, matar al perpetrador Jan Oleski.

Así, Orihuela traicionó la vida y la memoria del único que le fue leal. (Se quedó callado cuando Félix lo mandó matar y cuando lo difamó filtrando la mentira de que él formaba parte del brazo armado de Patria Nueva.) El fantasma de Octavio se ha convertido en una presencia que no lo abandona, igual que lo hizo en vida.

Casi todas las noches, su fiel amigo aparece en el fondo de sus deseos y de sus miedos convertidos en sueños.

## XXXV

Como quien marca y remarca una elipse con la punta afilada
de un lápiz sobre el papel blanco tratando de encontrar en
los bordes grises una respuesta, así Soledad repite una y otra
vez cada momento junto a Jan. Vuelve incansable al día de su
muerte y no puede, aun en contra de la razón, dejar de soñar
con los cientos de posibilidades de ese día: si sólo hubiera tardado un día más en terminar su último cuento; si Jan sólo se
hubiera entretenido una hora más en cualquier cosa; si
sólo… Está exhausta de imaginar qué hubiera sido de ellos si
simplemente algo hubiera alterado el orden en el tiempo.

Es un dolor contundente, absoluto. El dolor de lo que
pudo ser, de lo que quedó mutilado y que Soledad no hace
más que tratar de completar en su mente, de volver a juntar,
de hacer intentos por reaparecer, como si conociera de magia. Busca en los resquicios de su mente —de su locura— los
ladrillos para construir un mundo paralelo donde reencar-
nar a Jan, donde tocarlo de nuevo, donde oler su piel. Ella
siente cómo por la sangre le corre el vicio de la muerte que
promete acabar inexorable con su dolor. Pero a punto de
vencerse a ella, Soledad encuentra noche a noche el poder
de revivir a Jan cuando su voluntad lo ordena; de arran-
cárselo a la muerte cada vez que ella lo decide, con sólo re-
cordarlo. Así, Soledad va creando una existencia incorpórea
en la que ha decidido vivir.

Su madre percibe la fragilidad que mantiene unida la
vida de su hija. Así que retoma la labor de Jan compilando
el trabajo de Soledad, y logra que se publiquen los cuentos.

Las galeras de su primer libro son su regalo *post mortem*. El peso del papel sobre las manos le hace comprender que posee un arma tan efectiva como lo sean su determinación y su talento. Por ese medio el mundo conocerá la verdad sobre su amado. Tiene que llegar al fondo del alma de Jan Oleski y contar la historia que trascienda la ignominia.

Se muda definitivamente al taller, pone ahí una cama pequeña pegada a la pared, frente al ventanal. Alinea sus juguetes y sus herramientas para tenerlos delante de ella en la repisa que él mismo había hecho. De día sigue cocinando para Le Partisien, pedidos más pequeños. Después de comer, sube al taller y durante toda la tarde y hasta muy entrada la noche escribe sin descanso.

Reta a la muerte con esa tregua que se acorta con cada página escrita.

## XXXVI

A lo largo de estos dos años el declive de Demetrio se ha hecho más y más profundo. Muy en contra de sus expectativas, ese periodo está siendo un infierno. Siente cómo la gente lo percibe como una rémora que no acaba de irse. Sus grandes empresas están sentenciadas al fracaso, pues Félix, que se perfila como su seguro sucesor, tiene un proyecto de avanzada —muy bien consensuado con los del Norte— completamente distinto al de su padre, y la gente anhela que llegue cuanto antes al gobierno. Así, el país está sólo esperando a que se muera el rey para darle paso a la modernidad y al progreso con el príncipe, futuro rey.

Demetrio se atormenta repitiéndose que el atentado fue la peor decisión de su vida, y culpa a Octavio en su tumba por haberle metido la idea en la cabeza; negándose a recordar que había sido él quien pidió a Octavio que planeara una conspiración para no desaparecer.

Ve cómo su retrato en la historia va distorsionándose día a día, tomando una mueca de amargura y mediocridad.

No ha vuelto a haber un solo atentado, sólo algunas amenazas de bomba para mantener el estado de alerta, y ha sido muy cómodo utilizar a Patria Nueva, a su "prófugo" líder, Caas, y al eslabón internacional, Jan Oleski, como excusas para todo cuanto se ha necesitado.


De modo sorprendente, Mariana, al contrario de lo que le sucede a Demetrio, se ve más joven cada día y todo el mundo la admira con renovados bríos. Su única preocupación es contener los ímpetus de su hijo, que no toma siquiera respiro en su carrera por la presidencia. Sabe lo peligroso que es desconocer los tiempos de la política. Pero nada puede hacer más que servir de red protectora o enmendar algún estropicio. A pesar de eso, ha sido un periodo espléndido para ella, quien, como reina madre, ostenta finalmente el respeto solemne que siempre ha ambicionado, aderezado con el odio creciente de sus adversarios, que mucho le divierte.

Félix siempre ha tenido claro que la escalera al poder se edifica por medio de pactos y alianzas, por lo que ha tenido que hacer numerosas concesiones, pero éstas han comenzado a cobrar su precio: la pérdida paulatina del control que ansiaba monopolizar y la consecuente claudicación de sus ideas originarias; ante lo cual siempre encuentra buenas excusas, tan buenas que a veces él mismo las termina creyendo. Su aguda inteligencia se ha visto atrapada en razonamientos pueriles, y poco a poco ha ido debilitándose y sirviendo sólo a logros inmediatos.

El largo plazo, que tan bien creía haber planeado, se va desdibujando por el implacable ejercicio de la realidad.

## XXXVII

La noche la acompaña. Refugiándose en aventuras de mundos misteriosos y funestos, el héroe trágico de los ojos azules espera a la distancia.

Su alma está débil y el soplo de viento que la anima a seguir quizá no sea suficiente para alimentar la delgada hebra que la une a la vida.

La vacuidad en el devenir de los días en la vida de Soledad la envuelve en un halo de lejanía desgarrado y suave a la vez. Las palabras se han convertido en sus únicas amigas; sólo con ellas cuenta en el proceso de construcción del legado de Jan. Durante estos casi dos años ha dedicado su trabajo a buscar la verdad; ella conocía una parte: conocía a Jan. La otra, ha sido una búsqueda laboriosa que está a punto de concluir.

Pasa los días envuelta en la luz del eclipse que se congeló al morir Jan. Ella se ha convertido en esa luna que se niega a seguir su órbita y que permanece frente al sol, proyectando ese fulgor de argenta que lo baña todo, mientras termina su tributo.

Y a pesar de todo, siempre a la hora del crepúsculo, Soledad contempla la luz agonizante, acaricia algún juguete que las manos fuertes y sabias de Jan esculpieron y recuerda su mirada de hombre bueno, su olor de varón pulcro, impregnado de gusto a maderas, su sonrisa discreta y sincera, su alma cálida y profunda, y esa inteligencia que había hecho posible su nobleza y su templanza.

Cuando llega el alba y Soledad abandona la pluma, se

acurruca en su pequeña cama en el taller, cierra muy apretados los ojos, y con toda su alma invoca a Jan en sus sueños.

Hoy termina su tregua, hoy pone el punto final a este manuscrito que titula de la misma forma en que creció su amor por él.

# Índice

# ⊕ Planeta

**España**
Av. Diagonal, 662-664
08034 Barcelona (España)
Tel. (34) 93 492 80 36
Fax (34) 93 496 70 58
Mail: info@planetaint.com
*www.planeta.es*

**Argentina**
Av. Independencia, 1668
C1100 ABQ Buenos Aires
(Argentina)
Tel. (5411) 4382 40 43/45
Fax (5411) 4383 37 93
Mail: info@eplaneta.com.ar
*www.editorialplaneta.com.ar*

**Brasil**
Rua Ministro Rocha Azevedo, 346 -
8º andar
Bairro Cerqueira César
01410-000 São Paulo, SP (Brasil)
Tel. (5511) 3088 25 88
Fax (5511) 3898 20 39
Mail: info@editoraplaneta.com.br

**Chile**
Av. 11 de Septiembre, 2353,
piso 16
Torre San Ramón, Providencia
Santiago (Chile)
Tel. Gerencia (562) 431 05 20
Fax (562) 431 05 14
Mail: info@planeta.cl
*www.editorialplaneta.cl*

**Colombia**
Calle 73, 7-60, pisos 7 al 11
Santafé de Bogotá, D.C.
(Colombia)
Tel. (571) 607 99 97
Fax (571) 607 99 76
Mail: info@planeta.com.co
*www.editorialplaneta.com.co*

**Ecuador**
Whymper, 27-166 y Av. Orellana
Quito (Ecuador)
Tel. (5932) 290 89 99
Fax (5932) 250 72 34
Mail: planeta@access.net.ec
*www.editorialplaneta.com.ec*

**Estados Unidos y Centroamérica**
2057 NW 87th Avenue
33172 Miami, Florida (USA)
Tel. (1305) 470 0016
Fax (1305) 470 62 67
Mail: infosales@planetapublishing.com
*www.planeta.es*

**México**
Av. Insurgentes Sur, 1898, piso 11
Torre Siglum, Colonia Florida, CP-01030
Delegación Álvaro Obregón
México, D.F. (México)
Tel. (52) 55 53 22 36 10
Fax (52) 55 53 22 36 36
Mail: info@planeta.com.mx
*www.editorialplaneta.com.mx*
*www.planeta.com.mx*

**Perú**
Grupo Editor
Jirón Talara, 223
Jesús María, Lima (Perú)
Tel. (511) 424 56 57
Fax (511) 424 51 49
*www.editorialplaneta.com.co*

**Portugal**
Publicações Dom Quixote
Rua Ivone Silva, 6, 2.º
1050-124 Lisboa (Portugal)
Tel. (351) 21 120 90 00
Fax (351) 21 120 90 39
Mail: editorial@dquixote.pt
*www.dquixote.pt*

**Uruguay**
Cuareim, 1647
11100 Montevideo (Uruguay)
Tel. (5982) 901 40 26
Fax (5982) 902 25 50
Mail: info@planeta.com.uy
*www.editorialplaneta.com.uy*

**Venezuela**
Calle Madrid, entre New York y Trinidad
Quinta Toscanella
Las Mercedes, Caracas (Venezuela)
Tel. (58212) 991 33 38
Fax (58212) 991 37 92
Mail: info@planeta.com.ve
*www.editorialplaneta.com.ve*

 Grupo ⊕ Planeta    Planeta es un sello editorial del Grupo Planeta   www.planeta.es